THE
SUNSET
FAIRY

Also by Titania Hardie

FRANGIPANI FAIRIES: The Sunlight Fairy

FRANGIPANI FAIRIES: The Sunrise Fairy

Frangipani Fairies

by Titania Hardie

THE

SUNSET FAIRY

Illustrated by Charlotte Middleton

SIMON AND SCHUSTER

First published in Great Britain in 2008
by Simon and Schuster UK Ltd, a CBS company.

Text copyright © 2008 Titania Hardie
Illustrations copyright © 2008 Charlotte Middleton

www.frangipanifairies.com

Simon & Schuster UK Ltd
Africa House, 64-78 Kingsway, London WC2B 6AH.

This book is a work of fiction. Names, characters, places and
incidents are either the product of the author's imagination or are
used fictitiously. Any resemblance to actual people living or dead,
events or locales is entirely coincidental.

A CIP catalogue record for this book is available from the
British Library.

ISBN 978-1-41691-087-9

1 3 5 7 9 10 8 6 4 2

Text design by Tracey Paris
Printed and bound in Great Britain.

www.simonsays.co.uk

To Aunt Wendy, with love from your nieces, and TH

For Neve – CM

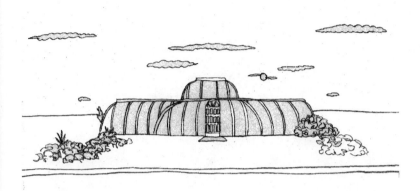

Chapter One

It was not quite four o'clock, but the winter sun was setting, and the sky over Kew Gardens was a deep reddish pink. A few cold visitors had come into the Palm House for warmth, and now stood puzzling over the sweet smell of ginger and cinnamon which was wafting around them. A young man and his girlfriend walking hand in hand, looked up at a large banana palm and a coconut tree in the high, central glass dome. Neither of them could see anything that might make such a

wonderful smell, and they shook their heads doubtfully, unable to decide where the spicy scent was coming from.

It was at this moment that a chilly breeze seemed to push open the white iron door, and what appeared to be a tiny pink flower blew in from the frosty world outside.

Leya, the eldest of the three Frangipani Fairy sisters, rushed past the visitors – though none of them noticed her! She was wearing a sleeveless, quilted pink ski-jacket over a velvety skirt, with long, warm candy-striped socks on her feet. She had a pair of ice-skates tossed carelessly over one shoulder. She giggled quietly as she floated by, aware that the visitors couldn't guess who – or what – was responsible for the magical smell coming from above.

Now she followed it herself, climbing up into the arms of the frangipani tree where she and her two younger sisters had made their home a year or two before.

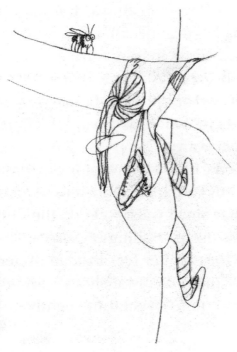

"Hello Plum!" she called, as she swept through the tiny front door of their tree-house. "It's freezing cold outside, and I've been skating for an hour or more." She zipped off her padded jacket and hung it on a small, shiny pink peg as she kissed her youngest sister's cheek. "I'm absolutely starving – and your baking smells so good it brought me in from outside. If I make us a mug of hot coconut milk, can I have one of your cookies now?"

Plum had spent a few days getting ready for Valentine's Day – which was fast approaching. She loved baking special treats for the fairy sisters and all their animal friends in the bright February days, which were getting longer now than those in January. She laughed aloud at Leya, who was always in a hurry to sample her wares.

Plum's dark curls were pinned up tidily for cooking, and a dark red apron was tied neatly around her small waist to keep the flour and icing sugar from spoiling her dress. She had kitchen clogs on her feet instead of her nor-mal sparkling red-crystal shoes – and to Leya, she looked quite sweet, but slightly funny!

Plum's small kitchen table was covered with hand-written recipes on scraps of curling paper, and baking trays, and food colouring and chocolate flakes and coconut, and many other decorations you could eat. She baked all the way from Christmas Eve to the first day of spring, on March 21st, and the kitchen was humming with her happy energy. But it was all very neat and organised so she could find everything quickly. When Leya had come in, Plum was busy cutting out heart shapes for her fairy-renowned cupid biscuits.

"Franni hasn't come in yet," she said to Leya, "but let's put the milk pan on the hob and we can have afternoon tea all ready for her. I'm hungry too, and she's probably lost track of time talking to the snow-geese over on the lake. I'm sure she won't be much longer."

Leya slipped through to the tiny bathroom off the kitchen and washed her face and hands in a pretty shell with the special frangipani soap she and her fairy sisters so loved. It was a tiny, colourful square, with a beautiful flower blossom set inside it.

She went back to join Plum, then cartwheeled over to a drawer and drew out a little cloth, to take out to their sun-deck and lay over the small rattan table that lived out there. This was the fairy sisters' favourite part of the house, usually sun-drenched in the warm summer months. Even now, in the middle of February, it was one of the mildest places to sit in the whole of Kew Gardens. Everyone enjoyed a rest from the cold air outdoors in either the Palm House or the Temperate House, where it was quite possible to believe it was still autumn rather than winter. Just now, however, the Temperate House – which was made of glass just like the Palm House – was full of visitors. There was an ice-skating rink set up outside it, and children were flying across the ice with their mothers and friends, giggling wildly. Leya, who was quite fearless, had been skating, unnoticed, alongside them all afternoon. But it was nice to come back home, where the Palm House was peaceful by comparison. And it was especially nice when Plum had been baking!

Now Leya set the milk to heat, and while she waited for it, she swung herself onto a curtain in the kitchen and climbed right to the top of it, so she could touch to the ceiling. She could simply have flown up, of course; all of the Frangipani Fairy sisters could fly easily. Leya, however, was truly energetic and loved all physical activity. She was the sportiest of the three sisters, and if there was any excuse she could find to do things a little bit differently, she took it! She had a long ribbon between her teeth which Plum had strung with silver-dipped shells, heart-shaped chocolates, fruits dipped in white chocolate and pretty winter-frosted nut-pods; and she hung them from the roof which was formed by a canopy of frangipani leaves and palm fronds. She had hung some early Valentine's cards from the tortoises in the morning, and the new decorations now completed the whole effect. Plum smiled up at her handiwork approvingly and then quickly took the pan from the heat, seeing that it was about to boil over.

"Oops, sorry!" Leya called down to her, springing from the ceiling and landing gently on her two feet – still in stripy socks – on the rush matting of the floor.

"I should know better than to ask you to do anything that resembles cooking, Leya! You can't keep still, and you always forget whatever it is you've started!" Plum spoke with humour, and turned quickly to take the last batch of vanilla biscuits from her tiny oven. She had taken the pods from the orchids below their tree a few months ago, and the smell and taste was rich and delicious. The biscuits were perfect, and smelled yummy to Leya, who looked appealingly at Plum. Her younger sister nodded, and gave her one straight from the oven.

"Careful you don't burn yourself," she warned, but Leya was enjoying the act of juggling the hot biscuit between her fingers.

Just then, the little tree-house door opened, and a small yellow figure appeared. Franni, their middle sister, whom everyone called the Sunlight Fairy, came in laughing and rubbing her hands together, her cheeks pink with the cold. She was wearing her usual cream and yellow flower-shaped dress, but over the top she had a beautiful coat that was a pale cream

colour, and soft to the touch. The edges of
each hem were trimmed with a downy kind of
fur and finished with silver embroidery. It had
been a present from the snow-geese for
Christmas a few weeks ago and Franni was
still thrilled with it. She swished the coat in a
circle, delighted. "Isn't it beautiful?" She wore

it at every opportunity, even when the winter sun made the day mild. It was made of quilted goose feathers, and was light and warm – the most wonderful coat Franni had ever worn. It had been so lovely of them to make it for her, and she loved gifts that were created from natural fibres and recycled objects. Her golden, corkscrew curls bounced as she showed them the garment inside and out and placed it on her yellow-cream peg just inside the front door.

Plum agreed that it was beautiful and made a fuss for Franni's sake as though she were seeing it for the very first time. "Some of the spiders must have helped with those lovely silvery threads, Fran." She gave Franni a hello kiss. "I've been baking for hours, and we were about to have some hot milk. Come and eat something – it will warm you up. It must be almost dark outside now."

Franni slipped out some packages she had tucked inside her coat for safety. They were beautifully-wrapped Valentine's gifts for her and her sisters, and they had also been given to her by the affectionate snow-geese. She put them next to Plum's baking and edible decorations and took over the task of making the hot coconut milk from Leya. A few moments later, all three fairies were sitting in their sunny dining area on the veranda.

"What was in that letter the doves brought over earlier, Plum?" Franni asked her, after she had congratulated her baby sister on the excellence of her cookies. "Was it another Valentine's card?"

"What letter, Fran?" Plum said, looking at her in surprise.

"The geese told me some air mail had arrived for you today, and the doves were bringing it over here. The poor pigeon who flew here to Kew with it was exhausted, and had to be given a rose petal bird-bath before going home, so the doves offered to bring it the last step of the journey, to our door. Haven't you opened it yet?"

"I didn't know anything had arrived," Plum told her. "I haven't had a moment to look in the letter box today, I've been so busy." But before she could say more, or ask Franni if she knew where it came from, Leya had skipped to the letter box in the tree trunk next to their doorway and returned with a tiny envelope.

Plum was excited, and inspected the stamp – a small pastel-pink flower-blossom which was stuck down in the top right hand corner. The writing was in inks of different colours. She sniffed the paper and smiled, knowing at once who had sent it. "It's from my cousin Flor in Florida!" Plum hadn't heard from Flor in some time. She was a tropical Frangipani Fairy – and the inks she had written the envelope with were in pearly rainbow shades, just like the colours of the frangipani flowers where she lived, and the dresses she wore.

"The ink smells lemony, just like the flowers," Plum said, offering the envelope to the others to smell. They both nodded.

"I don't think I've ever seen a Florida frangipani," Leya told her. "I wonder why she didn't just send a message by fairy-text – on the fairy-fone," she continued, as her youngest sister gently opened the little envelope without hurting the flower-stamp. "It would have been so much quicker."

"Mm," Plum said, without really concentrating – she was too busy reading the contents. It was a card, with a picture on one side, and writing all across the blank side on the back.

Then she looked up at her sisters, whose faces were alive with questions. "Well, she's not very technical, I'm afraid. She doesn't have a computer, or know anything about the world wide spider web, and she has always had terrible trouble working her fairy-fone."

Franni and Leya laughed, and waited for Plum to tell them more. They could see from her expression that something interesting was in the note. Plum was almost enjoying teasing them, keeping them wondering; but after a moment she explained.

"You see," Plum said, in her musical voice, "Flor is very relaxed, like someone who is forever on holiday. In fact, she lives in a place where lots of people go for their holidays, and she often keeps an eye on children who are away with their families, maybe feeling a little home-sick or missing their friends. She prefers to keep the noises of the modern world away, especially if they are connected with work. She likes to get people to rest – and that includes leaving behind their telephones and laptops. Although you can't keep her away from the modern technology at Disneyworld, which is just near where she lives in Florida!"

"I can see the appeal of that," Franni put in, her curls springing up and down as she nodded. "Of forgetting about telephone calls and work and enjoying the peace of a tropical paradise instead."

"And I can see the appeal of Disneyworld," Leya added. "All those wonderful rides and bumps and loops! Just the thing to keep me busy for a few hours. I adore amusement parks!" Leya's long, shining black pony-tail swished from side to side as she acted out the movements of a roller-coaster ride.

Franni and Plum looked at their big sister nervously. They weren't so keen on sporty thrills – and quite often poor Plum felt butter-flies in her tummy if she got tossed around in a boat, or even by a strong wind. She left Leya to her imagination and returned to the letter in her hand.

Now Plum had a twinkle in her eye, and her two sisters waited for her to reveal all.

She's inviting us to join her for a holiday," Plum said, smiling at them.

"In Florida?" Leya squealed excitedly. She was already imagining beaches and surfing, boating and water skiing, and a million other activities that would remind her of her childhood in the Hawaiian Islands. "That would certainly be warmer than February here in England – although I'm getting to like the ice rink."

"No…" Plum hesitated. "Not in Florida, Leya. It's *New York* she wants us to visit with her. There's a very important wedding she's going to on Valentine's Day, and a little girl who needs my help. She'd like us all to spend a few days in New York – in the snow!"

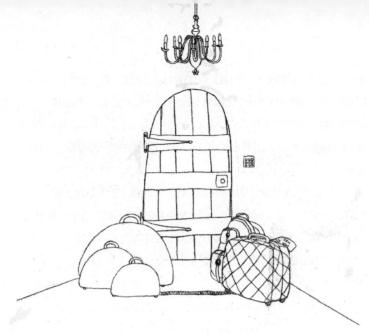

Chapter Two

It was February 12th and the short winter days were just starting to lengthen in the Northern Hemisphere, when Franni put her tiny suitcase in front of the tree-house door, next to those of her sisters. Leya had packed her rucksack early and rushed off for a last hour of skating, but Plum was in a panic, still putting little bags of biscuits and cakes into packages as Valentine's and early spring gifts for their friends in Kew Gardens. Franni came over to lend her a finger as she tied up the last red ribbons.

She saw that Plum had really gone to a lot
of trouble: there were water-lily scented jellies
for the frogs in the pond below them, and
kelp-flavoured wafer biscuits cut into hearts
for the goldfish and carp. She had baked nut-
cookies for the squirrels – who had helped to

gather some of the ingredients — and small
fruit and chocolate tarts for the birds. The
hedgehogs, the mice, the moles and voles,
the geese, the pigeons, doves, ducks and
swans, and especially the gentle robins, all
had little love tokens from the fairies, baked
in Plum's tiny kitchen. She had even made
some chocolates – scented with citrus and
strawberry and violet she had kept from the
summer – to give to the park wardens. They
did a wonderful job looking after everybody,
particularly the plants and flowers and trees.
The fairies often flew around the gardens
behind them, picking up any litter that was
left by thoughtless visitors. It was the adults

these days, far more than the children, who didn't care enough about the environment.

Franni and Leya had rushed about delivering handmade chocolates to all the children they kept an eye on – all the girls and boys too, who had made an effort to grow anything at all in the winter months. Franni had dashed down the river last night, popping heart-shaped soaps scented with frangipani under the pillows of the children who were her friends, or on their desks, or next to their beds, or even on their window-sills, where there were little flowering pots being looked after. All the children she knew and visited loved flowers and animals. Occasionally she just left a frangipani flower, which was a voucher for one fairy wish – the very best gift!

But all the fairies had had to work in such a hurry to get things done in time, because they were catching a flight to New York with the geese today, and they couldn't risk missing it!

Plum hadn't been away on holiday, or even visited another country, since she first came to London with some special, exotic, imported flowers. She was a Frangipani Fairy from California, and had arrived in England as part of a huge array of flowers brought in from all around the world for a Royal Celebration. This was when she had first met Leya and Franni, who had also arrived for the party with frangipani flowers grown in Hawaii and Australia. They had been collected together in a wonderful display of different coloured tropical flowers. The three girls got on so well – and had such a good time at the party – that they decided to set up house together as sisters. It was Leya who had explored London to find the best climate for them, as they were all used to living in the sunshine. The beautiful glass palace in Kew already had a frangipani tree or two growing happily there, so the three girls moved in with a minimum of fuss. But Plum hadn't travelled since – apart from her regular trips to Cornwall to see the Eden Project, where she learned so much about flowers and conservation and the environment. She *loved* sight-seeing. She could hardly wait until they landed in New York!

Leya flew in from the ice pond, quite out of breath, her cheeks flushed with the exercise. "Quick, girls! I'm just going to put the fairy-fone on to 'answer' while we're away, and then we've got to go. The geese are getting ready to set off, and the last passengers are already at the river boarding the flight. We *have to hurry!*"

At that moment Franni's friends, the bees – who were out in unusually cold weather for them as a favour to their favourite fairy – arrived to collect the fairies' luggage. They

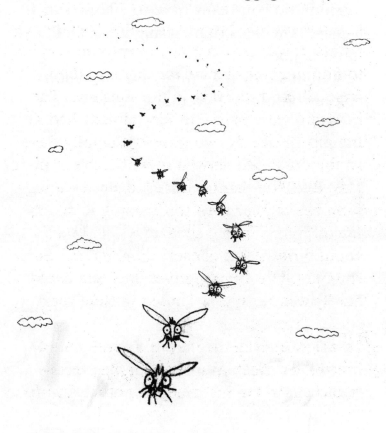

said nothing but bowed politely, then picked up Leya's rucksack and Franni's soft, quilted yellow suitcase. The first bee tickled his chin for a second, realising Plum had three perfectly matched cases in smaller and smaller sizes, each a velvety red colour, just like her dresses. He rushed off and whispered something in Franni's ear, and she thought for a moment.

"Plum, do you really have to take so much luggage? The bees think it might not all fit onto the goose."

"Well, it's only my vanity case – I want to look my best for the wedding. And I have a

little box of goodies for Flor, of course. She's very fond of English tea. I really don't see how I can travel with any less."

She looked at everyone with her adorable big brown eyes, and the bees gave in. Three of them dragged the biggest case away towards the river with difficulty. Leya heaved the door shut, set the fairy-alarm, and they all flew from the Palm House in the trail left by the bees.

Down beside the river some of their friends were forming lines, ready to get onto the geese for their late winter flights to warmer

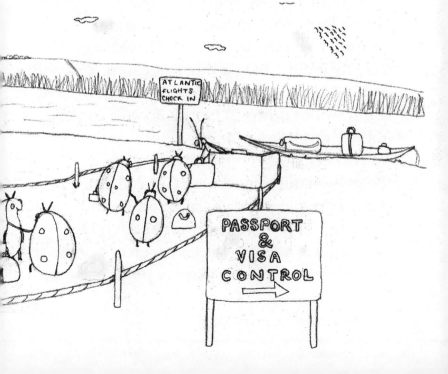

ATLANTIC
FLIGHTS
CHECK IN

PASSPORT
&
VISA
CONTROL
→

places. Some geese were heading towards Africa, but most who were still here in Kew had firmly stayed behind for the winter. Franni had had to persuade them to fly the fairies to New York as a last-minute favour. The geese had agreed – once Franni assured them she would use a little fairy magic to speed up the trip and get them there much more quickly than usual. It was very tiring, even with magical help, so they would stay on for the remainder of the winter in New York once they were there.

Many last-minute passengers had asked if they could go, too, which was why everything was so frantic at the riverside. A couple of ladybirds were going to visit relatives, some wasps were hitching a ride to Boston, and one particularly bold butterfly had asked if a goose could fly her down to Florida to visit friends in the Everglades. Plum thought that was rather cheeky, and out of the bird's way, but the good-natured goose had agreed. So, there were pieces of luggage and creatures and families saying goodbye to each other everywhere. A few snails had even crawled out of the warmest places, like the potting sheds, and the Royal Children's Cottage, to wish the fairies *bon voyage*. They would miss them!

Now a dragonfly buzzed over to the sisters, and spoke to them with frosty breath in the cold air. "Time to go, girls. You must be away if you want to be there on time. I understand you have a wedding to get to, and some sight-seeing to do..."

Franni gave him a kiss, and his rainbow wings fluttered: that is how dragonflies blush when they're happy! Franni wished him a happy Valentine's Day, told him to look after himself, and promised to bring back some wedding cake for everyone.

And with that, the three fairy sisters jumped onto the lovely soft back of their goose. Little Plum placed her arms gently around his neck, and each of her sisters placed their arms around Plum's waist in turn. All the bags were safely stowed behind the wings and, after a sudden rushing noise, like wind on the water, away they all flew.

"Central Park, here we come!" Leya called out upon the breeze, but in no time at all, they were so high up that none of their friends below them in Kew Gardens could hear.

Plum put on a little ruby-coloured sleep mask, and got out her red fairy-pod that had been a Christmas present from her sisters. Not being as adventurous or sports-minded as Leya, she thought it might be better to take a long nap, rather than to be wide awake and worry about the flight. She was still chewing on a small piece of lime, with music filling her ears, when she dozed off.

Chapter Three

With the change in time zone between London and New York, the late afternoon was turning into evening. The skyline in Manhattan twinkled in the copper-red sky. Sunsets always made Plum happy. It was a perfect time for her to arrive. She came alive when the sky was just the colour of her dresses and, she thought, hinted at parties and fun soon to be had. She stretched with pleasure as she and her sisters flew above the tall buildings, just starting to wink at them

with glittering lights. The goose took them smoothly towards Central Park, where Flor would be waiting for them.

"There are so many lights coming on everywhere!" Franni called back to her sisters. "New York looks like one giant Christmas tree. Is Los Angeles like this, Plum?"

Plum had woken fully now from her deep sleep in the cold air, ready to enjoy the last view from the goose before they landed.

"There's much more traffic in Hollywood!", she replied. "But it is magical here, isn't it? Manhattan at sunset. I don't think we can catch a glimpse of the Statue of Liberty, can we?"

"It's cold!" Franni shivered. "Colder than London!" She quickly helped poor Plum to bundle her coat more closely about her, and wrapped her own scarf tightly around her neck with her mittened hands.

The goose landed lightly on Conservatory Water in Central Park, and wished the fairies a happy holiday. They slid gracefully from his back and waved as another goose also came in to land. Then they sprang with their bags onto

the bank, their tiny fairy wings feeling stiff
with cold.

A voice beside the water was already calling
to them. Plum spotted Flor and blew her
cousin a kiss. Flor was dressed smartly in a
pair of multi-coloured, tight trousers,
colourful knitwear and a close-fitted jacket
that reminded Plum of ski clothing. Everyone
said a rather hurried hello, and Flor suggested
they get out of the cold wind. She whistled to
some sparrows who were ready to help with
the luggage.

"I'm sure you're too tired and chilly to fly, and the bags are probably heavy, so I've arranged a little treat for us." Flor had a mysterious smile. "After all, this is your first trip to New York, isn't it? And you have to see it properly!"

Flor led the fairies on a short-hop flight to a horse-drawn carriage which was waiting nearby, and she whispered in the horse's ear. He nodded his great head and stamped his foot. Then the girls nestled snugly into a space beside the paying passengers, who seemed unaware of the tiny new arrivals just joining them. The sparrows dropped their suitcases and Leya's hiking rucksack onto the blanket in the carriage, then Flor lifted the corner of it to cover them. They were on their way.

All the fairies were just beginning to warm up, and Plum just starting to get comfortable, when Franni suddenly flew off without a word to the others, her camera firmly in her hand. Flor looked surprised.

"She desperately wanted to see the Alice In Wonderland statue," Plum explained quietly; and, in a moment, Leya also flew out from their warm nest under the blankets.

"Come on, then," said Flor. "I'd left tomorrow for sight-seeing, but I suppose we can see Alice while we're passing so near to her. If we're quick, we'll pick the ride up again before it's done the full tour of the park."

Then the fairy from Florida, in her soft rainbow-coloured knits and furry pink ear-muffs, floated by the horse's ear, and beckoned to Plum with her finger. "I've asked him to go slowly," she explained, and the two of them followed Leya and Franni towards the shiny bronze statue they could just see in the fading light. When they arrived at Alice's feet, who was seated at a tea party with the Mad Hatter and the White Rabbit, Franni was beaming, like a happy child.

"Isn't it a wonderful sculpture?" she asked, stroking the tiny dormouse, which was frozen forever nibbling away on an afternoon tea treat. "Don't you feel they're all alive?"

Leya was scaling the mushroom Alice was seated on, then she climbed over the pocket watch held by the White Rabbit and slid down his umbrella. The bronze felt wonderful to touch, even in the cold.

Just for a second, if a passer-by had been watching closely, they might have seen the dormouse's whiskers twitch and Alice's calm smile broaden a little, as they heard their fairy visitors speaking to them! But there was light snow on the ground, and it was getting cold, so hardly anyone was there, except for one small child bundled up warmly in a push-chair. Her parents were paying no attention, but the little girl called out and clapped her hands at Alice and the mouse. Then Plum shooed the fairies back to the carriage before anyone else noticed anything unusual.

The four fairies whispered quietly together as the carriage made its tourist trip through the snowy streets of the city. Flor pointed out one or two places of interest, and Franni wanted to photograph them with her fairy-flash camera, which she could then send home to their computer in Kew for their friends to see later. This, to Flor, seemed more like magic than anything she could do. But the light was poor, and Plum insisted that they should do it all again tomorrow in brighter weather.

While they travelled along in the cosy

warmth of the blanket, Flor took the chance to tell them more about the reason for their trip, why she needed her cousin Plum so much, and some other details about the wedding they would be going to. She had not written too much in the small space on her postcard.

She told them about Angelica, a sweet girl she had known for many years, who used to come as a child to Florida for her holidays. She was just about to get married to someone she had loved for a  long time. Flor had, in fact, given her advice about this very boyfriend more than once in the past. After a romantic proposal which took place under the sunny skies of Florida – helped along with a little fairy magic – the couple had decided that they would like a wonderful snowy winter wedding on St Valentine's Day in New York, where Angelica's family lived. Angelica was now a young woman rather than a 'girl', who might be expected to still believe in fairies, but she and Flor had never grown apart, and she wanted her favourite fairy to come to her wedding to bring her some extra luck – which was why Flor had been invited.

"There is a small problem though, Plum," said Flor, "and that's why I wanted to ask you – well, all of you – to come too."

"What could possibly be wrong when there's a beautiful Valentine's wedding planned for two people who are so much in love?" Plum asked romantically, her gentle American voice going slightly gooey and honey-sweet at the thought of it. No one loved weddings more than party-girl Plum. "It sounds perfect to me – although we're happy to have an excuse to come along and see New York, anyhow," she added.

"Plum, darling, there is *just* one thing I can't fix," Flor said, suddenly sounding sad. "Angelica has a very sweet niece, who's eight years old. She's going to be one of her aunt's bridesmaids."

"That sounds wonderful," Plum and Franni said in unison. "All little girls love to be bridesmaids, don't they?"

"Yes," Flor said, laughing at them. "But that's not the problem. The difficulty is that Angelica wants her niece to *sing* at her wedding. She has the most beautiful voice, you see – like an angel. She is always singing for her family. Even when she talks, her voice sounds musical – just like yours, Plum."

Plum was nodding her head, beginning to understand. "Is it that she doesn't want to sing?"

"Well, she does *want* to," Flor explained.

"But she's scared about it. There are so many people coming – more than one hundred guests, I think. And Tansy – that's Angelica's niece – has never sung in front of so many people before. She even gets nervous singing in front of her friends. She's worried she'll let her Aunt Angelica down and spoil the day! But she hasn't told anyone that she is afraid. That's why I instantly thought of you, Plum. You're such a wonderful singer yourself, and I hoped you might help me find a way to persuade Tansy to try?"

The fairies settled into their amazing New York apartment, which was a wonderful light space, all powered with the energy of the sun. The water was heated by solar panels on the roof – everything in Angelica's family home was energy saving. All the fairies were impressed by the thought and care that had gone into it. They sat now, late in the day, curled up with soft ballet slippers on their feet and a warm eggnog to sip at while they put their heads together to help Plum decide what she might do for poor Tansy.

Flor had brought them to a most enchanted roof garden, which belonged to Angelica's family. It had a glassed-in area with a few winter vegetables and some tropical trees growing happily in it. Angelica herself had nurtured the unusual trees since she was young, and it was a magical place to be in. The air was scented even in February with jasmine and orange trees, and gardenias were coming into full flower despite the frost and the cold all around the city. Perched above the traffic and the noise, it was a calm place where you could breathe, with every tree making the air a little bit cleaner. It was here that all four fairies were going to stay while they were on holiday. Plum thought it was a perfect place to be, and she could see snow on the rooftops just beyond the warmth of their warm, glassy guest-house. Leya had been out snow-boarding down the neighbours' roof already, and thought it great fun!

"What do you think about this little girl then, Plum?" Franni now asked, as they all sat together on the branch of a fig tree, their feet dangling over the edge. "Is there anything you can do to get her over her fear of singing in front of other people?"

"Yes, I'm sure we can – with a little help from all of you," she answered. "Tomorrow we're going to see the Rockettes' show, at

Radio City Music Hall, aren't we?" Plum could hardly wait for this. It was one of the most famous events in New York, from Christmas time right through the winter months – an amazing performance with dancers doing very clever routines in long straight lines, all in perfect formation. They dressed as toy soldiers, or in Christmas jackets, trimmed with fur, and it was the best thing to watch. She had known about it for years, as it was always talked about as something you must see by everyone in California. Plum could hardly believe she would finally see the Rockettes for herself tomorrow.

The other fairies were also looking forward to it. Flor had arranged that they would sit in the front row of the audience, where Angelica's family had tickets as part of the celebration before the wedding. All of the family guests, including Tansy, were going to wear flowers on their jackets or pinned in their hair. In America, Plum explained, these flowers they wore were called 'corsages', and it was a tradition to wear them for special nights out. Plum told them how she had worn one herself to her summer prom. And so, Flor explained how the fairies would be able to hide among the flowers in the corsages, and only Angelica would know they were there.

"Oh, I think we might let Tansy know about us too, don't you think, Flor?" Plum winked at her sisters and her cousin. "We'll tell her after the show. And I'm certain I can get her to feel that she really wants to sing – even if I have to use some kind of magic trick."

"Well," Leya grinned, "Isn't that what we fairies do best?"

Chapter Four

On the night before Valentine's Day, four
tiny fairies were putting the finishing
touches to their favourite party clothes for the
Rockettes' Winter Spectacular. Franni's full-
length dress was made of pale cream chiffon,
with a honey-yellow petticoat. She wore cream
sequinned slippers with dainty heels and her
long yellow curls tumbled from combs made
of mother of pearl. Leya's velvet outfit was in
two pieces: crimson pink at the top, blushed
with a softer pink at the knees, and a diamond

dew-drop in her belly-button. Flor wore silk satin, in rainbow shades. But when they saw Plum, they all gasped. She looked like a princess, or a Hollywood superstar! Her dress was an elegant ball-gown, in a dark red silk taffeta, with tulle over the petalled skirt. Diamonds peeped from the underskirts, like icicles glistening in the snow. The spiders at Kew Gardens had made her a silver embroidered stole for her Christmas present a few weeks back, and she now draped this around her shoulders. Her red suede shoes had glittering buckles made of dew-drops.

All the fairies grinned. They looked gorgeous, and Franni took some pictures. Off they flew to the corsages, which were resting in a box in the hall. Only Angelica knew what they were up to. She leaned over the box of flowers, breathed in the wonderful smell of frangipani scent, and winked at the fairies, whom only a practised eye could see hiding among the blossoms. Plum blew her a very big kiss, and in no time they were trying not to giggle as they made the short journey to the show.

Franni was settled secretly among cream and yellow blooms on Tansy's mother's cream jacket, and she got slightly squashed when someone's uncle gave the lady a huge hug! Leya tried to keep still in the pale pink corsage worn by Tansy's grandmother – although the fairy wriggled uncomfortably

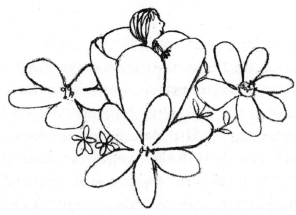

when the poor woman sneezed. Flor crowned
Angelica's hair, where she had woven some
scented frangipani and freesia flowers into her
French braid. Plum sat elegant and serene,
with a little smile, right on Tansy's shoulder
where a corsage of red roses and other
scented flowers – the true colours of
Valentine's Day – was fastened.

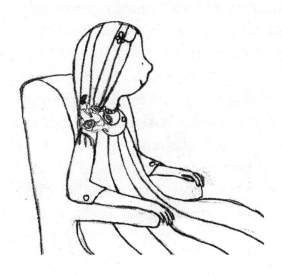

The show itself was captivating! The fairies had to remind themselves more than once not to clap, and frighten the ladies – since only Angelica knew they were there! But in the last act, when the Rockettes tap-danced in a line and then fell against each other like dominoes, one after the other, until no one was left standing, Plum watched Tansy's face. The little girl was so entranced she didn't hear the tiny fairy voice beside her saying over and over, "You can do this, Tansy. You can dance and sing and entertain people. It's your special gift." Tansy didn't *hear* Plum speaking to her, but she seemed to smile to herself and understand how wonderful it was to make an audience happy; and Tansy became quite thoughtful.

Later that night, when the fairies had returned to the glass-house and hung up their good clothes, Plum left her sisters and her cousin talking together in their pyjamas about their evening, and flew off to find Tansy in her bed-room. Tansy was already in bed and her eyes were just starting to close, when Plum breezed in and rested beside her on the far edge of her pillow.

Tansy was aware at once of the scent that had entered her room. Frangipani Fairies all wear the most dreamy perfume – not quite like anything you can describe! Tansy breathed in deeply and her eyes fluttered open sleepily. She saw her swirling night-light cast dancing pictures on the wall.

"Tomorrow's a big day for you, Tansy. Are you excited?" Plum spoke very softly, so as not to startle her.

Tansy didn't say anything. She turned her head on her pillow slightly, trying to get another view. She had the strangest idea that there was a tiny young lady near her ear, but she wasn't asleep, and she couldn't be dreaming yet, so she decided she must be imagining things. Somehow, though, when she shifted her position on the pillow, the little flower-shaped person was still there.

"Don't worry, Tansy," the fairy assured her, laughing. "I'm not in your dream. I'm Plum – short for Plumeria. I've come to have a talk with you about the wedding tomorrow. I hope I'm not disturbing you."

Tansy propped herself up on her elbow and looked towards the source of the voice. It *was* a flower, she thought – a pretty, velvety red bloom that had a delicate stem and a heavenly scent. Her eyes, she believed, must have been tired, because she thought she could see a pretty head of black hair tied in corn-rows, with red ribbons woven through them, on top

of the loveliest honey-dark face. This face was resting in a pair of miniature hands, looking right at her, with tiny legs stretched out behind her on the pillow.

It wasn't a flower, she realised! It was a grown-up girl wearing a tiny red dress that looked just like a flower. Tansy thought she ought to be polite – even though she couldn't make sense of what she was seeing.

"No, you're not disturbing me at all," she told Plum. "I wasn't *really* tired. Are you a …" Tansy hesitated, then completed what she wanted to ask, although she thought it was mad, "*A fairy*?"

Plum laughed, and every note sounded like a musical scale of ringing bells. "I am indeed a fairy… a *Frangipani* Fairy, and I'm visiting your house with my sisters from England. We came for your aunt's wedding!"

Tansy knew she was about to learn a secret, and yet she felt so peaceful and calm that she couldn't move. She was under a spell of some kind, she decided, and she lay very still on her elbow. Plum floated a little nearer to her.

"There are lots of us – fairies who live in fragrant flowers," Plum told her. "Most people don't notice us – although if you look closely enough, you can see us eventually. You do have to have a kind heart though, and be someone who loves gardens and the creatures who live in them. I know, for instance, that you walk whenever you can, instead of taking a taxi or the car, and on weekends you make sure your father takes his golf clubs out of the boot so that there's no extra weight in the car, which burns less fuel. And you share rides with your friends to save unnecessary car journeys."

"You know all that?" Tansy asked in a drowsy voice. This was something magical alright.

Plum nodded at her with a smile. "You also use recycled paper for your paintings and notebooks, and you reuse your shopping bags. Oh, and you never kill spiders, or bees, when they get trapped inside your room. You always ask your father to move them outside – which is very good of you.

Fairies appreciate that kind of thing!"

"How do you know about those things?"
Tansy asked in surprise.

"Oh, that's easy," said Plum. "Your Aunt
Angelica told my cousin Flor, and Flor was
delighted about it. Flor told me when she
asked me to come here and visit you a few
days ago – to talk to you about the wedding."

Tansy found this hard to follow. *"Aunt
Angelica* knows about you?" Her forehead
creased into a frown. "And you want to talk to
me about the wedding? And who's Flor?"

Plum was suddenly giggling, and she put
her hands over both her ears. "Stop! All these

questions …" She moved into a comfortable position on the pillow beside Tansy, with her pretty fairy head resting on one raised arm, and her delicate body stretched out facing the little girl. "Now listen up, Tansy Williams. It's not my job to silence all your doubts, or answer everything you want to ask me. Life is full of mysteries! The only important thing is this: do you believe in fairies? A simple 'yes' or 'no', if you please." Plum said this so sweetly that Tansy was completely wrong-footed.

"Yes! I suppose I do believe in fairies. I haven't thought about it, but we're talking now, aren't we? So there must be fairies." Tansy looked at her visitor with wide eyes, and the fairy fluttered in the air and set herself down on top of Tansy's quilt. As she moved, the delicious scent caught the warm air in her bedroom again. Tansy felt she'd been hypnotised.

"That's excellent!" Plum said to her. "Then let's get down to business. I understand your aunt is expecting you to sing tomorrow during the wedding service, and that you're feeling shy. We fairies believe some fairy magic might help, so that you'll really enjoy yourself.

Are you willing to try it?"

"They don't understand," Tansy told her sadly. "It's not that I don't *want* to sing. I *do*, because I love Aunt Angelica. But if I don't do it well, it will be just awful – I never sing in front of strangers." She looked into Plum's face, and the fairy was nodding with sympathy.

"Tansy, I know how you feel. I used to get nervous singing in concerts, but I loved the feeling of singing so much that I knew I had to conquer my nerves. Don't you enjoy the way it sounds, when music comes from inside you?"

Tansy nodded slowly at Plum. "It's just that I want to do it *perfectly* and I don't think I can." The little girl looked very serious.

"Things don't always have to be *perfect*, Tansy. That's a lot to ask of yourself. Everyone will enjoy it if you just do your best – that's the most wonderful singing of all. If you sing a song for your aunt because you love her, it will come out well – trust me." Plum smiled kindly. "Tell me, when do you find it easiest to sing? In the bath? Or in front of your cat? Or with one special friend?"

Tansy laughed. "I do sing well with my best

friend. I thought of asking her to do a duet with me, but she's gone away on a trip with her family."

"There must be other occasions when you sing at your best? Can you think of anything else?"

"Yes. I'm happy singing in the dark. When I'm resting on my pillow, or before the sun comes up, or when the light's out and I'm supposed to be asleep. I sing just to feel free – and I'm never alone when I sing. I know that's when my voice sounds best."

"That's easy, then. Tomorrow, you can sing with me – if you will?"

Tansy sat upright, wide awake now, and Plum chattered on without pausing. "I'll be among the flowers in your hair, or on your beautiful bridesmaid's dress, if you prefer? We'll sing our hearts out together. And just to make sure your voice is at its sweetest, I'll do some magic for us both, and we'll sing in the dark. I can't explain how, just yet; but trust me, and we'll have a lot of fun together."

And with that, Plum the Sunset Fairy, who was up way past her own bedtime, tickled

Tansy's cheek with a kiss, and flew from her
bedroom, leaving the little girl wondering if
she'd just imagined their whole conversation.

Chapter Five

Light snow fell all morning on Valentine's Day, as the Williams family prepared for Angelica's sunset wedding – though there was no sun to see in this weather! There was so much to do that the hours seemed to rush by. Plum and the other fairies were just as busy as everyone else, arranging a special surprise for the bride and her bridesmaids that no one would be expecting. There were so many comings and goings from the glass-house on the roof, so many flower blossoms that

appeared to have floated by the other people in the house, that Plum was almost surprised they weren't found out! But they kept their activities a secret somehow.

After a day of steady snowfall, the weather began to clear up almost magically, and there was a thin but beautiful beam of setting sun over the snowy blanket that covered the city. It was five o'clock in the afternoon, and just getting darker, when Tansy's mother pinned a cluster of flowers to the bodice of her little daughter's dress. They were frangipanis and gardenias, like Aunt Angelica's, and had been chosen specially as the wedding flowers because of their beautiful scent. When everyone was ready, they went down to the street below, wrapped up in warm coats, and climbed into the long wedding cars.

When they arrived at the old, pretty church on the east side of Central Park, which was in a peaceful, snowy garden, the first surprise was already waiting for them. Outside the arched doorway, someone had sculpted an angel in ice, and around the angel's feet were the words *Angelica & Todd*, spelled out in frozen flower petals. Who could have done it? Tansy wondered; and Aunt Angelica said she didn't know.

Inside the door, the second surprise was
waiting. Stretching along the aisle where Tansy
and her aunt were about to walk was a thick
carpet made of frangipani flowers – pinks,
whites and yellows. The bride was astonished,
and had no idea where they'd come from. The
music started, and as Tansy walked on the
petals behind her aunt, the wonderful smell
she remembered from last night became even
stronger.

But the best surprise of all was the third one.
After their vows, Aunt Angelica and Todd
went into the church office to sign the book.
This was Tansy's moment, and her father gave
the signal for her to stand up in front of the
guests and sing *Greensleeves* – which she and
her aunt had chosen as their favourite song.
Tansy took a deep breath and felt her tummy
flutter with nerves. Suddenly she was aware of
a tiny red flower which floated into the cluster

of the pink and white ones on her dress; and she knew Plum was there with her. She smiled, and stood calmly in front of everyone. Some music started playing on a harp.

Tansy closed her eyes for a second, listening to the sounds filling the church. Then she heard Plum's honeyed voice beside her. "Open your eyes, Tansy!"

Tansy did so; and she saw that she and the fairy were standing in what looked like a pool of twinkling light beams – like sparkles of fireworks all around them! The guests, though, were in the dark – Tansy couldn't see a single face. Her little voice started the words: "Alas my love...", quite softly. Soon, however, the sounds grew stronger. Her voice was sweet and steady, and she could hear the tiny fairy next to her on her shoulder, singing beautifully along with her. Tansy wasn't afraid at all, and started to sing with confidence. And so did Plum.

When Tansy had finished her three verses and the sounds of the harp had floated away, the beams of light around her faded. The lights were on again over the people in the church, and she saw that her aunt had returned

from the vestry. She was wearing a beautiful gold ring on her finger, and had an enormous smile on her face. The smile was for Tansy, and her aunt looked very proud of her.

"Who arranged to put you in a spotlight?" Angelica whispered to her pretty niece, whose face was glowing with pleasure. "And who was playing the harp? I didn't think of that. How lovely!"

There were no answers to these questions; but, as the beautiful bride and her attendants walked back down the aisle, a shower of frangipani flowers rained on them from out of nowhere. Now Angelica and Tansy understood *exactly* who had done it all. The aunt and niece winked at each other – only they knew the secret.

The rest of the wedding party was a joy. The three tiny fairy sisters and one fairy cousin enjoyed the reception and took part in the celebrations with everyone else back at Angelica's family home. Leya dropped into a glass of champagne which she had been looking at too closely. She found she had hiccups for some time after! Franni discovered a little

boy who looked bored, so she politely asked the cat to go and talk to him – which it did. Never again, perhaps, will anyone see a little boy so fascinated by the antics of a cat, which was dancing with him! Aunt Angelica and Tansy laughed together, and sang, and had a wonderful time chasing fairies around the glass-house in their roof garden. Tansy knew that from now on she would never be afraid to sing to anyone. She would always remember Plum sitting beside her, and think of everyone sitting in the dark while she was bathed in light. And now she knew that every kind act towards the other creatures on this planet, every right thought about looking after the world just a little bit, was being seen and smiled at by at least one tiny fairy and her sisters, who appreciated what she and her friends were doing to contribute to a better world.

Chapter Six

A household of tired but happy people awoke early the next morning to a beautiful sunrise on the day after a snowy Valentine's. All of the huge rooms were cleaned up and perfectly tidy after the wedding party. Bottles had been put in one big bin all together, and food scraps had been neatly tied up into a plastic bag and placed in a cool spot. Wrapping paper and cards had been stored in a box for recycling, and all the mess from the night before had mysteriously

disappeared or been perfectly organised.
There was also fresh snow outside in the roof
garden, and written in snow-crystals on the
glass were the words: HAPPY HONEYMOON,
ANGELICA! Tansy was sure she could see tiny
footprints around some of the letters.

In the glass-house itself, there was one more treat for Tansy to smile about. Every member of the family had had a fairy cake left under the fig tree for them, with their initial written on it in frangipani petals. Tansy knew the food was probably enchanted, and wondered how any day could ever be more special than this one. Her nerves were completely gone now that she knew she lived in a world where fairies might visit at any time. She would never feel alone or afraid again.

A mile or so away, on a picnic blanket in Central Park with light snow falling, three of the Frangipani Fairies were enjoying a last cup of tea and a fairy brunch baked for them by Plum. They were with Alice and the Mad Hatter and the Dormouse on what would be their final New York morning. Laughter – which sounded like wedding bells – floated out over Conservatory Water. It could be heard even at the Wollman Ice Rink where a few spirited skaters and one tiny Hawaiian fairy were starting their day with some exercise.

Plum, the Sunset Fairy, swathed in a wine-red corduroy velvet petal-shaped skirt, with red cashmere stockings and a tiny pair of red lace-up boots, sang cheerfully to the bronze White Rabbit while she fed a piece of her home-baked Frangipani Fairy cake to an appreciative bronze cat on Alice's lap. I wonder if anyone else could hear the little sculpted creatures purr and meow?

Did you?

The End

Plum's tips for helping to look after the environment, even if you live in a busy city:

Walk whenever you can to avoid unnecessary journeys in cars. Share rides with your friends where possible so that fewer people have to take their car onto the roads at the same time. Tell your dad that taking his tools or golf clubs out of the back of the car will use less fuel, cost him less money and save fuel being burned up unnecessarily by the car.

Look for all kinds of products for your home which are made with natural, organic, recycled or energy efficient materials, like Franni's coat and Tansy's books and paper for her artwork.

*

If you're feeling cool in the evenings in the winter, be like Flor and Plum and pop on a pretty jumper instead of turning up your central heating. It saves fossil fuels and money!

*

Sort your rubbish into different bags for recycling and greener disposal. By removing the organic waste from your bin, you'll be taking a big step towards reducing the environmental impact of your rubbish, as well as stopping your bin from smelling bad!

*

Save water every chance you can. Don't leave the water running when you clean your teeth, and check if you can get a half-flush for your toilet so you don't use more water than you really need. Use your old washing up and bath water to keep pot plants and trees moist during warm weather, rather than filling the watering can from the tap.

*

Plant a tree somewhere. Even if you live in a big city, a small tree will be quite happy in a big pot on a balcony, or by the front door step, or on a roof terrace. Every tree helps clean our air a little bit, and looks beautiful too!

Hello dear friends

Just for you, here's my secret recipe for Chocolate Valentine
Bars – just like the ones I made for my friends at Kew!
Chocolate and coconut both grow in the Palm House, and are
my sisters' and my favourite flavours! This is an easy recipe
of mine, which is quite simple to make. So, grab an apron
and get your mum or dad to help you with melting the butter,
and perhaps with the icing too!

YOU WILL NEED:
1 cup (110g) of plain flour
½ cup (110g) of sugar
1 cup (75g) of desiccated coconut
1 tablespoon of cocoa powder
185g of butter, melted
½ teaspoon of vanilla essence

For the CHOCOLATE COCONUT icing
1 cup (225g) of icing sugar
2 tablespoons of cocoa powder
30g of melted butter
2 tablespoons of hot water
dessicated coconut to sprinkle lightly on top

Sift the flour and cocoa powder together into a mixing bowl, then stir in the sugar and coconut. Now add the melted butter and vanilla: everything should be blended together so the mixture is nice and moist. Press this mixture into a flat baking tin – about 28cm x 18cm – and bake in a moderate oven, gas mark 5, 180 degrees, for 20 minutes. Allow it to cool in the tin.

When it is cold, ice with the chocolate-coconut icing: sift the icing sugar and cocoa powder into a smaller bowl, then add the melted butter and the hot water. Mix until this icing is smooth and shiny, then spread thickly over the biscuit base. Sprinkle coconut over for decoration, and cut into bars or squares when the icing has set firm!

Enjoy at a tea party for best friends, ladybirds and butterflies!

Good luck everyone, and happy cooking!

Love from Plum xxx

If you liked this story, look out for the other
Frangipani Fairies stories…

The Sunlight Fairy

Franni the Sunlight Fairy loves spreading
light and happiness, so when she receives
a message about a cross little girl called Melissa,
she's determined to get her smiling again!
She just needs a little help from a few
bumble bee friends…

ISBN: 978-1-41691-083-1
Price: £4.99

The Sunrise Fairy

Leya the Sunrise Fairy is full of energy
and excitement, so when she hears Minty's
miserable about going to a new school, she
decides to get her first day off to a great start –
with the help of the class goldfish and a
beautiful butterfly!

ISBN: 978-1-41691-084-8
Price: £4.99

Bye bye!

■ L'autre **NOIR** THRILLER

RÉALITÉS VIRTUELLES

PHILIPPE PIERQUIN

Guy Saint-Jean
ÉDITEUR

Données de catalogage avant publication (Canada)

Pierquin, Philippe
Réalités virtuelles
(L'Autre noir. Thriller)

ISBN 2-89455-021-9
I. Titre. II. Collection.

PQ2676.I337R42 1996   843'.914   C96-940879-X

Illustration de la page couverture: Ninon Pelletier
Conception graphique: Christiane Séguin
Révision: Hélène Lavery

Dépôt légal 3e trimestre 1996
Bibliothèques nationales du Québec et du Canada
ISBN 2-89455-021-9

DISTRIBUTION ET DIFFUSION

AMÉRIQUE   SUISSE   BELGIQUE
Diffusion Prologue Inc.   Transat s.a.   Diffusion Vander s.a.
1650, boul. Lionel-Bertrand Rte des Jeunes, 4 ter 321 Avenue des Volontaires
Boisbriand (Québec)   Case postale 125   B-1150 Bruxelles
Canada J7H 1N7   1211 Genève 26   Belgique
(514) 434-0306   Suisse   (2) 762.98.04
                           342.77.40

FRANCE (Distribution)   (Diffusion)
Distique S.A.   C.E.D. Diffusion
5, rue de la Taye   72, Quai des Carrières
B.P. 65   94220 Charenton
28112 Lucé Cédex   France
France   (1) 43.96.46.36
37.34.84.84

Guy Saint-Jean Éditeur Inc.   **Guy Saint-Jean Éditeur – France**
674, Place Publique, bureau 200B   12, avenue de Corbéra
Laval (Québec) Canada H7X 1G1   75012 Paris
(514) 689-6402   (1) 40.01.94.14

Imprimé et relié au Canada

À Sylvie... pour tout.

Prologue

Samuel Dharma observait le magma de couleurs avec une intrigante fixité.

Les contours s'étaient dilués et seules persistaient des formes vagues, floues, mêlées selon une logique difficile à cerner. L'œuvre d'un fou, peut-être; d'un artiste schizophrène. Un tableau mouvant, subtil et captivant.

Samuel ne bougeait pas. Ne pouvait pas bouger. Ne voulait pas bouger. Il restait figé, le dos droit comme un I, le visage déformé par un rictus stupide, une espèce d'intense bonheur imbécile.

Son travail était terminé. La bande vidéo et les documents piratés se trouvaient en lieu sûr, même si, pour l'instant, Samuel ne se souvenait pas de l'endroit où il les avait cachés. Il s'en moquait. Seules importaient les couleurs; les couleurs et leur message. Sur sa tête, un casque ultra-léger, d'un étrange design, d'une fidélité au-dessus de tout soupçon. Fasciné, Samuel écoutait. Ce n'étaient que des sons torturés, une œuvre déstructurée qu'il qualifiait lui-même de postcontemporaine, sans être sûr que le terme ait une quelconque signification.

Soudain, répondant à un appel perçu et compris de lui seul, il se leva. Ce n'était pas un impératif, plutôt une intuition qui, au fil des jours, s'était imposée à lui. Plus pressante. Irrémédiable. Définitive! 20 h 58: c'était le moment. Il devait opérer vite, faire tomber les barrières; éliminer l'obstacle qui se dressait entre lui et la machine. Après, il pourrait se concentrer tout entier à la seule tâche qui comptait: révéler à la France incrédule le vrai visage de l'homme qu'elle adulait.

Il éteignit l'ordinateur et quitta le grenier qu'il avait aménagé à son seul usage, mi-bureau, mi-bibliothèque, mi-salle de jeux. Trois moitiés: la pièce était plus grande qu'elle ne le paraissait de prime abord. Avant de sortir, il jeta un regard circonspect autour de lui: tout semblait propre et net. Satisfait, il ferma la porte avec douceur. C'était un homme ordonné qui aimait que les choses soient à leur place. Ensuite, il descendit l'escalier.

Dans la chambre d'amis, rarement occupée, – c'était un euphémisme –, il s'accroupit devant un meuble bas, passant les mains sous le ventre trapu en bois verni. Il sourit au contact froid du métal. À tâtons, il localisa la sangle de cuir, la boucle. Un petit coup sec, un déclic. Le fusil à pompe glissa dans ses mains. Sa femme haïssait cette arme. À aucun prix, elle n'en avait voulu dans sa chambre. Alors, Dharma avait dû se résoudre à la cacher ailleurs, ce qui ne l'avait qu'à moitié contentée.

– Si un de nos invités perdait l'esprit et venait nous descendre pendant la nuit, disait-elle.

– Personne ne vient jamais chez nous, répondait-il.

Cette seule constatation l'irritait. Samuel n'aimait pas cet isolement, mais il n'en était pas responsable. D'ailleurs, dans cette maison, il n'était responsable de rien. Il avisa les meubles, le tapis, les rideaux, passa mentalement en revue la topographie du salon et de la salle à manger. Puis ce fut le tour de la cuisine. Leur chambre y passa et même la salle de bain. Rien ne lui ressemblait.

C'est Adeline qui avait tout décidé, tout choisi, tout installé. Jusqu'à ce soir, il ne s'en était pas rendu compte. Sans doute aurait-il continué à vivre ainsi, si on ne lui en avait pas fait la remarque. Pourtant, ça crevait les yeux!

La machine l'appelait «polichinelle». Au fond, c'était plutôt affectueux; juste un petit coup de pied au derrière pour le réveiller. Il avait dormi si longtemps...

Il quitta la pièce et traversa le couloir. Ses pas étaient

silencieux, étouffés par l'épaisse moquette. Il détestait ces tapis moelleux; ça lui filait des allergies. Rien que la pensée des millions de milliards d'acariens qui s'y prélassaient lui donnait la nausée. Hélas! Une fois encore, Adeline n'était pas de son avis. Elle en avait fait placer partout. «C'est juste une... habitude», lui avait-elle dit. Longtemps, il avait cru en cette affirmation.

À présent, il le savait: chaque bouffée d'air pollué inhalée dans cette maison le conduisait un peu plus vite vers son ultime demeure de pierre et de solitude. Cela ne pouvait plus durer!

Il poussa la porte de la chambre. Il était à peine 21 h et Adeline était déjà allongée sur le lit. Surprise par l'intrusion, sa femme posa le livre dans lequel elle était concentrée contre ses seins lourds mal mis en valeur par une robe de nuit qu'il ne trouvait plus du tout sexy.

Ce roman! Quelle blague! Difficile de comprendre comment cette idiote pouvait engloutir de telles âneries. «Des polars sanglants pour débiles profonds», voilà avec quoi elle nourrissait son imagination.

Adeline l'examina et remarqua qu'un détail clochait. La cravate bon chic bon genre qu'il portait? Son pantalon Armani? Non! C'était autre chose. L'expression sur son visage... elle était étrange, effrayante. Une espèce de rictus peint par une main maladroite. Un sourire figé, malfaisant. Enfin, elle vit l'arme.

– Je vais te faire éclater la gueule! lança-t-il, imitant la voix du commandant Sylvestre dans les «Guignols de l'Info».

Cette seule pensée jouissive le fit éclater d'un rire grave et niais.

Terrorisée, elle poussa un petit cri minable – à peine un hoquet – qui resta coincé dans sa gorge.

– Je dois me libérer, tu comprends. N'y vois rien de personnel...

Sa voix était douce, tout sucre et tout miel.

Elle essaya de comprendre, mais n'en eut pas le loisir. Il sourit, épaula son arme et tira.

Le premier coup arracha la moitié du visage, le second laboura la cage thoracique. Le sang gicla sur le mur, puis coula sur la couverture, maculant le livre déchiqueté.

Un long moment, Samuel resta planté là, les yeux fixés sur le lit. Il trouvait le tableau réconfortant, se sentait soulagé. Satisfait, il déposa l'arme sur la moquette, enleva un à un ses vêtements qu'il posa, bien pliés, sur la chaise prévue à cet effet, entrouvrit les couvertures et s'imprégna de la tiédeur humide et revigorante des draps poisseux.

– Je crois que Fido veut rentrer dans sa niche, ironisa-t-il en se retournant vers sa femme.

Une vieille plaisanterie qui n'appartenait qu'à eux. Un genre de signal, une invitation. Son sexe lui parut démesurément gonflé et il se régala d'avance du plaisir qu'ils auraient dans leur petit nid d'amour.

Chapitre 1

– Écoutez, je commence à en avoir assez de ces ridicules sous-entendus! À aucun moment, mon nom n'a été officiellement associé à cette affaire. De plus, personne n'a réussi à prouver qu'il y avait réellement une affaire.

Max Renn se rengorgea, fixa la caméra et continua:

– Le procureur Richard piétine et perd son crédit dans des déclarations scabreuses. Tout son travail consiste à chercher des témoignages pour confirmer ses intuitions. Le reste ne l'intéresse pas.

– Vous mettez en doute la bonne marche de l'enquête?

– J'estime que cette instruction n'en est pas une. Je dérange quelques personnages hauts placés qui veulent se débarrasser de moi et sont prêts à tout pour parvenir à leurs fins. Ces pitres ont inventé une histoire abracadabrante et profitent de la complaisance de ce Richard et de la voracité des médias. Je suis une cible privilégiée, mais, croyez-moi, il en faut plus pour avoir ma peau.

Maxime Renn assena cette vérité en se calant tout au fond de son siège. D'un air arrogant, il défiait son interlocuteur, Patrick Moulin, présentateur vedette du journal télévisé de Canal 13. La confrontation tant attendue tenait toutes ses promesses.

Sur l'écran de contrôle, on sentait Moulin très tendu, peu sûr de lui. Dès que son visage réapparut en gros plan, l'instinct du professionnel reprit le dessus. Imperturbable, le journaliste adressa à son adversaire un retour appuyé.

— Êtes-vous conscient de mettre en question l'intégrité de la justice dans une affaire toujours en cours?

Sur ces points de suspension, il déposa son stylo. Puis, sa voix se durcit:

— Vous n'avez pas peur que de telles prises de position vous attirent de nouvelles inimitiés et vous isolent encore davantage?

Malgré les projecteurs qui modifiaient les reliefs des visages et leur teinte, on devinait que Renn avait pâli. Blêmi serait d'ailleurs un terme plus exact. Il avait du mal à concevoir que ce minable ose lui tenir tête. Il respira un grand coup, ravala sa rancœur et afficha une espèce de sourire qui pouvait passer pour de la bienveillance, mais qui n'était, au mieux, que de la compassion pour le pauvre moustique qu'il allait écraser du revers de la main. Calme et détaché, Renn expliqua au laborieux intervieweur qu'il ne s'agissait pas d'une supposition, mais d'une évidence. Il s'était d'ailleurs adressé à qui de droit pour que d'autres magistrats plus indépendants prennent l'affaire en main. En temps utile, il organiserait une contre-attaque à caractère juridique.

— C'est un élément nouveau, souligna Moulin avec délectation. Ceci dit, pour en revenir au problème qui nous préoccupe, beaucoup de gens pensent que vous ne pouviez pas ne pas être au courant d'une quelconque tentative de corruption impliquant votre club de basketball. En tant que président, on prétend que vous aviez le contrôle total des opérations financières. Et autres...

— C'est exact, reprit Renn sur le ton de celui qui fait un dernier effort pour expliquer une évidence à un triste borné. Personne au sein de mon conseil d'administration ne pourrait disposer de sommes pareilles sans mon accord! C'est pourquoi je peux vous certifier que les accusations portées contre nous ne sont que des balivernes. Savez-vous que Leignon, l'un des joueurs qui nous a traînés dans la boue, envisage de se rétracter? Son complice, Denis Glorieux qui, à mon avis, ne l'est plus trop à cette heure, ne tardera pas à suivre la même voie.

Moulin parut gêné de la plaisanterie, mais enchaîna comme s'il ne l'avait pas remarquée.

– On doit aussi mentionner le suicide de votre ancien collaborateur, Samuel Dharma, mis en cause depuis le début par Denis Glorieux. Il aurait été votre intermédiaire dans cette affaire. Sa mort renforce les allégations de vos détracteurs.

Renn se renfrogna. Une moue excédée déformait son visage. Allait-il bondir à la gorge de l'animateur ou exploser sur place? En fait, il se contenta d'esquiver la question et noya sa réponse dans un flot d'indignation: atteinte à la vie privée, respect élémentaire, l'affaire de la justice. Un amas de poncifs qui eut l'indéniable avantage de lui éviter de donner son avis sur le lien qui pouvait exister entre les deux affaires...

❊ ❊ ❊

Derrière les manettes de la régie, Jérémy Farrar attendait que Moulin assène une nouvelle offensive ravageuse. Pour un journaliste de sa trempe, avec un tel dossier entre les mains, la partie était élémentaire. De plus, quatre ou cinq témoignages se recoupaient. Tous mettaient Renn en cause. C'était beaucoup. Trop pour un seul homme.

Fasciné par la carrière atypique de Max Renn, Farrar avait longtemps hésité à se prononcer sur sa véritable nature: un financier incompris, un politicien novateur, un petit escroc ou un grand manipulateur? Les gros plans que Jérémy multipliait sur le visage hautain de l'invité aux abois ne lui laissaient guère de doute: Renn mentait de façon éhontée.

Sous les projecteurs, le masque se fendillait. Élevé au rang de vedette par la télévision, Maxime Renn était trahi par elle.

– Caméra 1, ajuste cette tête de lard... un peu à gauche... O.K., je te mets à l'antenne. Caméra 2, tu assures le plan...

Plus le débat avançait, plus il prenait un tour palpitant. Habitué à ce type de relations conflictuelles, Moulin acculait son invité dans ses derniers retranchements. Il n'allait plus le lâcher. Il allait le mettre à genoux.

Enchanté par la tournure des événements, Farrar exultait. Le débat allait se terminer par une mise à mort. Excellent pour l'audience, ça, mon coco!

Tout à coup, au plus fort de la tension, le journaliste changea de ton. Sans raison apparente, il évoqua la nouvelle saison de basket-ball, les recrues, les perspectives, les ambitions du BTC. Renn se détendit. Sa colère et sa peur s'évaporèrent. En deux secondes, il recouvra sa superbe, à peine teintée de fausse modestie.

Incrédule, Farrar s'effondra d'une pièce.

– Moulin est cinglé, souffla-t-il dépité.

Derrière lui, Pietro soupira. L'ingénieur du son fit glisser son casque sur sa nuque.

– On dirait que Moulin a perdu le contrôle de la situation. Comme s'il était paralysé par la tension. Si tu veux mon avis, ce type a peur de perdre sa place...

– Perdre sa place?

– Ça ne fait aucun doute, renchérit Pietro. Il est mort de peur. Divine révélation: il vient de se rendre compte qu'il vaut mieux être du côté d'un individu comme Renn. Surtout si on vise une grande carrière...

– Qu'est-ce que tu racontes? Ce n'est quand même pas Renn le patron.

– Non, bien sûr, Jérémy, bien sûr... Officiellement, Renn n'a aucune influence sur notre chaîne. Officiellement! Ceci dit, ce grand homme a des amis un peu partout. Des alliés puissants, des financiers incontournables, des politiciens reconnaissants...

Farrar s'affaissa un peu plus sur son siège.

– Incroyable! Ce type me dégoûte!

Caméra 1, zoome sur la tête de ce putois. La 2 à l'antenne.

Le réalisateur jeta un coup d'œil à la pendule témoin: 20 h 25. Le journal télévisé allait se terminer sur une nouvelle victoire de Renn, par abandon du journaliste à la 3e reprise. Triste spectacle qui sentait l'affectation et la spéculation.

– Faites croire que vous êtes intouchable, il en restera toujours quelque chose. La 3...

– Tu l'as dit, Jérémy. Dans le cas de Renn, je crois que c'est plus qu'une image. Ce type peut te détruire en deux temps, trois mouvements. Le fric, mon vieux, c'est le secret. Toute cette histoire m'en rappelle une autre, qui a empoisonné le football, il n'y a pas si longtemps. Tu t'en souviens?

– Oui, évidemment, on en a beaucoup parlé au début et puis, pouf! oubliée, évaporée dans les limbes. Pistes abandonnées, condamnations sans effet. L'ordinaire, quoi... Caméra 1. N'empêche... La 2, putain, qu'est-ce que tu fous? Tu cadres les projecteurs... Voilà, O.K.,... N'empêche que ce Renn n'est pas encore sorti d'affaire. Il a raison sur un point: le procureur Richard est une forte tête qui n'a pas l'air décidé à se laisser acheter comme les autres. La 1...

Fataliste, Pietro se contenta de hocher la tête.

– Peut-être, mais s'il continue à jouer avec les médias, Richard se discréditera. Seuls les témoignages et les preuves comptent, Jérémy. N'oublie jamais ça. Pour remonter jusqu'à Renn, ça ne va pas être facile. Des faits! Il faut des faits!

– Quelque chose me dépasse, Pietro. Je suis peut-être naïf... La 4... Plein de gens savent très bien que Renn est une ordure. Après avoir magouillé dans la finance, le voilà qui est accusé de truquer le championnat de France de basket-ball avec son pognon et ses soi-disant influences... La 3... Tout plaide contre lui. Et on parle, on parle, on parle... sans agir.

— T'es trop naïf, Jérémy. Les grands principes et la morale, c'est fini depuis longtemps, tu sais...

Pietro sursauta.

— Attention, Moulin sort du champ!

— La 1... Merci Thierry, t'es un formidable cameraman.

— J'étais distrait chef, gazouilla une voix dans le casque.

— Distrait? T'es nul, oui... Concentre-toi, bon sang!

Contrit, Jérémy reporta son attention sur le plateau.

Avec moult remerciements obséquieux, le journaliste prenait déjà congé de Maxime Renn. Profitant du répit, Jérémy demanda à deux cameraman de porter leur attention sur le coin météo où une présentatrice au décolleté plongeant n'allait pas tarder à venir commenter les prévisions pour la nuit et le lendemain.

Surpris, Jérémy sentit trembler ses mains. Une tension inattendue s'immisçait dans tous ses membres. Jamais il n'avait été sensible au stress du direct et le contenu des séquences d'information le laissait habituellement plutôt froid. Mais, là... L'aplomb avec lequel Renn avait abusé du mensonge, de la condescendance et de la basse flatterie l'écœurait.

Depuis plusieurs années, une certaine presse polémique suspectait l'homme d'affaires de tremper dans des malversations. Quand Renn avait décidé «d'acheter» une équipe de basket-ball, les aficionados avaient estimé qu'il utiliserait le sport pour polir son image. Depuis le début, les plus pessimistes prétendaient que Renn n'hésiterait pas à appliquer au basket-ball les méthodes controversées qu'il préconisait dans d'autres domaines. Son credo: «La fin justifie les moyens».

Le plus extraordinaire n'était pas que Renn soit mis

en cause aujourd'hui, mais bien qu'il ait pu sévir si long-temps avant de se faire inquiéter. Et encore... Depuis quelques semaines, les enquêtes piétinaient. Les enquêteurs admettaient généralement la réalité de la corruption, restait à prouver que Renn en était l'instigateur. Ce ne serait pas facile. La justice accuse parfois de surprenantes lenteurs et a ses raisons que le grand public ignore. De nouveau, le sinistre individu qui se gargarisait devant les caméras risquait de s'en sortir peu affecté. Dès que tout serait terminé, le roi de la pirouette en trouverait une autre, plus spectaculaire et charmeuse, qui restaurerait son crédit. Peut-être aurait-il même, en passant, une petite gratification: deux ou trois points dans les sondages. Ainsi va la vie dans ce monde pourri...

Jérémy lança le générique de la météo, calé dans le magnéto 1, puis démarra la cassette de la publicité. La régie 2 allait prendre en charge la suite de l'émission.

Le réalisateur repoussa son siège, se massa la nuque et se leva.

«Je hais ce type», conclut-il avant de quitter la salle des machines.

❊ ❊ ❊

– Ça ne s'est pas mal déroulé, n'est-ce pas?...

Patrick Moulin, sourire contrit et moue interrogative, guettait avec une évidente appréhension la réaction de Renn. Sans lui prêter attention, l'invité avançait d'un pas vif entre ses deux gardes du corps. Un athlétique macho à l'allure italienne le précédait d'un pas. Un asiatique aux traits imperturbables se tenait à ses côtés.

Après quelques secondes d'un silence lourd et méprisant, Renn daigna enfin tourner la tête et décocha au misérable cloporte qui se traînait derrière lui un regard meurtrier.

– Je trouve, monsieur Moulin, que vous avez

outrepassé vos prérogatives, lança-t-il d'un air mauvais.

Ce fut tout.

Estomaqué, Moulin bafouilla.

– Pas... pas du tout monsieur Renn, je vous ai seulement posé les questions incontournables que le téléspectateur moyen aurait désiré vous soumettre s'il avait été dans le studio. Je vous ai ainsi offert l'occasion de vous défendre.

– Me défendre? Pourquoi voulez-vous que je me défende? Qui m'attaque?

Rageur, Renn s'était arrêté. D'un œil haineux, il fixait son interlocuteur, prêt à mordre

– Qui m'attaque? reprit-il sur un ton menaçant. Vous?

– Je... je viens de vous l'expliquer, bégaya le journaliste. Le public exigeait des éclaircissements et – si je peux me permettre – vous avez été brillant, comme d'habitude...

Les derniers mots se diluèrent dans le brouhaha environnant, comme si Moulin venait de se rendre compte qu'il en faisait trop. Même la lâcheté a ses limites.

– Une chose est certaine, poursuivit Renn, écœuré. Ce n'est pas grâce à vous, les médias, que ma cote de popularité est aussi forte. J'ai l'impression que vous faites tout ce qui est en votre pouvoir pour m'abattre. Ne craignez rien! Je saurai m'en souvenir, le moment venu...

Moulin sursauta. Une sourde inquiétude bourdonnait à ses oreilles. Il crut que ses jambes allaient se dérober sous lui.

– Je vous assure que vous vous méprenez sur mes intentions. Je ne suis pas ici pour vous détruire, ni déstabiliser qui que ce soit... Il fallait que je vous interroge sur quelques points obscurs; impossible de nier que cette affaire existe et...

– C'est ce que vous dites! Ce que vous dites, oui...

Soudain, Renn se renfrogna, absorbé par une

pensée, une autre de ses riches idées qui prenait souvent son envol aux moments les plus incongrus. Pas vraiment une idée d'ailleurs, juste un germe qu'il devrait développer, exploiter. Déjà, il n'entendait plus Moulin, se souciait à peine de son existence.

— Bonsoir monsieur Renn. Et bravo pour votre performance! Vous avez été brillant...

L'apostrophe venait d'une jeune stagiaire, blonde et boulotte, tassée contre le mur pour laisser défiler le cortège. Subjuguée, elle se trémoussait d'une jambe à l'autre. Enfin, elle s'était lancée à l'eau pour aborder son idole. Elle était ravie de son audace.

Renn posa sur elle un regard vague. Un œil averti pouvait aisément constater qu'il n'était pas dans une forme olympique. Mais, même fatigué, Renn ne laissait jamais passer une occasion de se rendre sympathique.

— Normal, mademoiselle, lui dit-il d'une voix mielleuse. Quand on n'a rien à se reprocher, on ne peut qu'être convaincant!

Imperceptiblement, il avait haussé le ton. Tout en répondant à son admiratrice, il s'adressait à présent à tous ceux qui, agglutinés autour d'eux, se trouvaient à portée de voix.

— La vérité est ma ligne de conduite. Je ne vous décevrai pas.

Impérial, il lui baisa la main.

Renn en campagne électorale; Renn, toujours sur le qui-vive, prêt à séduire. La fille fondait à l'intérieur. Et encore une voix dans l'urne, une...

Le cortège s'apprêtait à déboucher dans le hall, près de la réception, après un ultime virage serré en face de la régie finale.

Appuyé contre le chambranle de la porte, Jérémy Farrar scrutait les réactions de Renn. Avec une intensité presque palpable, il le fixait sans détourner les yeux. Était-il possible qu'il se trompe depuis le début; que ce triste sire soit, comme il ne cessait de l'affirmer, l'objet d'une manipulation? Objectif, Jérémy tentait de se pénétrer de cette pensée: il devait envisager tous les aspects d'une question; ne pas se laisser aveugler par un sentiment primaire; le dégoût ou la haine. Plongé dans sa réflexion, il ne pouvait détacher son attention de l'objet de son dilemme.

Troublé dans la quiétude rassurante de ses pensées positives, Renn leva la tête. Immédiatement, il remarqua Jérémy qui le détaillait, se livrait sur lui à une indécente analyse. Décontenancé, Renn parut vulnérable. Oh! pas longtemps! Juste un infime fragment de seconde. Le temps de se ressaisir, de durcir les traits et de noircir le regard. Un instant, comme si la foule autour d'eux avait disparu, les deux hommes se défièrent, tels des animaux prêts à se sauter à la gorge. Puis, Renn tourna la tête en affichant sur son visage en lame de couteau ce sourire carnassier qui lui seyait si bien. Toujours entouré de ses deux sbires, il vira à droite. Résolument, il s'éloigna de l'univers du «Vingt Heures».

La confrontation avait duré une seconde, deux au maximum. Plus que nécessaire...

À présent, Jérémy était convaincu que Renn était bien cette crapule qu'il avait devinée, un ennemi vil et dangereux. Bizarrement, il avait acquis une autre certitude réconfortante: ce type, malgré ses allures hautaines, n'était pas invulnérable. C'était un bon comédien, peut-être un grand acteur, mais il n'était pas invincible. Il pouvait se troubler, ôter son masque, révéler ses vrais sentiments. C'est à ce moment précis qu'il faudrait frapper. Cette dernière pensée l'ébranla. Au fond, Jérémy n'avait rien à gagner dans toute cette histoire. N'était pas de taille à lutter. Pourtant, tout se passait comme s'il se sentait soudain investi d'une mission. Troublé, il plongea les mains dans les poches de son jeans. Son émotion était ridicule. Oui, ridicule...

Un détail accrocha son regard.

L'Asiatique taiseux qui servait de nourrice à Renn avait perçu l'échange silencieux. En était intrigué. Observateur surentraîné, il dévisagea Jérémy, perçut sa détermination. D'emblée, il le jugea intéressant. Ne l'avait-il pas entendu, tout à l'heure, juger Max Renn en des termes très durs? Peut-être constituait-il une intéressante solution de rechange. Ce serait trop beau, mais ça valait quand même la peine d'essayer.

D'un geste affecté, sans cesser de fixer Jérémy, le garde du corps prit un journal dans la poche de son imperméable et le jeta avec ostentation dans une corbeille à papier vide. Comme un geste de défi. Certain d'avoir été remarqué, il tourna les talons. Une expression de curiosité mêlée de satisfaction barrait son visage osseux.

❊ ❊ ❊

C'était un appel bizarre, surtout à cette heure. Le magasin était fermé depuis longtemps. Lao Wang, qui venait d'éteindre la télévision après le générique des actualités, se leva. Il était choqué.

Intrigué, il avisa le combiné. Si un ami voulait lui téléphoner en soirée, il composerait son numéro privé. Les clients, généralement, appelaient pendant la journée. Passé 19 h, ils se trouvaient confrontés à un message atone qui les priait de laisser leur nom, numéro de téléphone et cetera, et cetera...

Mû par l'indéfectible certitude qu'il devait s'exécuter, Wang décrocha en dépit du répondeur. Il ne comprit pas son interlocutrice. La voix était féminine, alerte et agréable. Sans préambule, la demoiselle lui demanda s'il lui arrivait de racheter du matériel qui avait été acheté chez lui. Tentant de préciser de quel type de machine il s'agissait, elle lui donna quelques explications confuses, s'excusa, précisa qu'elle n'était pas une spécialiste. Tous ces appareils se ressemblaient tellement! D'ailleurs, pour dire vrai, elle ne saisissait pas leur utilité. Elle était donc prête à lui remettre la machine contre une somme modique qu'elle l'invitait à fixer lui-même. Elle lui promit qu'elle ne discuterait pas.

— Vous comprenez, renchérit-elle, je ne veux pas garder cet ordinateur chez moi. Ça ne m'intéresse pas. Et puis, je n'aime pas ça, voilà tout. Mon père était un passionné. Hélas il vient de mourir. C'est lui qui vous a acheté cet ordinateur... Vous vous en souvenez peut-être, quoique... vous voyez tant de gens. Depuis sa disparition, j'ai l'impression que cette machine me guette. Comme si... comme si... Elle hésitait. Oh! ce n'est rien. J'ai seulement l'impression de perdre mon sang-froid quand je me trouve dans la même pièce que cet engin.

Au bord des larmes, la jeune femme toussota. Wang la rassura poliment. Lui proposa de venir au magasin dès le lendemain avec le matériel. Ensemble, ils conviendraient d'une somme qui les satisferait tous les deux. La jeune femme se confondit en excuses, puis en remerciements. Elle paraissait sincère et soulagée. Il la comprenait.

Depuis qu'il avait appris le «suicide», Wang était persuadé qu'Ishido lui reviendrait. C'était la destinée, donc inévitable. Trop d'espoirs avaient été placés en Dharma. Sa recrue manquait d'intelligence et de suite dans les idées. À présent, Wang admettait volontiers l'avoir surestimé. Mais tout homme a droit à l'erreur. Bientôt, quelqu'un d'autre viendrait. Plus fort. Plus déterminé. Ce n'était qu'une question de temps...

Chapitre 2

Lorsque l'agitation due au passage de Renn fut apaisée, le personnel quitta la station par petits groupes volubiles.

Agacé et soucieux, Jérémy grimpa les marches qui menaient à l'étage des journalistes, presque désert à cette heure. Stéphane Vandam et quelques collaborateurs préparaient dans le calme l'édition de 22 h 30. Jean-François Mulquin et Valérie Lansmanne revenaient d'un tournage culturel qui serait diffusé dans l'émission ad hoc, jeudi en fin de soirée. Devant la machine à café, les duettistes De Gussem et Bauduret mettaient la première main à leurs informations parodiques du lendemain soir. Hormis cela, c'était le calme plat dans les bureaux de Canal 13, une chaîne de télévision indépendante et câblée qui émettait de Lille à destination de la France profonde.

Depuis plusieurs années, le gouvernement avait encouragé l'implantation d'une série de télévisions commerciales. Leur principe était calqué sur celui qui avait cours aux États-Unis ou en Italie. Au début, la concurrence avait été rude. Dès les premiers mois, les plus faibles avaient péri, rayés de la carte ou rachetés par des entités mieux structurées. Aujourd'hui, derrière France Télévision toujours publique, TF1 intouchable, Canal Plus crypté et un bouquet de chaînes thématiques diffusées par satellites, seuls quatre groupes survivaient avec un personnel réduit, des émissions variées et complémentaires. La mission de Canal 13 était de donner un maximum d'informations à caractère national. Les différents journaux étaient entrecoupés de publicités – il faut bien vivre – et de feuilletons divers, essentiellement anglo-saxons.

Si on se référait aux sondages, on pouvait parler de succès. Les mercenaires du câble, implantés à Lille pour échapper aux pressions parisiennes, ne cessaient de grignoter des points.

Arrivé au bout du couloir, Jérémy frappa deux coups brefs sur une porte close et entra sans attendre de réponse. La petite plaque dorée qui indiquait sobrement «Patrick Moulin, journaliste» oscilla quand il claqua le battant. Jérémy explosa.

– Qu'est-ce que t'as foutu durant l'interview, bon Dieu? T'as perdu le nord ou quoi?

Trois questions formulées en une salve qui se résumaient toutes en un unique sentiment de colère et de frustration.

Calé dans son gros fauteuil de cuir noir, Moulin crispa les doigts sur les accoudoirs. Les yeux rivés vers la baie vitrée, il ne répondit pas.

Jérémy fit le tour du bureau si imposant, si prétentieux. Imperturbable, il se planta entre le journaliste et le panorama en noir et jaune d'une ville en train de s'assoupir.

– Je repose les questions ou tu as déjà daigné les écouter?

Livide, Moulin leva la tête. Son regard n'exprimait rien; ni irritation ni excuse; ni passion ni regret. Rien! Le vide intersidéral! Le regard d'un veau qui contemple les étoiles! Sans cesser de fixer sa proie, Jérémy se laissa tomber sur un tabouret, le visage en point d'interrogation, moins agressif déjà.

– Renn m'a roulé dans la farine, avoua Moulin. Il m'a ridiculisé...

– Pas du tout, Patrick. C'est toi qui as abandonné les

commandes de l'interview à ce bluffeur. Tu pouvais lui tordre le cou et tu l'as laissé te dominer de tout son mépris. Tu lui as posé les questions qu'il voulait entendre et, quand il a haussé le ton, tu as changé de sujet. Comme si... comme si tu avais peur.

– J'ai peur, Jérémy. Ce type me donne la chair de poule.

Un aveu. Surprenant.

– C'est pas possible... Regarde la réalité en face. Cet homme n'est qu'un con vaniteux, c'est tout...

Agacé, Patrick Moulin agita la tête. Lèvres retroussées, moue agressive, il paraissait avoir retrouvé son aplomb.

– Tu n'y es pas du tout! Cet homme, c'est le futur numéro un. Crois-moi, cette péripétie ne changera rien. Renn s'en sortira. Il est le symbole de la réussite, il incarne l'espoir et le rêve. À notre époque, on ne peut pas se payer le luxe de détruire un rêve...

– Qu'est-ce que tu me chantes? Renn n'est pas un rêve, c'est un cauchemar. Un homme méprisable. Un produit de notre société stupide. Il est malsain. Comme une émanation du désespoir ambiant. Il profite de ta peur pour prendre l'ascendant. Il bluffe et toi, qui a tous les atouts en mains pour le ramener à sa place, tu le laisses faire. Du coup, tu lui ouvres la voie royale de la respectabilité. Tu avais la possibilité de le mettre en pièces, Patrick, et Renn en sort renforcé.

Jérémy mima les sourires forcés de Moulin: «Et comment allez-vous aborder cette saison? Êtes-vous satisfait de vos nouvelles recrues?» Pourquoi ces pitreries? Pourquoi se préoccuper de ce type?

Touché de plein fouet, Moulin donna un coup de poing sur la table. Ses traits s'étaient durcis.

– De quel droit me parles-tu ainsi? Qu'aurais-tu fait à ma place? Oh! c'est facile de railler quand on est bien au chaud dans sa petite régie, à l'abri des regards.

Qu'est-ce que tu sais de mon métier, d'abord? Mêle-toi de ce qui te regarde.

– Très bien, ironisa Jérémy. Dès que Renn n'est plus dans les parages, tu retrouves tes sensations. Mais moi, dans la régie ou avec une caméra sur l'épaule, j'exerce mon boulot du mieux que je le peux et j'estime que, toi, tu t'es planté. C'est d'autant plus embêtant que ce soit arrivé justement aujourd'hui. Tu sais que Maxime Renn a triché toute sa vie. Sa dernière trouvaille: trafiquer le match décisif de la saison de basket-ball en corrompant les joueurs clés de l'équipe adverse. C'est tellement classique. Tellement minable. Tous les spécialistes te diront que son club – le fameux BTC – censé honorer tout le sport français, n'est champion que grâce à l'argent et au cynisme de Renn. Ce merveilleux Maxime qui a pourri un des derniers sports qui faisait rêver les enfants.

Cette fois, le plaidoyer avait fait mouche. Moulin avait les larmes aux yeux.

– Bien sûr que je sais tout ça... soupira-t-il. Et mieux que toi encore! Je connais Denis Glorieux, un des joueurs approchés par Renn. Celui qui a décidé de porter l'affaire devant les tribunaux. Pour tout dire: c'est un vieux copain. Il ne ment pas.

Moulin avait énoncé sa phrase comme une vérité première, alors qu'elle allait à l'encontre de ce qu'il avait défendu ou prétendu jusque-là.

Abasourdi, Jérémy se redressa.

– Tu es en train de m'avouer..., bredouilla-t-il, tu connais un des types qui accuse Renn, tu es certain de sa sincérité et, toi, toi... tu le sacrifies en direct devant des millions de téléspectateurs pour séduire cette crapule...

– Qu'est-ce que tu racontes? Je n'ai laissé tomber personne!

– Ne joue pas avec les mots, Patrick. En permettant à Renn de se défiler, tu as restauré son crédit. Du coup, tu as entamé celui de ton copain.

Copain? Le mot résonnait bizarrement dans la pièce. Ironie. Trahison.

– Qu'est-ce que tu connais au juste de cette histoire? insista Jérémy.

Nerveusement, Patrick Moulin tira sur le nœud de sa cravate pour le desserrer. Il réfléchit quelques secondes – hésita? – avant de se lancer à l'eau.

– Pour ce que j'en sais, tout ce qui a été écrit dans la presse est exact. Un proche du BTC, l'équipe de Max Renn, a été chargé de contacter deux des pions importants d'une autre équipe, le Maccabi. Les joueurs choisis étaient Denis Glorieux et David Leignon. Les deux équipes devaient s'affronter lors de la dernière journée du championnat. Or, les deux points de la victoire étaient impératifs pour que le BTC soit assuré d'accéder au tour final du championnat de France après un exécrable début de saison. De son côté, le Maccabi, 9e au classement, n'avait plus rien à espérer ni à craindre dans cette compétition.

Jérémy tendit la main pour l'interrompre. Il ferma les paupières, reprit son souffle, cherchant à remettre un peu d'ordre dans son esprit.

– Attends, je ne comprends pas: pourquoi Renn aurait-il corrompu une équipe moins forte que la sienne? Démotivée, de surcroît. Une proie facile, tout bien considéré.

– C'est l'argument massue de la défense. Mais que veux-tu? En sport, on n'est jamais certain de rien. Et, sans ces deux points, le BTC risquait d'échouer. En tenant compte de la hiérarchie, une défaite du Maccabi était prévisible. Du coup, les deux joueurs corrompus pouvaient penser qu'ils ne seraient jamais soupçonnés. La proposition était donc alléchante. En échange d'un match raté, Renn leur proposait un tas de billets. Il promettait aussi à Glorieux, le plus doué des deux, un transfert juteux au BTC dans l'optique de la prochaine saison.

Jérémy resta interloqué.

– C'est nouveau, ça...

– Glorieux en a parlé au procureur. La presse n'est pas censée être au courant. Ça n'a pas grande importance, après tout.

– Donc, les deux joueurs ont accepté. En tout cas, ils ont fait semblant...

Moulin se rengorgea.

– C'est-à-dire... Glorieux a demandé que ce soit Renn qui lui remette l'argent; Renn et personne d'autre.

– Attends, attends! Une chose m'échappe encore... Comment sais-tu tout cela, puisque Glorieux est en garde à vue depuis qu'il a tout révélé à la presse, juste après la rencontre?

– C'est que...

Moulin hésitait. Il tapota sur le bureau, se rengorgea, puis lança:

– Denis m'a téléphoné ce jour-là... Il m'a raconté toute l'histoire...

– Après le match?

– Non. Il m'a contacté dès que le premier contact avait été établi en me proposant l'information en primeur: Glorieux feignait d'accepter le marché et je le suivais en toute discrétion, avec une équipe de télévision. On filmait la remise de l'argent et on faisait tomber Renn. Le guet-apens dans toute sa splendeur...

Pâle et incrédule, Jérémy hocha la tête, incitant Moulin à continuer. Rien ne vint.

– Et tu n'y es pas allé? insista-t-il.

– Si, souffla enfin le journaliste. Je l'ai accompagné, seul, avec une caméra et j'ai filmé la fameuse rencontre.

Comme propulsé par un ressort invisible, les joues en feu, Jérémy se retrouva debout, face à Moulin. Triomphant, il avait le plus grand mal à maîtriser son enthousiasme.

– C'est magnifique. On le tient... On le tient!

Puis, la fièvre tomba aussi soudainement qu'elle était apparue. Jérémy bafouilla.

– Je... je ne comprends pas. Où est-elle cette cassette? Avec une preuve pareille, Renn devrait être sous les verrous depuis longtemps. Tu ne...

Son cerveau fonctionnait à cent à l'heure; les images s'entrechoquaient. Joie, hésitation, soupçon...

– Ne me dis pas... Tu ne l'as pas donnée au juge?

Moulin fit non de la tête.

– Pourquoi? Où est-elle, alors?

Inquiet, Jérémy sentit le sang refluer de ses joues.

– Tu l'as toujours, au moins?

Écrasé par le poids du remords, le journaliste se tassa un peu plus dans son fauteuil.

Chapitre 3

— Non, mais tu te rends compte? Cet imbécile de Moulin n'a pas cherché à lui extorquer le moindre petit billet. Il a contacté Renn qui lui a fait quelques promesses concernant son prétendu avenir professionnel. En échange, Moulin a remis la cassette à l'adjoint de ce sale type, le fameux Samuel Dharma qui s'est suicidé lundi dernier. Je parie qu'en plus, notre vedette s'est excusée pour le tracas occasionné.

Enragé, Jérémy tournait autour de la table en hêtre. Il avait conduit jusque chez lui dans un état second, se moquant des limitations de vitesse. En pleine ville, il avait grillé un feu rouge. Ça n'était pas dans ses prudentes habitudes. La sagesse l'avait abandonné. Avec la foi. La foi en la justice, en la vérité. En l'amitié...

Audrey l'observait, à la fois stupéfaite par ce que son compagnon venait de lui apprendre et, surtout, attristée de le sentir aussi malheureux.

— Qu'est ce que tu peux faire?

Jérémy écarta les bras en signe d'impuissance.

— Rien... Personne ne croira en l'existence de cette cassette. Ce crétin de Moulin n'a pas réalisé la moindre copie. Incroyable! Ça lui aurait pris dix minutes... Il avait tout le matériel nécessaire à portée de main. Au lieu de cela, monsieur le grand journaliste a voulu jouer «cartes sur table». Il est persuadé que Renn accédera aux plus hautes fonctions. Qu'il sera un jour président de la république... et qu'il saura se montrer reconnaissant envers ceux qui ont contribué à son accession.

Audrey, pensive, jouait avec l'anse d'une tasse à moitié vide.

– C'est difficile à croire, laissa-t-elle enfin échapper.

– Quoi?

– Que Moulin n'ait pas assuré ses arrières. Il ne t'a peut-être pas tout dit. Selon toute probabilité, il a dû garder un enregistrement.

– Si c'est le cas, il ne l'avouera pas. C'est trop tard. S'il racontait son histoire aujourd'hui, il aurait de sérieux ennuis... Sa carrière en serait durement affectée. Sa prestigieuse carrière...

– Et Glorieux? Il n'a jamais fait allusion à cet arrangement?

– Difficile de le savoir. Les dossiers de l'instruction sont cadenassés. De plus, je crois qu'une telle révélation le desservirait. Beaucoup de détails sont flous dans son récit. Si Glorieux évoquait la cassette tout en étant incapable de l'exhiber, il se discréditerait encore davantage.

– Incroyable! s'insurgea Audrey. Ce joueur a tenté de mettre à jour une entreprise malhonnête et le voilà suspecté!

Jérémy soupira, fataliste.

– Aux yeux de l'opinion publique, Denis Glorieux est un tricheur. Personne n'admettra qu'il ait eu comme unique intention de coincer Renn. Tu penses! Renn, un héros national, l'incarnation de la réussite sportive, financière et politique de ce pays; le seul débatteur capable de faire taire les démagogues de l'extrême droite. Renn, le fer de lance de la démocratie contre les partis fascistes. Tu parles...

– C'est ahurissant! Je n'arrive pas à imaginer que ce beau parleur parvient à abuser tous les auditoires avec tant de facilité.

– Les meilleurs orateurs sont ceux qui n'ont rien à dire. Si leur discours n'a pas de substance, ces tribuns peuvent se concentrer sur sa forme. La télévision ne fait qu'amplifier le phénomène. Plus personne n'a le temps de s'expliquer. Il faut être concis, sonner «choc». C'est le règne du toc et du vide.

– Et tu dis ça sans broncher. Toi, le réalisateur. Toi qui sert la soupe à tous ces pitres...

Audrey agita la tête en signe de désolation.

– Alors, à ton avis, nous allons devoir subir la loi d'escrocs comme ce Renn. Ce sont ces mécréants qui vont finir par gouverner le monde?

– À force de répéter avec assurance que vous êtes l'avenir, vous finissez parfois par convaincre le bon peuple. Surtout avec le désordre qui règne partout. Si Renn prétendait être le nouveau messie, je crois que certains le suivraient les yeux fermés.

Jérémy s'assit sur un coin de la table, le regard vague, crispé.

– Et on revient toujours à la télévision: à force de montrer aux gens ce qu'ils ont envie de voir pour les garder devant l'écran, les journalistes ne cherchent plus à distinguer le vrai du faux. Particulièrement si le factice est attrayant et vendeur...

Audrey but une gorgée de café et reposa la tasse sur la table. Elle réfléchissait en silence, pénétrée d'un affreux sentiment d'injustice. Troublée par la sensation que, peut-être, elle pouvait agir, contribuer à résoudre ce problème apparemment inextricable. Par chance, elle avait conservé ce côté «Don Quichotte» qui, dès le début, avait séduit Jérémy. Qui se ressemble s'assemble, prétend l'adage. Et ces deux-là se ressemblaient terriblement.

– Glorieux pourrait provoquer une confrontation publique avec Renn et Moulin... lâcha-t-elle enfin, sans grande conviction.

– Aucune chance, ils refuseront. De toute façon, Moulin et Renn sont deux comédiens hors pair. Il est difficile de faire tomber leur masque.

– Si Moulin t'a parlé, ce n'est pas un hasard. Je pense qu'il a envie d'avouer.

– Non. Je l'ai surpris dans un moment de désarroi et il savait que je ne pourrais pas exploiter ses aveux. En partageant son secret, il s'est en partie débarrassé du poids qui l'oppressait. Maintenant qu'il se sent mieux, il n'ira pas plus loin.

– Pas sûr. À mon avis, tu surestimes les hommes, leur force de caractère.

Elle sourit et son visage s'illumina; un visage jeune, encadré par une cascade de longs cheveux roux bouclés. Les gens qu'elle rencontrait avaient invariablement tendance à lui donner moins que son âge. Au début, ça l'avait irritée. Maintenant, elle l'appréciait. À vingt-neuf ans, elle en paraissait cinq ou six de moins. La remarque s'étendait aussi à Jérémy. Insouciant, il avait l'allure d'un jeune étudiant alors qu'il approchait en fait du cap de la trentaine et appréhendait grandement cette étape de sa vie. Son caractère juvénile – de plus en plus gamin, affirmait Audrey – s'accommodait mal de la respectabilité associée à cet âge.

– Je crois, reprit-elle, qu'il n'y a pas grand-chose à faire dans l'immédiat. Après une bonne nuit de sommeil, mon réalisateur chéri y verra plus clair. Mais avant le dodo, traitement spécial.

Elle lui prit la main et il la suivit. Une première volée d'escalier, six autres marches en colimaçon et leur chambre, à peine éclairée par un rayon de lune...

❖ ❖ ❖

Tourner en rond tel un animal, c'était tout ce qu'il lui restait. Dans cette pièce sordide, crier, supplier, menacer, frapper ne servaient à rien. Il était seul. En proie à ses délires, il se livrait à des actes et hurlait des mots dont il ne se souvenait jamais, une fois la tempête apaisée. De temps en temps, les lourds nuages qui obstruaient son esprit se déchiraient. Alors, il appréhendait la cruauté de son sort. Dans son crâne, l'orage se déchaînait. De toutes ses forces, il luttait pour éloigner la foudre. Lorsqu'il y arrivait, il plongeait dans un mutisme effrayant qui pouvait durer de longues heures. Il ne dormait pas, restait étendu les yeux grands ouverts, à fixer le plafond crasseux.

Tout d'abord, la surface lui apparaissait grise et terne, parsemée de gros nuages d'humidité. Petit à petit, elle s'animait. Des couleurs jaillissaient, se chevauchaient, s'amalgamaient, dessinaient des figures, des objets, des silhouettes. Parfois, il entendait la musique, les voix, les appels.

Doucement, il se détendait, recouvrait un bien-être enfantin, éprouvait des émotions et des sentiments qui n'appartenaient qu'à lui.

Il était enfermé, soit. Mais, d'une certaine façon, il était plus libre que beaucoup de ces gens se croyant maîtres de leur sort. La machine lui avait apporté la paix. Aujourd'hui, même loin d'elle, il parvenait à s'échapper à travers des univers merveilleux dont il n'avait jamais soupçonné l'existence auparavant.

Ishido lui avait tout appris. S'était immiscé en lui. Était devenu une partie de lui. Après un certain temps, il n'avait plus eu besoin de la machine pour s'évader. Plus besoin de tous ces câbles, de ces interfaces lourdes et exigeantes. Il était devenu la machine, en quelque sorte.

S'il le voulait, il pouvait fermer les yeux et néanmoins continuer à observer cet étrange ballet. C'est à ce moment précis, lorsque ses deux identités retrouvaient leurs places parallèles et complémentaires, qu'il se sentait enfin lui-même. Ces dérives initiatiques pouvaient durer plusieurs heures. Leur lent dénouement évoquait un amerrissage, une longue descente silencieuse, un contact souple. Flux et reflux de la réalité...

Hélas! ce bonheur se fanait trop vite. Lorsqu'il affleurait la surface, calme et détendu, son regard, inévitablement, retombait sur les murs matelassés, le plafond trop haut, la porte inviolable, indices indiscutables de sa déchéance. Ces rares instants de pleine conscience étaient les plus horribles. Les pensées morbides l'assaillaient, détaillées et tenaces. Il se revoyait, jeune cadre ambitieux, dans un univers propice et prometteur. Bouleversé, il mesurait ce qu'il avait perdu, ce qu'il avait gâché. Invariablement, il en venait alors à chercher un moyen sûr et rapide d'en finir. Les autres auraient dû le laisser agir. Malheureusement, pour une raison qui lui échappait, on tenait à le garder en vie.

Il se redressa, hurla.

Pourquoi tant de haine? Pourquoi?

Il n'avait plus rien à quoi s'accrocher: aucune famille. Ni métier ni avenir. Son passé, il préférait l'oublier. Pour toujours. Malgré ses efforts, il n'y parvenait pas.

Il enviait les amnésiques. Parfois, il est préférable de tout effacer pour avoir ne fût-ce qu'une chance de recommencer autre chose, autre part...

Heureusement, pour Samuel Dharma, ces périodes d'atroce lucidité ne persistaient jamais longtemps.

❊ ❊ ❊

Jérémy s'éveilla vers 2 h. Ce n'était pas dans ses habitudes. En général, il passait de longues nuits paisibles et ne s'extrayait de ses songes que contraint et forcé par le timbre strident du réveil. Lorsque Jérémy tardait à renouer avec la dure réalité d'une nouvelle journée, sa tendre Audrey n'hésitait pas à lui donner un grand coup de pied dans le derrière. Elle ne supportait pas la tyrannie de ce bip hérissant qui mettait en péril l'équilibre instable de son sommeil trop léger. Cette nuit-là, pourtant, son réveil avait été naturel et spontané. Autour de lui, tout était silencieux, à l'exception du sympathique glouglou du ruisseau, quelques mètres plus bas, le long du mur de la cuisine. Lorsqu'Audrey et lui avaient acheté la maison, cette mélodie apaisante les avait séduits d'emblée. Au fil du temps, ils avaient fini par ne plus le remarquer. La force de l'habitude.

Quand Jérémy était amené à dormir ailleurs, c'était paradoxalement l'absence de ce murmure continu qui l'irritait. Jusqu'à l'empêcher de trouver le repos. Le calme complet le rendait anxieux, même s'il le préférait, évidemment, au vacarme stressant de la vie urbaine. Ce coin de verdure, peu éloigné de son lieu de travail – à peine une demi-heure en voiture – lui semblait une oasis. Chaque soir, Jérémy y retrouvait le plaisir d'une vie authentique, loin des rues engorgées, des sarcasmes et de la saleté ambiante. Il en était persuadé: une terrible gangrène gagnait les cités. Sans sa soupape de sûreté, il aurait été atteint à son tour, corrompu, contaminé. Il aimait à penser que ce coin de paradis le préservait encore – pour combien de temps? – de la fureur, du stress et du bruit qui rendent idiot et méchant.

2 h 15. Jérémy devrait encore patienter avant de voir le soleil se lever et d'entendre les oiseaux pépier dans les arbres, éparpillés sur le grand terrain. Bizarrement, il ne se sentait plus fatigué. Des pensées fulgurantes affluaient, des images... Moulin, tassé dans son fauteuil, abattu et défait; Renn, hautain sous les projecteurs, si sûr de lui. Écœurant! Leur échange silencieux: un simple regard, un fil tendu à travers le vide. Si fragile et si dense.

Lovée contre lui, pour épouser les courbes de son corps, profiter au maximum de la chaleur de sa peau, Audrey dormait à poings fermés. De temps en temps, elle laissait échapper un amusant petit grognement. Mauvaise humeur? Problème de respiration? Pour la première fois, la présence rassurante de sa femme ne le berçait pas. Jérémy enviait sa sérénité, l'expression si douce de son visage.

Afin de se changer les idées, il décida d'aller traîner dans son bureau, derrière la «machine à rêves», un P.C. obsolète qui trônait au milieu de sa table de travail. En réalité, la machine lui servait surtout de «repose-méninges». Sur le vieux disque dur à la capacité limitée, on ne trouvait plus que des jeux, un traitement de textes de moins en moins utilisé et un programme de dessins peu sophistiqué, mais adapté à la lenteur du processeur. Pour se divertir, Jérémy chargea un clone de *Tetris*, son jeu favori et, avec une démoniaque habileté, se mit à empiler les formes géométriques colorées. Une activité fort simple qui réquisitionnait pourtant l'ensemble de ses cellules grises, le transportait dans un monde alternatif, lui faisant oublier les soucis quotidiens. Il passa ensuite une bonne demi-heure à diriger une bande de lemmings crétins à travers des paysages tourmentés vers une hypothétique sortie. Un casse-tête palpitant dont il ne parvenait pas à avoir raison.

Coup d'œil à l'horloge murale: 3 h 20, déjà. Avec obstination, il s'employait à faire fonctionner un programme qu'un des techniciens de Canal 13 lui avait prêté la semaine précédente. Le jeu s'appelait *Quake*. Il y était question de chevaliers et de monstres sanguinaires. Un monde de créatures bizarroïdes assez agressives.

– Ce qui se fait de mieux, lui avait affirmé Jan avec un sourire sardonique. Ça te détendra.

Douteux... En l'occurrence, l'opération le stressait. Pas le jeu, mais son installation. Inlassable, l'écran VGA répondait à son obstination par un sinistre message lui signalant qu'il manquait de mémoire ou plutôt que sa machine en manquait... Parfois, il lui arrivait de confondre, de s'identifier à l'engin.

C'est à cet instant précis, au cœur d'une nuit fraîche et cajolante, que Jérémy prit conscience que son vieux 386 enroué avait fait son temps. Pour profiter des nouveaux programmes, il lui fallait opter pour une configuration plus musclée. La perspective n'était pas pour lui déplaire. En tout, Jérémy adorait être à la pointe du progrès. N'était-ce pas lui qui, à Canal 13, poussait le responsable technique à investir dans du matériel toujours plus performant? Ce P.C. avait connu son heure de gloire. Il était temps de s'en séparer.

Étouffant un bâillement, Jérémy se frotta les yeux irrités par de désagréables petits picotements. Un signal. À regret, il enfonça l'interrupteur de l'unité centrale et quitta le bureau.

Dans le lit, Audrey, frustrée de sa chaleur, s'était tournée vers le mur et roulée en boule. À peine le temps de se blottir contre elle et il sombra dans un sommeil de nourrisson.

❀ ❀ ❀

Quelque chose n'allait pas.

Affolé, Dharma grimpa sur la planche qui lui servait de couche, s'y accroupit et commença à se balancer d'avant en arrière, d'arrière en avant. Une petite musique à l'intérieur l'informait d'un danger imminent. Une vague sonnerie dans le lointain. Un ronronnement qui enfla, rebondit contre les parois de son crâne: «Alerte rouge! Évacuation immédiate».

Tout à coup, les éclairs, des lumières blanches et sèches qui crépitèrent derrière ses yeux, l'aveuglèrent. Le ronflement se mua en sirène. Assourdi, il n'entendait plus les bruits extérieurs. Paniqué, il frappa sur le métal, vit son poing, sentit le contact glacé, mais n'entendit rien. Le bruit épouvantable qui ne cessait de progresser dans les méandres de son cerveau malade recouvrait tout.

Il hurla, dans l'espoir qu'on vienne à son secours, priant pour que quelqu'un fasse cesser ce tintamarre. Personne ne se manifesta. C'était la nuit et tout le monde dormait. De grosses larmes perlèrent au coin de ses

yeux. En proie à une irrépressible panique, Dharma
courut vers la porte et projeta sa tête contre le chambranle. Une fois. Deux fois. Trois fois. De plus en plus
fort.

❋ ❋ ❋

David Leignon ferma à double tour la porte de son
appartement vide. Officiellement, son épouse passait
quelques jours à la campagne avec leurs deux enfants.
Officieusement, elle s'était réfugiée chez sa mère pour
un laps de temps qui pouvait varier entre quelques semaines et pour toujours.

Depuis qu'elle était partie, les pièces lui paraissaient
atrocement silencieuses. Même aux heures de pointe,
lorsque la rue, un étage plus bas se transformait en
champ de bataille, encombrée de véhicules bruyants.
Même quand il montait le volume de la chaîne stéréo si
fort que les gens, alentour, manifestaient leur désapprobation en tambourinant contre les murs. Des voisins, il
y en avait partout: au-dessous, à gauche, au-dessus et à
droite. Des enfants qui geignaient, des couples qui gueu-
laient, jouissaient sans retenue à n'importe quelle heure
du jour ou de la nuit, des chiens qui aboyaient, des télé-
phones qui gémissaient, des portes qui grinçaient, des té-
léviseurs qui bégayaient. David Leignon vivait dans un
immeuble minable, mal insonorisé, cerné par le vacarme.
Il était pourtant si seul à présent, noyé dans son silence
intérieur.

Sandra, sa femme – ou devait-il dire ex-femme– avait
rêvé d'une villa, pas trop cossue, dans un quartier un peu
chic et calme. Une résidence délicieusement banale.
Désespérément inaccessible. Pour y arriver, David avait
travaillé dur. Hélas! Quelques vedettes empochent le
gros lot et les autres jouent surtout par passion. Pour leur
plaisir et celui des spectateurs. David avait toujours mis

un point d'honneur à ne pas décevoir les partisans. Certes, il n'était pas un joueur exceptionnel, mais il était volontaire et généreux dans l'effort.

Malgré toutes ces années de dévouement, il se trouvait des censeurs pour le traîner dans la boue, lui cracher au visage leur mépris et leur haine. Que lui reprochaient-ils? D'avoir accepté de l'argent pour manquer quelques paniers dans un match sans importance, qu'il pensait perdu d'avance? La belle affaire. Qui osait lui jeter la pierre? Ceux qui roulaient dans de belles allemandes métallisées, direction assistée et chargeur de disques laser dans le coffre? Ceux qui se contentaient de leur sort parce qu'ils n'osaient plus rien espérer de la vie? David n'était pas de ceux-là. Envers et contre tout, il continuait à s'accrocher à sa bonne étoile. Il croyait en la réussite dur comme fer. Était persuadé que son existence s'améliorerait. Grand con!

L'espoir fait vivre, dit-on, on peut aussi considérer qu'il tue à petit feu les plus naïfs, qu'il les pousse à la bêtise. À accepter un paquet de fric à l'origine douteuse, par exemple... Bah! À quoi bon ressasser ces pensées glauques? Il n'escomptait pas le pardon. Son seul souhait avait été que personne n'apprenne la tricherie. Qu'on ignore que ce match entre le BTC de Maxime Renn et son équipe à lui n'avait été qu'une parodie. C'était la première fois qu'un intermédiaire lui proposait du pognon pour ne pas se livrer à fond. Pauvre con, il s'était senti flatté! Lui demander de lever le pied revenait à reconnaître implicitement son talent. Bien sûr, sa femme avait raison: c'était de la fierté mal placée. De la pure bêtise. David haussa les épaules. Après tout, il n'avait jamais prétendu être un personnage d'exception; seulement un être humain avec toutes les faiblesses et la part de bêtise que cela impliquait.

En maugréant, il se rendit au sous-sol, traversa un vaste garage mal éclairé et se dirigea vers sa vieille Fiat

Panda asthmatique. Deux mètres zéro deux de muscles et de nerfs comprimés dans une boîte de conserve. Voilà de quoi il avait l'air dans ce tas de ferraille peu esthétique! Depuis longtemps, il avait compris que la BMW à injection, ce n'était pas pour lui. Sûrement pas pour un joueur qui resterait ad vitam æternam un bon serviteur. Non pas un héros, un seigneur des parquets; juste un équipier.

Puis, Maxime Renn était venu avec son sale argent et David avait flanché. Il n'avait pas réfléchi longtemps, ni hésité. Un coup de téléphone, quelques minutes de méfiance, à peine davantage pour peser le pour et le contre, puis une curieuse exaltation. Alors, il avait plongé et Denis Glorieux avec lui. Glorieux, son copain. Quelle blague! Effrayé par les conséquences de son acte, son équipier tentait de prendre ses distances en inventant un récit fallacieux dans lequel il s'octroyait le beau rôle. Cette histoire de caméra cachée ne tenait pas debout. D'ailleurs, ce fabulateur n'en avait parlé qu'à lui, après coup, et refusait d'en faire mention devant la presse ou le juge. Menteur! Sale menteur!

Jurant entre ses dents, David ouvrit sa portière et... Un bruit métallique. Du pied, il venait d'expédier un petit objet sous sa voiture. Avec souplesse, il s'accroupit pour jeter un coup d'œil. Avait-il laissé tomber une clef, son canif? Dans la pénombre du garage, il ne vit rien, fouilla ses poches, dénicha ce qui devait s'y trouver et haussa les épaules. Monnaie, outils, seringues usagées: on laissait traîner n'importe quoi dans les sous-sols.

Lorsqu'il tourna la clef de contact, David n'y pensait déjà plus.

❊ ❊ ❊

Détendu et souriant, Jérémy déjeuna d'une tranche de gâteau sec et d'un grand bol de café fort. En haut,

Audrey dormait toujours. Il la réveillerait seulement avant de partir, dans une demi-heure. Il savait qu'elle avait un rendez-vous en fin de matinée. Un nouvel espoir de dénicher un boulot épanouissant et bien payé. À défaut d'une telle fonction, elle se satisferait d'une activité banale qui lui permettrait de quitter la maison, de rencontrer des gens. Elle aimait les contacts humains, la communication. Possédait un talent inné pour écouter et comprendre, rassurer. Tout le contraire de Jérémy qui était plutôt renfermé, solitaire. «Quelquefois asocial», prétendait-elle.

Jérémy ouvrit sa mallette, prit son agenda et tomba sur une feuille de journal pliée en quatre. Il l'étala sur la table et parcourut les dizaines d'annonces consacrées à l'informatique. Les magasins spécialisés étaient nombreux, difficiles à départager. Une des réclames était cerclée de rouge; elle paraissait particulièrement alléchante.

Séduit, il replia le journal et le glissa dans la poche de son jeans. En fin de matinée, après la préparation des actualités de 13 h, il se renseignerait par téléphone. Sur cette bonne résolution, il reprit un bol de café bouillant.

❊ ❊ ❊

La Fiat grise se glissa dans la circulation dense. Tout le monde partait au travail. Il fallait être fou pour se lancer à l'assaut des rues encombrées de Valenciennes à cette heure matinale. David Leignon se sentait nerveux. Dans son amas de tôles, il roulait vers un sinistre rendez-vous avec le président de son équipe pour entendre dire que son contrat s'arrêtait là. Qu'il n'avait qu'à chercher fortune, gloire et considération sous d'autres cieux. Il savait ce que ces mots signifiaient: la fin de sa carrière. Terminus! Tout le monde descend! Personne ne veut d'un truqueur... surtout s'il s'est fait pincer. David Leignon se retrouverait seul, sans personne pour l'aimer, ni chercher à le comprendre ou simplement l'écouter. Sans envie ni passion. Sans but.

Quel gâchis! Lui qui avait grandi pour le sport! Grandi dans tous les sens du terme. Sa taille n'avait-elle pas décidé de son talent? Très tôt, il avait émergé de la masse, basketteur solide, suffisamment doué pour évoluer en division 1. Tout ça pour rien? Du revers de la main, David stoppa une larme qui menaçait de couler sur sa joue. De justesse. Ses rêves de gamin avaient pris un solide coup de vieux. Froissés, jetés à la poubelle, oubliés. Pendant ce temps, les corrupteurs se pavanaient sous les feux d'une actualité misérable. Renn, le plus pourri de tous, conduisait la parade, déguisé en vierge effarouchée.

Tant de gens dans son environnement de travail connaissaient ses méthodes dépourvues de scrupules qu'il était stupéfiant que personne, jusqu'ici, n'ait tenté de le surprendre la main dans le sac. Quand on s'y risquait enfin, le grand homme se retranchait derrière des collaborateurs peu scrupuleux. Pour protéger sa carrière, le commandant sacrifiait quelques pions. À la guerre comme à la guerre. Jolie mentalité!

C'est pour cela que David Leignon, au bout de son rouleau, avait décidé de vider son sac. Cet après-midi chez le juge, il allait plastiquer la fourmilière. Tant pis pour les éclats! Déjà relégué du banc des accusés au ban de la société, il se fichait complètement que tout lui explose à la figure. Sa décision était irrévocable.

La veille, il avait téléphoné à son avocat. Effrayé, son vaillant défenseur lui avait déconseillé une attitude qu'il jugeait suicidaire. Quand il avait compris que, malgré ses conseils, Leignon ne ferait plus marche arrière, l'avocat avait fini par accepter de téléphoner au juge Lammers pour quémander une audience, le lendemain en début d'après-midi. Aujourd'hui... Dans quelques heures...

Le rendez-vous était fixé au Palais de justice de Lille

à 14 h. Le grand moment approchait! David Leignon, pivot du Maccabi de Lille depuis quatre saisons, équipier du grand Denis Glorieux, tomberait en martyr. Mais pas seul... Son comparse écoperait aussi et Renn, le grand corrupteur, plongerait avec eux.

Après, David reprendrait un autre chemin. Des études, peut-être?

Aux abords des faubourgs, la circulation devint plus fluide. David accéléra. La Fiat aborda la bretelle autoroutière et s'installa sur la bande du milieu. Cent dix kilomètres à l'heure... impossible de rouler plus vite.

Pour tuer le temps, le conducteur alluma la radio qui vomit une soupe mollassonne qu'un animateur épileptique osait appeler rock and roll. Une guitare monotone, une boîte à rythme, une basse timorée et un chanteur sous tranquillisants: cherchez la révolte dans ce magma informe... Tout à coup, David sursauta... Merde! Sa direction flottait. Surpris, il fit pivoter le volant. Sans résultat. Il fallait qu'il stoppe la voiture. Tout de suite. Devant lui, un semi-remorque changea de file. Quand il leva les yeux, il était trop tard. La Panda percuta le mastodonte. À la vitesse de l'éclair, elle fut projetée à travers l'autoroute, semant la panique parmi les autres automobilistes.

Le corps secoué de frissons, le pilote impuissant batailla avec son volant insensible. Un coup de klaxon... un choc. Un fracas abominable. L'acier déchiré, déchiqueté. L'arrière de la Fiat s'affaissa, broyé sous les roues d'un camion-citerne à la dérive. Le monstre hurla à la mort. Comme une pêche trop mûre, la voiture éclata dans le sens de la longueur. Le pare-brise et les vitres latérales explosèrent. Le verre s'étala en minuscules flocons sur le bitume où s'écoulait un liquide odorant.

Réduit en bouillie, Leignon remuait encore. Sa conscience s'estompait, peu à peu étouffée dans un coton ouaté... Un épouvantable élancement le ramena soudain à la réalité. Une lance lui perforait les poumons. Une esquille d'os, arrachée à la cage thoracique, jouait avec la chair à vif. Une douleur précise, lancinante, atroce.

Et l'enfer se déchaîna. Une explosion assourdissante. Un ouragan de flammes. D'abord une impression de chaleur, puis une caresse revigorante, ensuite l'horreur. Sa peau se rétractait sous les baisers sadiques. L'odeur insoutenable. La peur de mourir ou d'en réchapper.

David Leignon, plaqué au sol et moulé dans le métal, cria à s'en faire péter les cordes vocales. Un goût âcre. Il toussa. Chaque geste... une torture. La fumée qui emplissait l'habitacle s'échappait avec peine de la carcasse en fusion. Elle pénétra dans sa bouche et dévora sa gorge.

Il fallut deux heures à la police, aux pompiers et aux infirmiers pour extraire les lambeaux de chair de l'amas de ferraille concassée. Un officier, pourtant habitué aux tâches peu ragoûtantes, s'éloigna en chancelant le long de la bande d'arrêt d'urgence. Du plus profond de son âme, il pria le ciel d'avoir rêvé ce spectacle apocalyptique.

«David Leignon a payé de sa vie», titrerait, le lendemain, un journaliste bien-pensant dans un quotidien populaire. Malgré quelques mornes protestations, personne ne daignerait vraiment s'offusquer de cette image saugrenue, écœurante.

Chapitre 4

Sans attendre d'invitation, l'infirmier fit irruption dans le bureau du médecin. Il était jeune, grand, presque blond et une expression de panique totale barrait son visage poupin. Le docteur Grandgérard, qui réfléchissait au meilleur moyen de rejoindre au plus tôt sa maîtresse sans éveiller l'attention, leva la tête, furieux d'être dérangé en pleine méditation transcendantale.

– C'est... C'est le type du sous-sol, parvint enfin à articuler le gêneur.

Dans sa bouche, les mots s'entrechoquaient, dégoulinant sans intonation sur le parquet ciré.

– Je crois qu'il... qu'il est mort.

Déjà Grandgérard se levait, prêt à s'élancer dans le couloir. La journée commençait en fanfare. Dès l'arrivée de ce fou, le psychiatre avait su qu'il lui réserverait des ennuis. Mais avait-il eu le choix? Non, bien sûr. Dharma était ce qu'on appelle une obligation.

En passant devant leur réfectoire, le médecin invita deux «armoires à glace» à le suivre. Les trois hommes dévalèrent quatre à quatre les marches de béton menant aux caves de l'hôpital. Leur course s'arrêta devant la porte en acier de la cellule spéciale. Soulevant le petit volet métallique, Grandgérard jeta un coup d'œil à l'intérieur. Cet imbécile d'infirmier n'avait pas menti: le patient gisait par terre, le visage couvert de sang, immobile au milieu d'une flaque de vomissure.

Immédiatement, le docteur fit un pas en arrière, tenta de maîtriser un violent haut-le-cœur et un frisson de terreur. Si Dharma avait réussi à se suicider, ça allait chauffer. Tout son hôpital en subirait les conséquences. Privée de son plus généreux mécène, l'institution courait tout droit à la faillite.

❅ ❅ ❅

À la rédaction de Canal 13, la mort accidentelle de Leignon — la télécopie insistait sur le terme «accidentelle» — eut l'effet d'une bombe. Robert Nourricier, rédacteur en chef des infos, envoya une équipe sur le lieu de la boucherie et une autre au Palais de justice. Il s'agissait de recueillir le maximum d'informations et d'images pour alimenter le «Treize Heures». Dans la perspective d'un bulletin d'information par ailleurs insipide, l'événement était providentiel.

— Explosion du taux d'audience, les gars, bêla-t-il presque gaiement.

Et chacun de s'activer avec un zèle inhabituel. Dépêché au Palais, Jean-Luc Gomez prétexta qu'il n'aurait pas assez d'images d'archives pour illustrer son sujet. Cabotin, il proposa de faire le point en se plantant devant la caméra. Ce qui n'étonna personne, vu qu'il adorait se voir à l'antenne. Permission accordée. Le patron était de bonne humeur et Gomez aux anges.

À l'écart de l'agitation, Moulin avait accueilli la nouvelle comme un direct à la mâchoire. S'extirpant des cordes, il s'était traîné, hagard, jusqu'aux toilettes. Là, il se laissa tomber à genoux pour déverser sa bile et les restes à peine mâchouillés d'un petit déjeuner bâclé.

Il ne connaissait pas Leignon, l'avait juste entr'aperçu à la sortie des vestiaires un jour qu'il était venu saluer Glorieux et assister aux exploits du Maccabi lillois. Moulin se sentait pourtant aussi responsable de sa mort que s'il l'avait étranglé de ses propres mains.

Seul dans son coin, Jérémy ne soufflait mot.

Ce qui l'indisposait le plus était le contraste écœurant entre ce qui se disait en coulisses et ce qui serait diffusé à l'antenne. Malgré le manque d'informations et l'absence totale de preuve, la plupart des journalistes étaient persuadés que Leignon avait été éliminé. Mais, à l'antenne, on sortirait le respectable parapluie de la déontologie pour diffuser une information d'une exemplaire neutralité. Le présentateur insisterait, à son tour, avec toute la lourdeur voulue sur l'adjectif «accidentelle». Pas question de voir dans cette tragédie autre chose que l'action d'un destin cruel. Aujourd'hui, la télévision avait remplacé le catéchisme dans le cœur des pauvres gens. Et le commun des mortels de faire une aveugle confiance aux avis autorisés...

On disait que la justice suivrait son cours. Mais ses méandres étaient imprévisibles et ses silences impénétrables. Jérémy n'avait plus foi en elle. Jérémy n'avait plus foi en rien.

Dans le couloir, il se versa un gobelet de café et jeta un coup d'œil au bureau des techniciens. Il était vide. L'occasion rêvée de téléphoner à ce magasin d'informatique, histoire de se changer les idées.

❊ ❊ ❊

Un des infirmiers ouvrit la lourde porte aux multiples dispositifs de sécurité.

— Soyons attentifs. On ne sait jamais... précisa Grandgérard.

Peu rassuré, il s'avança pourtant dans la pièce froide et malodorante. Les deux infirmiers qui se tenaient de part et d'autre observèrent le médecin se pencher vers le corps. Ils le sentaient prêt à se jeter en arrière, si l'autre ne faisait que simuler l'inconscience. Dharma ne bougea pas.

— Le cœur bat. Le pouls est faible. Il respire. Bon

Dieu! il était temps qu'on le remarque. On dirait que ce crétin s'est tapé la tête contre la porte jusqu'à la faire exploser. Par chance, la douleur a eu raison de sa volonté. Il s'est évanoui avant de se tuer. N'empêche! Il a quelques vilaines plaies. Il faut recoudre ça le plus vite possible.

— Il serait imprudent de le conduire là-haut, avança timidement Wolfgang — on l'avait surnommé ainsi parce qu'il gardait toujours sur lui un baladeur et une cassette de Mozart.

— C'est évident. Transportons-le au mini-bloc opératoire dans l'autre aile. Pas question de mettre ce détraqué en contact avec d'autres malades!

Sans ménagement, on attacha Dharma sur un lit à roulettes que Wolfgang poussa à travers une enfilade de couloirs sinistres. Dans un silence de mort, l'étrange cortège parvint à une pièce étroite et bien éclairée: une salle de soins miniaturisée. Quelques secondes plus tard, une infirmière arriva sur les lieux et Grandgérard téléphona au chirurgien de garde. En attendant, il entreprit de nettoyer la peau maculée de sang séché. La tâche n'avait rien de drôle. Comparée à ce que le médecin devrait faire ensuite, c'était pourtant de la rigolade. Comment annoncer l'accident à qui de droit? Oh! bien sûr, l'irrémédiable avait été évité. Mais des têtes risquaient de tomber...

❊ ❊ ❊

L'aspect du magasin le surprit. Jérémy avait imaginé tout autre chose: une espèce de bureau d'allure officielle avec une secrétaire à l'accueil, quelques spécialistes affairés dans un atelier. Au lieu de cela, il se trouvait face à la vitrine encombrée d'une échoppe de quatre sous. On y avait entassé le maximum d'articles qui, privés de relief, manquaient d'attrait. Lorsqu'on se penchait un peu, on apercevait pourtant du matériel sophistiqué: cartes son 32 bits, imprimantes laser compactes, cartes vidéo ultrarapides. Bref, tout l'attirail du parfait petit informaticien amateur. Il ne manquait, en fait que les ordinateurs eux-mêmes. En s'inclinant, Jérémy discerna leur silhouette blanche sur une longue table adossée au mur droit du magasin.

Il découvrit la porte d'entrée recouverte d'affichettes, en retrait, sur la gauche de la façade. On ne la distinguait pas de la rue. Il la poussa et éprouva d'emblée l'étrange sensation de pénétrer dans l'antre obscur d'un apprenti sorcier. Une odeur de circuits électriques surchauffés flottait dans l'air; un effluve qui n'était guère désagréable.

Dans la boutique, régnait un certain désordre. Des P.C. de tous les calibres, à tous les prix se côtoyaient sans ordre ni logique. Ce capharnaüm suscita en lui des réminiscences cinématographiques: *Gremlins*. Il s'attendait presque à entendre la délicieuse mélodie d'un mogwaï égaré, quand un rideau de perles se souleva. Un petit homme aux traits asiatiques, mince et souriant, entra dans le magasin. Jérémy faillit pouffer. Le tableau était complet.

– Je suis monsieur Wang, dit le nouvel arrivant en tendant une main fripée.

En la serrant, Jérémy se présenta à son tour et précisa que ce matin, au téléphone, il avait parlé à une demoiselle. Elle lui avait assuré qu'il pourrait acheter ici la machine de ses rêves à un prix modique défiant toute concurrence. Le sourire de M. Wang se creusa davantage.

– C'était vous... Oh! je vois. Oui, oui, oui... Vous avez bien fait de venir jusqu'ici. Je vous assure que vous ne serez pas déçu. Notre matériel est d'une qualité exceptionnelle et, de plus, notre service après-vente est inimitable.

Du baratin, encore du baratin... Amusant, d'ailleurs, et plutôt sympathique dans la bouche de ce frêle personnage pour qui la jovialité semblait une seconde nature.

— Je parie que vous avez lu notre annonce dans un journal?

Jérémy sortit de sa poche la page grâce à laquelle il avait connu l'existence du magasin.

— Une main bienveillante avait pris soin d'entourer votre offre au feutre rouge. Difficile de la manquer!

Wang y jeta un regard amusé.

— La vie est pleine de coïncidences, monsieur Farrar. De rencontres fortuites et déterminantes...

Jérémy opina.

— Vos prix avaient l'air intéressants, alors je vous ai téléphoné.

— Ma fille m'a effectivement parlé de votre coup de fil, de vos besoins. Hélas! elle n'est pas ici pour l'instant. Il faut bien qu'elle se régénère, vous comprenez...

L'image amusa Jérémy.

— Vous déjeunez tard dans la profession, ironisa-t-il.

— Déjeuner?

Le vieil homme sourit à son tour.

— Je crois que je me suis mal exprimé... Se régénérer n'est peut-être pas le terme juste. Je voulais dire: elle se repose. Elle se refait une santé.

Là-dessus, il se retourna, fit le tour du comptoir et prit une petite feuille couverte de graffitis.

— Vous cherchez, paraît-il, une machine pas trop chère qui vous offre un minimum de confort: un 486 DX4/100 ou un Pentium 75 avec tous les périphériques dont un concepteur a besoin aujourd'hui.

— Concepteur est un bien grand mot, rougit Jérémy. Je vous l'avoue volontiers, ce sont surtout les jeux qui me passionnent. Je sais qu'à mon âge je devrais me consacrer à des tâches moins futiles, mais c'est plus fort que moi.

– Sega!

– Pardon? dit Jérémy, décontenancé.

– Comme le dit la publicité: «Sega c'est plus fort que toi!»

Et il éclata d'un grand rire sonore, presque enfantin. Une fois calmé, il reprit sur un ton apaisant:

– Ne vous excusez pas, vous n'êtes pas un cas isolé. La plupart des capricornes gardent une âme jeune et créative.

Comment ce type pouvait-il savoir qu'il était de ce signe? Jérémy hésitait entre l'instinct et la divination. Wang s'amusa de son trouble.

– Ne vous inquiétez pas, je ne suis pas médium, mais seulement observateur. Et vous avez les traits d'un parfait capricorne. Remarquez, je pense que vos signes astrologiques occidentaux sont un peu limités... comment dire? Simplistes! On y trouve certes des choses amusantes.

Il se frotta le menton.

– Oui, intéressantes...

Il se tourna vers le mur, parut estimer son stock, puis reporta son attention vers son client.

– Vous avez confiance en moi?

De toute évidence, Wang attendait une réponse positive. Alors, Jérémy acquiesça. Plus par politesse que par conviction.

– Non, non, reprit l'autre. Je veux dire... est-ce que vous pensez que je peux vous montrer la voie?

Jérémy haussa les épaules.

– C'est vous le spécialiste, après tout.

– Certes, certes. Alors, j'ai quelque chose pour vous. Une occasion unique. Une machine magnifique. Elle a peu servi et je vous la laisserai à un prix avantageux.

On y était! L'autre le prenait pour un idiot et espérait lui refiler une antiquité boiteuse. Le Chinois – à moins qu'il soit vietnamien, coréen, ou taïwanais, allez donc savoir! – allait lui proposer un 386 amélioré, au mieux un 486, pour le prix à peine réduit d'une nouvelle machine. Une pratique tellement courante dans le milieu...

– Écoutez, ce n'est pas vraiment ce que je cherche, je...

– Vous ne me faites plus confiance?

Jérémy s'échauffait. Il respira un grand coup et hocha la tête avec un soupir. Qu'est-ce qu'il risquait, au fond? Si la proposition lui semblait malhonnête, il planterait là ce type grimaçant et irait chercher ailleurs ce dont il avait envie.

– Bon, alors que diriez-vous d'un DNA/8 cadencé à 320 mhz, 512 K de cache, 64 mégas de mémoire ram, disque dur de huit gigas, CD Rom octuple vitesse, modem/fax 57.600 bauds, clavier Cherry et souris infrarouge. Sans oublier une carte vidéo Matrox 128 avec 8 mégas de mémoire et la fameuse carte son Soundblaster EJB64 avec un casque aux performances que je vous promets sidérantes.

Ahuri par le tourbillon des détails, Jérémy passa mentalement en revue les différentes caractéristiques énumérées.

– Plus un joystick digital pour vous divertir, ajouta l'autre, ravi de l'effet qu'il avait provoqué.

Lorsqu'il eut compris que le vendeur se moquait de lui, Jérémy esquissa un sourire poli.

– C'est une suggestion sympathique, finit-il par avouer, mais très au-dessus de mes moyens.

– Ne croyez pas cela. Nous allons trouver une solution, c'est certain...

Jérémy hésitait: devait-il partir ou laisser cette situation absurde perdurer encore quelques instants? Le flot de paroles s'interrompit, comme si M. Wang pensait à autre chose ou cherchait une nouvelle plaisanterie. Quand il reprit la parole, il avait changé de ton.

— Vous ne soupçonnez pas ce qu'une machine comme celle-là peut vous aider à réaliser. Un spécialiste de l'image comme vous devrait se pencher sur les nouvelles techniques de...

Une bizarre appréhension fit irruption dans l'esprit de Jérémy.

— Attendez, attendez... Comment savez-vous que je m'intéresse à l'image?

Le vendeur rougit. Ou peut-être n'était-ce qu'une impression?

— Ma fille m'a dit que vous vous appeliez Farrar et que vous travailliez dans une station de télévision. Je suis un téléspectateur attentif, monsieur Farrar. Je lis les génériques des émissions. Il n'y a pas que les présentateurs qui comptent... Ainsi, je peux vous affirmer que c'est vous qui avez réalisé le journal télévisé de Canal 13, hier soir.

Cette fois, Jérémy était abasourdi. Un tel degré d'observation, une telle mémoire... Ce n'était pas possible! Et, pourtant. Y avait-il une autre explication plausible?

— Parfait, parfait. Je vois que nous nous comprenons, reprit le petit homme qui avait recouvré toute sa confiance mutine. Alors, je vous propose de mettre une cerise sur votre gâteau. Vous aimez les cerises?

Encore une fois, Jérémy jugea l'image amusante et la question singulière. Il se contenta de sourire, encourageant l'autre à poursuivre.

— Alors, allons-y pour un kit de capture vidéo HD4000. Ce produit est récent mais, rassurez-vous, il est performant et fiable. Grâce à cette interface et au logiciel qui l'accompagne, vous pourrez transférer n'importe quelle image dans votre P.C. et la transformer à votre gré. Tout est virtuellement possible, quand on sait comment s'y prendre. Fini les photos figées, le détail qui cloche, le cadrage imparfait. Vos albums de famille, vos vidéos seront tellement plus agréables à regarder...

– Le travail de l'image, c'est mon métier. Chez moi, je recherche plutôt la détente, le dépaysement.

– Je vous comprends, monsieur Farrar. Toutefois, je suis d'avis que quand quelqu'un possède un vrai talent, il se doit de le cultiver. Ne sommes-nous pas tous là pour apporter une pierre à l'édifice?

Cette fois, Jérémy perdait pied. Qu'est-ce que ce type voulait lui signifier? Qu'est-ce qu'il attendait de lui?

À nouveau, le vendeur éclata d'un rire cristallin.

– Ne vous inquiétez pas. Je ne cherche pas à vous effrayer. Juste à vous faire comprendre que cette machine vous ouvrira de nouveaux horizons. Si vous vous passionnez pour l'image, c'est un outil remarquable. Ne sous-estimez pas sa puissance ni son utilité. Si vous me permettez une ultime prédiction, laissez-moi vous dire ceci: cet ordinateur va devenir votre meilleur ami et changer votre vie, monsieur Farrar.

Il resta un moment silencieux, absorbé par de profondes pensées.

– Oui, il va changer votre vie... répéta-t-il entre ses dents.

Chapitre 5

Lorsqu'il reprit conscience, allongé sur le lit, seul dans sa chambre déprimante, Samuel Dharma ne put retenir une longue plainte déchirante.

Il y avait la douleur, bien sûr. Lancinante, elle dévorait son visage. Mais le pire, c'était d'être là. Encore là. Retour à la case départ.

De vagues souvenirs. Il se rappelait avoir eu la ferme volonté d'en terminer une fois pour toutes avec cette parodie de vie. Désespéré, il avait cherché un moyen sûr et définitif. N'en avait pas trouvé. Après? Sa mémoire se voilait.

Il tenta de lever le bras, n'y réussit pas. Ses mains étaient retenues pas des courroies très serrées, ses coudes aussi. Étendu sur cette planche trop dure, ficelé comme un saucisson, il était incapable d'esquisser le moindre geste. C'est alors qu'il remarqua qu'on l'observait par le judas. Il tourna la tête, croisa un regard inconnu. La trappe se ferma.

— Pourquoi ne m'avez-vous pas laissé? Tortionnaires! Je veux mourir. Fichez-moi la paix!

Pour toute réponse, il ne recueillit qu'une nouvelle bouffée de silence glacial. Le désespoir, venin insidieux, entreprit de se répandre dans ses veines. Dharma pleurait comme un enfant. Ne se calma que lorsque la sale couleur grise du plafond commença à se teinter de nuages bariolés. Avec une attention qui monopolisait ses pensées, il fixait ce kaléidoscope organique. Petit à petit, il se détendait, aspiré par la sensation de se dédoubler, de n'être plus seulement Samuel Dharma, l'homme. La conscience d'une autre existence se faisait plus aiguë. Elle était si proche, à l'intérieur de son corps. C'est dans cet esprit dédoublé que se développa la pensée. Une résolution toute simple. Incontournable. Définitive!

Si on ne le laissait pas mourir, alors il tuerait ceux qui le retenaient ici. Comme il avait tué sa femme.

S'il avait pu, Dharma aurait applaudi. «Génial», pensa-t-il. Un excellent exemple de ce qui avait changé depuis qu'Ishido avait fait irruption dans sa vie. Avant, le pauvre Samuel tergiversait. Pendant des jours, il pouvait tourner et retourner les mêmes questions dans sa tête. Toutes les solutions qu'il envisageait ne le satisfaisaient jamais. Normal! Il n'était pas assez radical! Ishido l'avait aidé à faire un grand pas vers la vérité et Dharma regrettait que son ami ne soit pas plus présent aujourd'hui. Toujours là. Toujours.

Confusément, il sentait que c'était une question de temps. Lorsque la métamorphose serait achevée, il deviendrait un être nouveau. Cette certitude le réconforta, même s'il ignorait quand viendrait ce moment tant espéré.

Peu à peu, les couleurs se dissipèrent. L'horizon redevint terne et morne. À nouveau, il était seul. Tout seul. Et le sentiment de déchéance et d'abandon qui accompagnait ses rares moments de lucidité l'assaillit encore. Lui serra la gorge. Jusqu'à le faire étouffer.

❊ ❊ ❊

– Incroyable! Tout a l'air de fonctionner. Tu te rends compte? Un matériel professionnel à un prix pareil? Ce commerçant est taré ou c'est la mère Thérésa des informaticiens.

Jérémy exultait. Audrey était aux anges. Elle adorait le voir heureux, il était béat.

Dans son bureau, Jérémy avait passé la fin de l'après-midi à connecter le matériel. Contrairement à ses craintes légitimes, il n'avait pas éprouvé de difficultés à faire fonctionner le système. L'absence de conflits internes l'étonna. En effet, avec ce genre de clones d'assemblage, un nombre extravagant d'essais et de réglages étaient en général nécessaires pour parvenir à une compatibilité totale. Ici, tout s'était passé sans heurts: deux câbles à brancher sur un domino, le modem à raccorder à la prise téléphonique et c'était tout. Évidemment, Jérémy n'avait pas besoin d'une machine aussi puissante et il lui faudrait un certain temps avant de dompter la bête. Mais aurait-il pu refuser une offre aussi alléchante?

En plus, dans son infinie bonté, Wang avait tenu à lui offrir une petite prime. Une autre! Il avait ainsi copié, sur le disque dur, un tas de précieux utilitaires et des dizaines de jeux récents, plus excitants les uns que les autres. Ce n'était pas très légal, mais ça permettait à Jérémy d'économiser pas mal d'argent. Comme la plupart des gens qui profitaient d'avantages substantiels, il fermerait donc les yeux sur le droit et l'éthique.

Le coucou suspendu au mur de la salle à manger lança huit appels pressants.

– L'heure du marchand de sable, ironisa Audrey qui trouvait Patrick Moulin plutôt soporifique.

Elle mit en marche la télévision, poussa sur le chiffre 1 de la télécommande, qui correspondait à Canal 13, la chaîne préférée du couple depuis que Jérémy y travaillait. Un jour sur deux, il réalisait le «Vingt Heures». Aujourd'hui, il avait mis en forme le journal de la mijournée. Quand il n'était pas au boulot, Jérémy essayait de se glisser dans la peau du spectateur spécialisé. Il devenait un observateur critique qui ne laissait rien passer des maladresses de cadrages ou des liaisons approximatives.

Une fois de plus, les actualités télévisées s'ouvraient

sur la mort tragique et accidentelle de Leignon. Moulin s'appesantit tellement sur le qualificatif que Jérémy pouffa. On revit quelques images de l'accident, enregistrées en fin de matinée. Puis Moulin enchaîna avec un sujet de Jean-Luc Gomez qui, cette fois, dut se contenter de plaquer un commentaire sur des images d'archives. Le moins possible de «face caméra» au «Vingt Heures», c'était un des credo de Nourricier. Le reportage y gagnait en densité. On y découvrait Maître Guillot, l'avocat de la victime, très droit, nerveux, intimidé par l'objectif inquisiteur.

«Non, il n'avait pas revu Leignon depuis quelques jours. Non, aucun élément nouveau ne devait être versé au dossier. Non, Leignon n'avait jamais rencontré Max Renn. Seulement un intermédiaire qui prétendait représenter le BTC et lui avait proposé beaucoup d'argent pour disputer un mauvais match. De toute façon, Leignon avait déjà dit au juge tout ce qu'il savait sur l'histoire. Oui, cette mort accidentelle était une tragédie.»

Son de cloche identique chez Jean-Luc Buquin, président du Maccabi lillois, qui se lança dans un éloge peu convaincant à la gloire du «brillant serviteur de son club, disparu bien trop tôt. Un grand joueur qu'on ne pouvait vouer aux gémonies pour quelques minutes d'égarement. Un homme droit et toujours disponible. Un Monsieur». Un individu qu'il s'apprêtait à virer comme un malpropre. Évidemment, il se garda bien de le préciser à l'antenne.

Le sujet s'élargit ensuite sur quelques considérations plus générales qui avaient trait à l'affaire. Deux minutes de verbiage creux pour apprendre qu'on n'en savait pas davantage. «Travail brillant», pensa Jérémy. «Du Gomez tout craché...»

En aucun cas, on ne fit allusion à Maxime Renn. À croire que l'arrogant personnage avait fait taire toute rumeur par sa brillante prestation de la veille.

Jérémy se souvint des conversations qui avaient animé les bureaux, plus tôt dans la journée. Sa bonne humeur s'en trouva obscurcie par un nuage gris qu'il n'attendait pas. Coup de froid dans la tête, alerte passagère.

Moulin enchaîna sur quelques nouvelles de politique intérieure et l'esprit de Jérémy repartit flâner du côté de la caverne d'Ali Baba qu'il avait découverte auparavant.

— Vous verrez, lui avait dit Wang, cet ordinateur est exigeant. Il vous demandera beaucoup de temps et de disponibilité d'esprit. En contrepartie, il vous offrira énormément. Bien plus que vous n'imaginez...

Jérémy hésitait. Étaient-ce des mots en l'air, des clichés faciles pour séduire le client? Et si ce type était un bon génie?

— Permission accordée, dit Audrey.

Jérémy dégringola de son nuage et la fixa bêtement comme si elle venait d'annoncer une attaque extraterrestre.

— Tu peux aller retrouver ton nouveau jouet, précisat-elle. Je sais que tu en meurs d'envie. Grand gamin!

Gêné d'avoir été pris ainsi en flagrant délit de rêverie, Jérémy voulut se défendre. N'aimant pas mentir, il se contenta d'un clin d'œil complice.

— Ne sois pas trop long. Pense à ta petite femme.

Il promit d'être bref et l'embrassa. Puis, il quitta la pièce et grimpa les marches, réfrénant l'envie de courir jusqu'à son bureau pour se laisser gagner par la fièvre si masculine de l'informatique ludique.

❖ ❖ ❖

La limousine déboucha dans la cour, se jouant des imperfections du terrain avec une souplesse féline. Sa longueur et son élégance attirèrent l'attention de Charlotte, occupée à feuilleter un illustré dans le foyer des infirmières. Intriguée, elle s'approcha de la fenêtre.

Trois hommes vêtus avec une élégance désuète sortaient dans la nuit. Un seul réverbère fonctionnait sur le terrain de stationnement si bien qu'à cette distance, il était difficile d'identifier les visiteurs. Les médecins ne circulaient pas dans ce genre de véhicules. Non, les limousines étaient plutôt réservées aux hommes d'affaires et aux politiciens en vue. Ce fut l'indice qui l'aiguilla sur la bonne piste. Les deux grands types lui étaient inconnus, mais pas celui qu'ils encadraient – protégeaient, pensat-elle.

Maxime Renn !

Même si Charlotte ne l'avait jamais vu en chair et en os, elle était certaine de le reconnaître. Renn ! Un personnage charismatique et brillant, l'image de la réussite, l'être providentiel... Au-dessus des étiquettes, des clivages et des clichés, il traçait la voie du changement et du progrès.

Homme d'affaires avisé, maire d'une petite commune en pleine expansion, déjà député, il ne cessait de gravir les marches de la gloire. En temps voulu, la France lui ouvrirait les bras. Après, viendrait l'Europe. Renn était son Kennedy à elle, l'incarnation jeune et sympathique d'une évolution radicale. Avec son avènement, s'achèverait le temps de la morosité.

Le rencontrer, lui serrer la main, constituait le plus beau des rêves. Maintenant que l'occasion lui était donnée, elle se sentait perdue, soudain si timide.

D'un pas soutenu, les trois hommes se dirigeaient vers l'entrée secondaire, sur le flanc gauche du bâtiment. Si Charlotte se dépêchait, elle pourrait les croiser, l'air de rien. Le voir, le toucher, peut-être...

Sans se soucier du témoin rouge d'appel qui clignotait sur le panneau de contrôle, l'infirmière se rua hors de la pièce. Au risque de se briser les vertèbres, elle dévala quatre à quatre l'escalier de service.

Le grand hall était silencieux, le couloir secondaire

aussi. Où avaient-ils disparu? Perplexe, la jeune infirmière resta figée, incapable de trouver une explication logique à cette énigme. Sans conviction, elle ouvrit une porte qui donnait sur une obscurité pâteuse et déprimante. Rien. Personne.

Une hallucination... Elle avait été victime d'un simple fantasme. Que viendrait d'ailleurs faire le brillant Maxime Renn en pleine nuit au centre hospitalier de Bois Vilier? Il aidait financièrement l'établissement, bien sûr, mais de là à penser que... C'était si ridicule qu'elle faillit se gifler.

«Imbécile! Toi et tes émois d'adolescente!»

Elle rit de sa naïveté et sortit dans la cour, respirer une bouffée d'oxygène revigorant. Sur les pavés disjoints, elle fit quelques pas, contourna la fontaine qui ne coulait plus depuis des années et marcha vers la lumière.

Deux automobiles étaient rangées côte à côte. La BX du docteur Grandgérard et la Polo de Ludwig, un sympathique infirmier qui la cajolait parfois lorsqu'ils avaient un moment de liberté. Plus loin, trônait une Mercedes 600, longue, noire, imposante. Un modèle ancien. Toujours aussi sensationnelle! Charlotte eut l'impression qu'un homme était assis derrière le volant. Du coup, elle n'osa pas s'approcher davantage.

En regagnant son poste, le doute, à nouveau, la rongea. Et si sa première impression avait été la bonne? Elle imaginait bien Renn dans cette belle voiture, isolé du monde extérieur, à l'abri des sarcasmes, au-dessus de ce monde terne et bête...

❊ ❊ ❊

Jérémy n'en croyait pas ses yeux. Il porta la montre à son oreille pour être sûr qu'elle fonctionnait. Le discret tic-tac le rassura. Puis l'effraya. 2 h 15! Six heures qu'il était sous l'emprise de son étonnante machine...

Extraordinaire était un terme plus approprié, car les possibilités de l'engin paraissaient illimitées. Ce processeur DNA – drôle de nom! – accomplissait des miracles. Bizarre que Jérémy n'en ait jamais entendu parler. Il s'agissait sans doute de cette nouvelle génération de puces qui devaient succéder au fameux Pentium. Des puces savantes... comme au cirque

Circonspect, Jérémy avait commencé par faire tourner quelques jeux et, subjugué par leur fluidité, il avait sombré dans un enthousiasme enfantin. Il avait ensuite testé quelques applications. Leur vitesse d'exécution défiait sa compréhension et ses espérances les plus folles. Résultat: la nuit était déjà bien entamée et, tout à l'heure, lorsque sonnerait le réveil, il serait éreinté; incapable de se lever, d'émettre le moindre son cohérent. Quand Jérémy ne dormait pas dix heures par nuit – c'était un minimum – il n'était qu'une lavette informe et inutile.

L'intense excitation qu'il ressentait s'accompagnait de symptômes physiques: une espèce de boule remuait dans son ventre, juste sous le plexus, et une escouade de minuscules fourmis se baladaient à travers son cerveau. À regret, l'informaticien en herbe poussa sur l'interrupteur et ôta le casque qu'il portait. C'était le seul moyen réaliste de se soustraire à l'attraction.

Audrey dormait. Un peu fâchée sans doute, elle n'était pas venue le saluer. Gêné, il réalisa qu'ils n'avaient pas fait l'amour, ce qui eut le don de l'irriter. Cette absence de désir était plutôt rare chez lui. Malgré toutes ces années de vie commune, il se passait rarement une soirée sans qu'ils goûtent ensemble au plaisir exquis de la chair. Le mariage, bien loin d'avoir érodé leur envie, l'avait simplement modifiée. Au fil des étreintes, le couple avait imaginé des codes, construit des scénarios, à chaque fois répétés, toujours différents. L'habitude n'avait jamais eu un goût d'ennui.

Couchée sur le dos, l'air détendu, Audrey planait. Loin. Heureuse. Nu, il se coucha près d'elle. Il essaya de ne pas la toucher, pour ne pas la réveiller, et s'endormit en douceur.

✿ ✿ ✿

– Sammy, Sammy, Sammy... tu m'agaces.

Douce et basse, la voix éraillée de Renn se teintait d'une réelle exaspération. Il se leva pour décharger l'électricité qui s'accumulait dans ses membres endoloris. Une énergie mauvaise qui, s'il n'y prenait garde, le pousserait à commettre des actes regrettables.

Dans le couloir, les deux gardes du corps attendaient sur un banc de bois, adossés au mur. Ils restaient à portée de voix, prêts à bondir et luttaient contre une sourde fatigue en discutant de tout et de rien. Surtout de n'importe quoi. Pour ne pas gêner le patron, ils conversaient à mi-voix. Parfois, ils se taisaient et tendaient l'oreille. La curiosité est un vilain défaut. Un défaut difficile à réprimer.

Une unique ampoule, accrochée au plafond, hors d'atteinte, vomissait sur les murs sales une lumière jaunâtre. Au milieu de la cellule, Dharma qu'on avait détaché, restait amorphe, la tête enfouie dans les mains, perclus de tristesse. Si las.

Arrogant, Renn tournait autour de lui, le harcelait sans relâche. Le visage de Dharma couvert de cicatrices purulentes le bouleversait. Il fallait être vraiment cinglé pour se mutiler aussi sauvagement. S'il avait eu quelques doutes sur l'état mental de son ex-bras droit, Renn était maintenant fixé: cet homme était irrécupérable.

«Mourir»! Dharma n'avait que ce mot à la bouche! Qu'il se rassure: on ne le retiendrait pas très longtemps dans ce monde auquel il n'appartenait plus tout à fait. Pourtant, avant de disparaître, il faudrait qu'il avoue.

Renn ne pouvait pas courir le risque que cette fichue cassette, que Dharma avait récupérée réapparaisse et tombe entre les mains de la justice. Les images de sa rencontre avec Denis Glorieux. La dernière preuve de la corruption. Ha! comme il rageait de ne pouvoir la détruire. Peu avant «la mort» de Dharma, son service de sécurité avait aussi constaté un détournement informatique. Quelqu'un s'était introduit dans le réseau et avait copié des documents compromettants: des factures, des numéros de comptes en banque... entre autres. Ce pirate avait été identifié. À présent, il se traînait aux pieds de Renn, larve pitoyable, cadavre en sursis.

Lorsqu'il avait découvert Dharma endormi dans son lit, le cadavre de son épouse entre les bras, Renn avait voulu le faire parler. En vain. Son complice de toujours se contentait de psalmodier des mots incompréhensibles.

Pour le garder sous son contrôle, Renn avait imaginé de faire passer son acolyte pour mort. Après avoir massacré sa femme, le dément avait choisi de se supprimer. Un plan tout simple. Brillant. Des hommes de confiance avaient été chargés de trouver un cadavre de substitution, un sans-abri de même taille et d'allure similaire qu'ils avaient «suicidé» d'une décharge de grenaille en pleine tête. Restait à substituer le faux Dharma au vrai. Un jeu d'enfant! L'évidence était telle que personne n'avait douté de l'identité du corps. La police s'était empressée de soustraire cette atrocité au regard du public.

Hélas! pour Renn, malgré une première fouille en règle de la maison de Dharma, la cassette n'avait pas été découverte. Ni les documents volés. Quelques éléments se trouvaient bien sur l'ordinateur et il s'était hâté de reformater le disque dur. Pour le reste... Renn, contrarié de ne pas mettre la main sur ces preuves, était aussi troublé par l'inhabituel acharnement de la justice et de la presse à l'impliquer dans cette affaire. Ces gens avaient-ils recueilli des informations qu'il ne soupçonnait pas?

— Je t'ai déjà confié ce que ce procureur m'avait demandé et ce que j'ai été forcé d'avouer. Je t'ai laissé hors du coup. Tu n'es en rien mêlé à cette histoire.

La voix de Samuel était suppliante, monotone comme une litanie.

— Il y a quelque chose qui cloche, Sam. Je vis sur des charbons ardents, on m'attaque de partout. Je crois que les enquêteurs en savent plus que ce qu'on veut bien me dire. Qu'ils en savent trop. Et toi seul a pu leur donner ces pièces à conviction que tu n'aurais jamais dû posséder.

— Tu te trompes, je te l'assure. Pourquoi ne te débrouilles-tu pas pour consulter les dossiers? Tu as de nombreux amis qui ne peuvent te refuser une si petite faveur.

Renn frappa du poing sur le mur, puis serra les dents pour faire taire la douleur.

— Ce putain de procureur m'emmerde! Il me hait. Jamais, il ne me fera la moindre confidence.

— Et les pressions... Tu n'as pas essayé les pressions?

C'était un mot tellement simple pour exprimer des idées si complexes, si dégoûtantes, qu'il parut soudain fort inapproprié à Samuel.

Renn se figea. Le sang avait quitté son visage maintenant blanc et glacé. La colère. Une sourde colère. L'envie de tout casser. Une sensation qu'il avait déjà connue, presque irrésistible.

— On a tout essayé! Tu me prends pour qui, Sam?

Écumant de rage, Renn agrippa son ancien collaborateur par le col de son terne pyjama et le hissa sur ses jambes flageolantes. Il avait beaucoup maigri. Seul un familier pouvait aujourd'hui l'identifier au premier coup d'œil. Samuel Dharma n'était plus que le fantôme de l'homme vif et courtois qu'il avait été.

Le regard de Renn avait perdu toute humanité. Sa voix, dure et sèche, claqua dans le silence.

— Tu leur as vendu la cassette et les renseignements que tu m'as volés, Sammy! Je sais que, de chez toi, tu t'es branché sur nos réseaux informatiques. Des protections ont été violées, des tas de factures ont été copiées. Personne ne comprend comment tu as pu opérer, mais nous avons des preuves irréfutables.

— De quoi parles-tu? Je n'ai rien fait.

Et il était sincère. Il ne se souvenait plus de rien. Renseignements? Factures? Pourquoi aurait-il détourné ces informations?

— Tu vas me payer ça, Samuel. Tout le monde te croit mort, tu sais. Suicidé! C'est la version officielle relayée par la presse. On a juste omis les détails de la scène sordide qui t'aurait rendu célèbre partout dans ce pays.

Penché en avant, il effleurait le visage de la limace humaine qu'il secouait avec violence. Il était écœuré.

— Tu me coûtes cher, Sam. Je déteste les gens qui perdent les pédales. Comment faire confiance à un type qui bute sa femme et qui baise son cadavre? Tu peux me le dire?

— Tue-moi, Max. S'il te plaît, finissons-en...

Les yeux étaient suppliants, sincères. Maxime Renn faillit accéder à la demande. Il n'avait qu'à serrer, l'autre ne se défendrait pas. Ça le calmerait. C'était le seul moyen.

Au lieu de cela, il ouvrit les mains et le corps mou et misérable s'effondra à ses pieds.

Avant de franchir la porte, Max Renn se retourna et avisa avec une profonde répugnance la forme décharnée qu'il avait abandonnée sur le sol.

— Tu as intérêt à retrouver la mémoire, mon vieux. Sinon, je te le garantis, ta vie deviendra un enfer pire que tout ce que tu peux imaginer.

En tournant dans le couloir, il fit signe au docteur Grandgérard de fermer la porte de la cellule d'isolement et s'éloigna d'un pas vif, flanqué de ses deux sbires intimidés.

Lorsque la voiture quitta la cour intérieure de l'hôpital psychiatrique de Bois Vilier, Renn, par habitude, lut la plaque en bronze qui honorait son action en faveur de la collectivité. «Max Renn, parrain de l'établissement et bienfaiteur de l'humanité.»

Chapitre 6

— T'as pas vu Moulin?

— Si. Il est dans son bureau avec un grand type. Je crois bien que c'est le joueur de basket-ball... Tu sais, celui de l'affaire...

Jérémy savait. Il remercia la secrétaire et s'engouffra dans l'ascenseur. Il n'y avait qu'un seul étage à monter, mais, aujourd'hui, un tel effort lui paraissait insurmontable. Après cette nuit de folie informatique, il se sentait vaseux. Pas question pourtant, de se laisser aller. Il fallait tenir le coup jusqu'au «Vingt Heures». Cette perspective le fit frémir, mais, bon! il savait qu'il y parviendrait. Il était payé pour ça, petit soldat fiable. Toujours fidèle au poste.

Devant la porte de Moulin, il répondit au traditionnel «occupé» par un «je sais» qui n'admettait pas la répartie. Il entra, salua Glorieux et s'assit à côté de lui. Moulin, comme il s'en doutait, se garda bien de protester.

— Ainsi, vous êtes David Glorieux, nouvelle vedette des médias, balança Jérémy sans que ses interlocuteurs décèlent dans sa voix la moindre trace d'ironie.

Glorieux restait sur ses gardes. Moulin l'invita à se détendre en précisant que le réalisateur était dans la confidence.

— Je ne suis pas une crapule, risqua Glorieux pour se justifier.

— Je n'ai jamais dit ça, répondit Jérémy. Je ne le crois pas. Il ne faut pas se tromper de personne. Avant que Patrick me raconte son incroyable histoire de guet-apens et de cassette vidéo, je vous voyais déjà en victime. Renn fait partie de ces individus qui pensent qu'on peut tout dominer avec de l'argent...

Pensif, Glorieux se gratta le menton.

– Je me demande parfois s'il n'a pas raison. Si je ne suis pas une monstrueuse exception. En plaçant la morale avant l'appât du gain, je me suis isolé. Personne ne semble comprendre mon raisonnement. Tout le monde me méprise.

– L'argent n'a que l'importance qu'on lui accorde, David. Je peux vous appeler David?

Le basketteur hocha la tête et Jérémy enchaîna sur d'autres réflexions philosophiques.

– J'admire votre attitude. Je suis content qu'ils vous aient relâché. Le plus stupéfiant est que vous ayez tant de mal à vous faire comprendre, alors que ces ordures pourrissent tout.

– Justement, intervint Moulin. Je pensais... je me demandais comment nous pourrions donner un coup de pouce à David.

Jérémy le foudroya du regard.

– Il est bien temps d'y penser maintenant que le mal est fait!

– Tu es injuste, Farrar, et je te prouverai que je vaux mieux que la caricature que tu as dans ta petite tête de lard. Maintenant, si tu veux bien nous laisser. Nous avons à parler.

Sans se faire prier davantage, Jérémy les quitta. Avant de sortir, il serra la main de Glorieux, l'assura de son soutien et l'invita à venir siroter un café au premier étage sitôt cette entrevue terminée.

En marchant dans le couloir, Jérémy éprouva une bizarre sensation. Comme si... Comme s'il venait de s'engager dans une espèce de croisade. Comme s'il se sentait investi d'une mission...

※ ※ ※

Wang tapota sur son terminal et lança la communication. Quelques secondes d'attente... Le contact... À l'autre bout de la ligne, Ishido s'éveillait en douceur. Wang lui fournit d'emblée quelques éléments d'information qu'il venait de recevoir, des embryons de pistes nouvelles, des routines, des raccourcis à employer pour entrer en action.

Les perles du rideau tintèrent et une magnifique jeune femme fit son apparition dans la pièce. Petite, svelte, d'une beauté quasi surnaturelle, elle avait des yeux très pâles, étrangement absents.

Wang la contempla d'un chaud regard paternel et, à l'instant, ne sut de quel enfant il était le plus fier: Kimmy, sa fille de chair et de sang ou Ishido, sa création, son fils virtuel. Ces concepts, il est vrai, avaient, au fil des années, perdu de leur contraste. Ishido s'était tellement... humanisé. Quant à Kimmy, il avait bien fallu qu'il l'aide. Aujourd'hui, leurs identités se confondaient. Comme les corps. Seuls subsistaient l'énergie et l'indéfectible attachement des deux enfants à leur père spirituel et nourricier.

– Alors, Kimmy, ta petite séance est déjà terminée?

– Oui père, je me sens mieux.

D'un œil expert, Wang examina le visage serein, la bouche fine bien dessinée, les pommettes saillantes et lisses. Il était sous le charme.

– Tu es si belle...

Elle sourit, remercia son géniteur en l'embrassant sur la joue.

– Je m'occupe du magasin, lui souffla-t-elle à l'oreille. C'est ton tour, maintenant...

Eh oui! Il devait s'y résoudre aussi. Le corps humain supporte si mal l'usure des ans... Heureusement, de temps en temps, on pouvait l'aider à reprendre des forces.

Dans le salon, Wang avisa la machine – une autre de

ses créations. S'assit dans le fauteuil de cuir noir élimé qui la jouxtait. Sans un mot, il enleva sa chemise et plaça les ventouses sur ses jambes, ses bras, sa poitrine, son visage et son crâne. Alors, il appuya sur l'interrupteur, ferma les yeux et se laissa bercer par la douce chaleur qui, voluptueusement, se répandait dans ses veines.

❊ ❊ ❊

Heureux de trouver une oreille attentive et compatissante, David Glorieux lui conta l'affaire. Toute l'affaire. Pour une fois, le travail des médias avait été correct et Jérémy ne fit pas de découvertes stupéfiantes. Il est vrai que Moulin s'était déjà chargé de compléter son information.

Encouragé par l'intérêt et l'affection sincères que Jérémy lui témoignait, le basketteur se laissait aller à la confidence. Avec moult détails, il lui décrivit la rencontre qu'il avait exigée. L'arrivée de Renn avec la mallette, leur très brève discussion, la poignée de main qu'il lui avait consentie. Tout cela devant l'objectif de la caméra que Moulin avait installée dans le bâtiment, dans l'intention supposée de mettre un terme aux agissements sournois de Renn.

D'abord, Denis avait ressenti une grande fierté à duper ce type arrogant qu'il détestait. Hélas! cette joie s'était muée en désespoir quand il avait appris la traîtrise de Moulin. Le journaliste n'avait jamais pu lui expliquer pourquoi il avait remis la cassette à ce Dharma, l'adjoint de Renn. Simple lâcheté? Arrivisme forcené? Cela importait peu, au fond. Dans les deux cas, le résultat était le même: Glorieux n'avait plus de preuve à avancer. Conséquence: c'était lui le paria.

Le basketteur déchu posa son gobelet vide sur la tablette et reporta son attention sur son interlocuteur.

– Comprenez-moi je voudrais seulement que cela

cesse. Cette mascarade m'écœure. Le sport doit rester propre. Renn se croit tout permis parce qu'il est riche. L'argent attise l'envie et gangrène la passion.

Jérémy acquiesça distraitement. Une vague idée lui trottait dans la tête. Elle était encore trop lointaine, trop floue, pour qu'il parvienne à la cerner. Quelqu'un avait fait récemment une allusion intéressante qui, par association d'idées, pouvait présenter quelque intérêt dans cette affaire... Jérémy ne savait plus de qui ni de quoi il s'agissait, alors il abandonna provisoirement la piste pour se concentrer à nouveau sur le récit de Glorieux.

❖ ❖ ❖

Samuel Dharma sauta à pieds joints, se retourna et entreprit de revenir à cloche-pied vers son point de départ. Il se baissa au passage, happa un objet que lui seul voyait et termina son parcours en souplesse, satisfait de son agilité.

– Qu'est-ce qu'il fait?

– Sais pas, dit Wolfgang qui l'observait par le judas grillagé. Ça ressemble à ce jeu qui occupait les récréations des filles de ma classe quand j'étais à la maternelle... La marelle, je crois.

Le docteur Grandgérard prit sa place et observa l'étrange manège auquel se livrait le dément. Un spectacle surréaliste qui, dans ce contexte, lui apparut presque malsain.

À voix basse, Dharma chantonnait des mélodies enfantines: «Il était un petit navire, il était...» Les paroles anodines, serinées par les lèvres boursouflées du malade, résonnaient curieusement. Malaise.

De toute évidence, le détraqué ne leur accordait aucune attention. Malgré son visage tuméfié qui rappelait sa tentative désespérée, il paraissait détendu, joyeux, innocent.

– Qu'est-ce qui le met dans cet état, docteur?

Grandgérard haussa les épaules.

– Les voies du Seigneur sont impénétrables, mon cher Wolfgang. Ce type a perdu l'esprit. Surtout, ne vous laissez pas apitoyer... Il reste dangereux, imprévisible.

Le médecin prit quelques notes sur un carnet qu'il gardait dans la poche de sa chemise.

Wolfgang en profita pour jeter à nouveau un coup d'œil dans la pièce. Dharma, assis en tailleur, battait l'air de ses mains, tel un improbable chef d'orchestre: «Une souris verte, qui courait dans l'herbe. Je la tire par la queue, je la montre à ces messieurs...»

– Complètement timbré, vous avez raison...

En refermant le petit volet sur le judas, il savait déjà que ce spectacle incongru resterait gravé dans sa mémoire.

* * *

Jérémy téléphona chez lui dans l'après-midi. Audrey, qui avait un rendez-vous important à Bruxelles, n'était pas rentrée. C'est Annick qui lui répondit. La jeune fille, qui venait deux fois par semaine mettre un peu d'ordre dans leur maison, promit qu'elle demanderait à madame d'appeler Canal 13 dès qu'elle serait de retour. Elle nota le message sur un bout de papier qu'elle plaça sur la porte du réfrigérateur avec un aimant.

15 h! Ouh la la! Annick éteignit le téléviseur. Il était plus que temps de passer à l'étage. Le bureau de monsieur devait être nettoyé et rangé.

Quand elle pénétra dans le repaire de Jérémy, son regard croisa celui de la nouvelle bestiole qui trônait sur la table de travail. L'écran était allumé, couvert de messages ésotériques et l'unité centrale – le cerveau – ronronnait, gros matou satisfait, affalé sur son coussin. Dans la pénombre, l'ordinateur lui paraissait vivant.

Tout de suite, elle le détesta. C'était idiot, inexplicable, mais la répulsion qu'elle éprouvait était violente, presque écœurante. Elle jeta un regard à la ronde. Partout, régnait le chaos. Monsieur détestait qu'on fouille dans ses affaires. N'empêche! Sans la petite Annick, il aurait depuis longtemps perdu son chemin dans la jungle qu'il laissait derrière lui à chaque passage. Au fil des mois, la jeune femme avait appris à comprendre l'organisation désordonnée de son patron. À remettre chaque objet à sa place. Là où il espérait le retrouver. Sa logique n'était guère évidente. Bizarre qu'il s'intéresse à l'informatique, une discipline qui convenait mieux aux esprits cartésiens qu'aux artistes farfelus...

Avant de se mettre au travail, Annick voulut éteindre la machine. Elle résista pourtant à la tentation. Si Monsieur l'avait laissée allumée, c'est qu'il avait ses raisons. Il ne lui pardonnerait pas d'avoir interrompu un travail en cours.

Oui, mais alors, elle ne pourrait pas ranger son bureau. C'était une évidence toute bête. Indiscutable. Résolument, Annick referma la porte et s'éloigna vers la chambre. Il y avait incompatibilité d'humeur entre elle et cette... chose.

❅ ❅ ❅

Audrey et Jérémy dînèrent d'une lasagne verte, puis s'installèrent devant le petit écran. Il était près de 22 h. Il était fatigué et, elle, de mauvaise humeur: la rencontre pour un hypothétique emploi de gérante dans une boutique de chaussures n'avait pas été couronnée de succès. Pour se venger du destin, elle avait acheté un tas d'objets très coûteux qu'elle trouvait déjà inutiles.

— Tu veux regarder une cassette?

Il haussa les épaules.

— Si tu veux. Choisis...

– Non, toi! Je suis crevée. Pas envie de réfléchir.

Il se leva à regret, fouilla dans l'armoire où ils stockaient les VHS et en sortit une copie de *Videodrome* qu'ils n'avaient pas regardée depuis longtemps. Il la lui proposa. De nouveau, elle afficha une moue indifférente.

– Si tu veux...

Cette passivité l'énervait, mais il ne s'en formalisa pas. Il prit un lait fouetté dans le réfrigérateur, s'affala dans le canapé et appuya sur la touche *play* de la télécommande.

Sur l'écran, un des protagonistes s'effondra sur le sol, ouvert en deux dans le sens de la longueur. Audrey annonça à Jérémy qu'elle était crevée et montait dans la chambre. Absorbé, il acquiesça distraitement.

Quand le générique défila sur la victoire de la nouvelle chair, Jérémy prit enfin conscience qu'il était seul dans le salon. Le film l'avait secoué et il n'avait aucune envie d'aller se coucher. Non, ce qu'il voulait, c'était se réfugier dans son bureau et jouer une partie d'échecs contre son nouveau compagnon. Histoire de le tester. De se tester.

Comme s'il n'avait attendu que cela depuis son retour, il se rua tout heureux dans sa pièce. Un havre de paix à l'abri du temps, des chagrins et des tourments. Là, il se sentait en sécurité. Loin du boulot, des obligations. Seul.

Enfin, presque...

❊ ❊ ❊

Wang se réveilla en sursaut, une étrange certitude en tête: «Dharma n'est pas mort. Il a tué sa femme, puis il s'est endormi. Pas suicidé, juste endormi!»

Ce n'était pas son rêve qui lui soufflait cette version très différente de celle qu'il avait lue dans les journaux. Non, le message avait une autre origine. Il ne pouvait venir que d'Ishido! Seule la machine était en mesure de connaître cet épisode et le lui rapporter.

Cette fabuleuse révélation avait mis du temps à s'imposer dans l'esprit fatigué de Wang. Au départ, ce n'étaient que des images éparses. Ishido devait les lui avoir transmises lors de leur long échange téléphonique. Les éléments s'assemblaient à présent, comme un puzzle qui prend forme et révèle enfin son secret. Incroyable!

À aucun moment Wang n'avait mis en doute la version officielle. Il était persuadé que Dharma, son petit soldat, était perdu à jamais. Qu'il avait échoué.

Même s'il était difficile de savoir ce qu'il était réellement advenu de Dharma, où il se trouvait à l'heure actuelle. La nouvelle avait de quoi le réjouir. Maintenant, il disposait de deux atouts pour mener à bien sa mission.

✿ ✿ ✿

Sur le coup de 3 h, Jérémy se rendit compte qu'il avait du mal à garder les paupières ouvertes. Seule l'exaltation le tenait encore éveillé. Le casque posé sur ses oreilles et relié à la sortie adéquate lui conférait l'impression de faire corps avec la machine. Les deux entités ne faisaient plus qu'une. Un seul être de chair, de plastique, de métal et de verre dynamisé par un formidable microprocesseur. Jérémy se délectait de cette sensation enivrante, de cette puissance inouïe. Une totale confiance en ses ressources et dans celles du système. Il se vit pourtant contraint d'interrompre la communion. Pas le choix. À ce rythme harassant, il ne tiendrait pas un jour de plus.

«Je hais celui qui a inventé le travail et les horaires», hurla-t-il silencieusement.

«Qu'est-ce qui t'oblige à marcher dans la ronde, à suivre les autres?», souffla une petite voix, venue de nulle part.

C'était une bonne question et il remercia vivement

celui qui l'avait posée. Il l'éluda néanmoins. À cette heure tardive, il ne se sentait pas prêt à participer à un grand débat philosophique. Pas assez frais pour relever le gant ou pas assez éméché.

❊ ❊ ❊

— Alerte, tous dehors. Sortez! Vite!

Un ordre sec. Et cette sonnerie stridente et répétitive. Une certitude. Il fallait se tirer de ce trou à rat avant que les flammes ne consument tout. Chacun pour soi.

Jérémy reçut une bourrade dans le dos. Tangua. S'appuya au mur décrépi pour reprendre son souffle. Les autres ne faisaient pas attention à lui. Et s'il ne les suivait pas?

S'il arrêtait de tourner toujours dans le même sens?

Une nouvelle ruade. Pas le moment de se perdre dans les subtilités.

Des visages affolés. On le bousculait. Chute. Quelqu'un l'empoigna par les épaules, le secoua.

— Jérémy, c'est l'heure. Coupe cette sonnerie, je deviens folle.

Le réveil? Oh oui! bien sûr: le réveil. Un rêve, juste un rêve...

Pour une fois, il était presque soulagé d'avoir à quitter le lit.

Audrey se retourna, pelotonnée contre l'oreiller qu'elle serrait entre ses bras. Loin de trouver la scène attendrissante, Jérémy sentit poindre en lui un sentiment qui pouvait passer pour de la jalousie. Ce coussin lui apparaissait comme un substitut. Un rival. Il en conçut un réel agacement.

Sous la douche, il offrit son visage au jet revigorant qui arracha, un par un, les derniers lambeaux de nuit. Il était temps de faire le point. Sa vie devenait... bizarre! C'était un virage soudain, un plongeon rapide. Pendant la journée, il flânait, dépité par le monde, un univers dé-goûtant au sein duquel Renn incarnait la noirceur ab-solue. Naguère vif et enjoué, Jérémy ressassait de som-bres inquiétudes avec la conviction stressante qu'il pouvait agir; contribuer, ne fût-ce que pour une toute pe-tite part, à un hypothétique changement de cap. Incapable de se concentrer sur son travail, il errait à la recherche d'un plan séduisant.

Le soir venu, il changeait de peau. Avec délectation, il se laissait happer dans les mondes imaginaires que tis-sait la machine. Jouer, créer, remodeler, transformer... Plus qu'un passe-temps, c'était devenu une nouvelle pas-sion, un besoin, une urgence, une exigence. Une néces-sité.

Une autre question effleura son esprit: et Audrey dans tout cela? À toute médaille, il y a un revers. Jérémy délaissait sa femme. Même si elle ne s'en rendait pas en-core compte, bercée par un amour aveugle et bien-veillant, Audrey ne tarderait pas à souffrir de sa soudaine indifférence.

En frottant sans ménagement ses cheveux courts, Jérémy se promit de reprendre le contrôle. Il devait se modérer, varier les plaisirs et garder le sens des réalités. Après tout, cet ordinateur n'était qu'un objet. À son ser-vice.

Oui, mais il avait l'impression de faire corps avec lui.

«Une simple machine, il faut que tu entres ça dans ta petite tête, Jérémy. On ne passe pas sa vie avec un ordi-nateur. On ne lui sacrifie pas ceux qu'on aime, on l'uti-lise. En aucun cas, on ne se laisse guider par elle.»

En absorbant d'un trait un bol de café revigorant, histoire de se mettre en appétit, il se dit qu'aujourd'hui il se sentait plutôt bien. La fatigue s'était estompée; son esprit, éclairci.

– Un nouveau jour commence, les petits oiseaux chantent, le ciel est presque bleu. Je suis vivant, en bonne santé. Que demander de plus dans ce monde infernal?

Il hocha la tête, fixant dans la glace son reflet qu'il trouva séduisant.

– Bonjour chez vous, dit-il.

La sonnerie du téléphone. Nonchalamment, il traversa la pièce, décrocha le combiné. Une voix rauque, lointaine.

– Je suis bien au 52.65.84.92 ?

– Je ne suis pas un numéro, je suis un homme libre, assena-t-il à son correspondant inconnu.

Et il raccrocha en pouffant, ravi de sa plaisanterie téléphilique.

Chapitre 7

Encore une journée à tourner en rond, seule dans la maison. Cette pensée déprimante hantait sa vie.

Audrey aspirait à trouver un boulot. Oui, mais personne ne voulait d'elle. Tout bien réfléchi, elle ne savait d'ailleurs pas si elle voulait d'eux. Eux, les décideurs, les empêcheurs de tourner en rond. Les leaders. Les menteurs. Depuis qu'elle était toute petite, ses parents lui avaient répété que le monde était formidable et, chaque jour, elle découvrait de nouvelles raisons de croire que cette fichue planète était tout juste bonne à jeter à la poubelle. Elle s'affichait trotskiste-léniniste, tendance nihiliste. Une étiquette dérangeante qui résumait son état d'esprit anticonformiste.

La voiture de Jérémy disparut derrière le feuillage touffu d'un grand saule pleureur. Audrey savait qu'elle réapparaîtrait une brève seconde, un peu avant le virage. Ensuite, commencerait le calvaire.

Deux choses l'aidaient à supporter le lourd fardeau de l'existence: cette maison bordée d'un gigantesque terrain, un refuge à l'écart du monde et Jérémy, bien sûr.

Son mari exacerbait ses passions. La plupart du temps, elle l'aimait comme une folle. Elle tâchait pourtant de ne pas trop le lui manifester. Pour ne pas l'effrayer, peut-être. Quand il l'énervait, elle le haïssait. Pas de demi-mesure. S'il persistait à l'irriter, elle se sentait capable de le quitter. Sur-le-champ. Elle n'admettait pas qu'il s'égare ou se trompe sottement.

Parfois, la haine de la solitude rendait Audrey

égoïste. Ça aussi, elle essayait de le lui cacher. Pour ne pas le perdre.

Cette nuit, quand Jérémy était entré dans la chambre, elle avait regardé l'heure: 3 h 30... Son nouveau jouet lui tournait la tête. La frénésie d'un enfant sans obstacle ni garde-fou. Elle détestait dormir seule, mais elle ne lui avouerait pas. Au mieux, elle chercherait à le lui faire comprendre par des gestes et des mots qu'il saisirait d'instinct. Quelquefois, elle le jurerait, leurs cerveaux fonctionnaient en osmose. Il n'était pas rare qu'ils pensent la même chose au même moment. Qu'ils partagent les mêmes colères, les mêmes peurs. On pouvait mettre ça sur le compte de l'habitude; elle préférait croire en l'union mystique de deux êtres faits pour partager leur existence.

Vêtue d'un long t-shirt qui lui servait de robe de nuit, Audrey traversa le couloir. Le contact du sol froid sur la plante de ses pieds nus lui conférait la sensation d'exister. Voir, entendre, respirer, ressentir: l'essence de la vie.

Elle ouvrit la porte du bureau de Jérémy et, d'emblée, la vue des caisses abandonnées un peu partout, des livres oubliés sur la moquette et des câbles qui saillaient ici et là l'agaça. Le crépitement discret d'une machine l'irrita. L'odeur qui régnait dans la pénombre lui déplut. Plus que tout, l'atmosphère glauque qui imprégnait les lieux la bouleversa. Elle se sentit mal à l'aise. Il fallait qu'elle s'en aille ou qu'elle change tout. On était vendredi et Audrey n'avait pas d'endroit où se réfugier, personne à visiter. Elle opta donc pour la deuxième solution.

En trois pas rapides, elle parcourut la pièce, ouvrit les fenêtres et poussa les volets contre le mur extérieur. La lumière et l'air frais s'y engouffrèrent, comme pour la purifier. Patiemment, elle empila les cartons vides. Les balança dans le couloir. Réunit les livres qu'elle posa sur une étagère miraculeusement dégagée. Rangea les câbles dans un sac en plastique qu'elle plaça dans une armoire.

Un murmure électronique s'échappait toujours de l'ordinateur. Maintenant qu'elle lui faisait face, Audrey le percevait distinctement. Intriguée, elle s'agenouilla sur la chaise suédoise qu'elle avait offerte à Jérémy l'été dernier. D'un geste sec, presque hostile, elle appuya sur le bouton marqué «on» et l'écran s'anima. Elle connaissait, sans les maîtriser, les principes de l'informatique domestique. Juste les grandes lignes. Parfois, elle se servait du vieil Armstrad que Jérémy avait conservé si longtemps et qu'il avait aujourd'hui rangé au placard avec les vieilles choses inutiles.

«Comme toi, ma vieille. C'est là que tu finiras aussi. Plus vite que tu ne le crois.»

Stupéfaite, Audrey se retourna. Une voix, derrière elle, venait d'émettre cette remarque saugrenue. Évidemment, il n'y avait personne. Loin de la rassurer, cette constatation accrut son malaise. Anxieuse, la jeune femme passa en revue les noms qui s'affichaient sur l'écran. La liste évoquait une espèce de menu, organisé en répertoires et sous-répertoires. Elle comprit vite son fonctionnement.

Pour tuer le temps, Audrey lança *Bolo*, un jeu qui l'avait longtemps tenue en haleine. Pendant une dizaine de minutes, elle tenta d'y redécouvrir un peu de réconfort. Dut s'avouer vaincue. Elle pianota alors au hasard sur le clavier. Passa sous Windows, ouvrant des fenêtres, en fermant d'autres. Sans passion ni enthousiasme.

Qu'est-ce qui pouvait ainsi fasciner Jérémy, des heures durant, lui faisant oublier le temps, la fatigue et... elle?

Audrey ne comprenait pas. Son trouble, loin de se dissiper, ne faisait qu'amplifier. Elle se sentait indésirable et mal aimée... dans un endroit où elle n'aurait pas dû se trouver.

❀ ❀ ❀

C'était plus que de la complaisance. Une véritable entreprise de réhabilitation, un monstrueux coup de publicité, une sordide manipulation de la réalité.

Et il était contraint de supporter ça!

Lors des instructions de 11 h, Jérémy, qui n'y tenait plus, avait bondi, craché son fiel à la face des cadavres qui le regardaient. L'assemblée des journalistes bien-pensants lui lança une œillade étonnée, incapable de comprendre cette brusque poussée de fièvre.

– Vous vous rendez compte de ce que vous allez mettre à l'antenne? Ce portrait de Renn est une infamie. Vous faites de cet individu une espèce de saint, alors qu'en privé vous ne cessez de le houspiller... D'accord, l'actualité n'est pas des plus passionnantes. De là à diffuser de telles inepties, il y a un pas à franchir!

Contenant avec peine un bégaiement colérique, Jérémy aboyait. Sa rancœur s'adressait, en bloc, aux responsables de la séquence et à l'éditeur qui acceptait de la diffuser.

Nourricier, rédacteur en chef et seul maître après Dieu, lui expliqua patiemment qu'il ne s'agissait que d'un nouvel angle d'attaque pour continuer d'évoquer l'affaire – à présent si populaire, qu'elle n'avait plus besoin d'autre nom. De plus, jusqu'à preuve du contraire, Renn n'était pas impliqué aux côtés des fraudeurs. Et puis, de toute façon, Jérémy n'était que réalisateur. On l'invitait aux réunions pour régler les problèmes techniques. Pour le reste, il n'avait qu'à fermer sa grande gueule.

Message sec, froid, très clair. Reçu cinq sur cinq.

Vexé, Jérémy déplia un quotidien qui traînait à portée de main et s'absorba dans la lecture de quelques articulets dénués d'intérêt. Des vols, des meurtres. Triste.

«La vie est ingrate», pensa-t-il en chiffonnant les pages trop grandes de la feuille de chou.

Il rageait, impuissant, obligé de subir ÇA...

Plus grave, encore! Par sa fonction, il contribuait à diffuser un message tronqué. Cette apologie de Maxime Renn lui faisait penser à une réclame naïve et séduisante pour un poison mortel. Et on exigeait de lui qu'il participe à la contagion!

Concentré en quatre minutes dix, le reportage était édifiant. Il s'agissait d'un habile mélange d'images d'archives et d'interviews dans lequel on découvrait un Maxime Renn doué, travailleur et volontaire. Le symbole de cette réussite sociale qui excitait tant le bon peuple américain et une proportion de plus en plus inquiétante d'Européens lobotomisés. Comme dans un bouquin de Sullitzer, le héros consacré «golden boy» avait grandi dans la frange miséreuse d'une société peu égalitaire. L'enfant s'en était sorti avec, pour seul atout, une extraordinaire soif de progresser. Livreur de journaux à quatorze ans (classique), coursier à seize (cliché), on le retrouvait à vingt-quatre ans armé d'une quantité appréciable de devises gagnées dans des investissements risqués, mais fructueux. La première ellipse était succulente, on n'en apprendrait pas plus aujourd'hui. Renn devint alors un pilier de bourse. Du coup, il progressa dans la hiérarchie sociale sans rien créer ni fabriquer. Il se contentait d'acheter à bon escient et de revendre à point nommé des actions, des obligations, des petites sociétés. Un quotidien, un autre; une maison d'édition; une agence de publicité; une station radiophonique. Stratégiquement, Renn s'infiltrait dans le vaste réseau de la communication moderne. L'étape suivante? Une chaîne de télévision qui venait d'être privatisée en Belgique. Il fallait bien penser européen à l'aube des années quatre-vingt-dix. Puis, ce fut le tour d'une boîte qui produisait des films en Italie et, enfin, d'un club de basket-ball, pour réaffirmer ses racines françaises dans un sport de plus en plus médiatique. À court terme, il l'avait promis: le BTC deviendrait le porte-drapeau du sport français. Contrairement à certains de ses «prestigieux» modèles – Tapie ou Berlusconi en faisaient partie – il n'avait pas tâté du football. Maxime Renn, le visionnaire, avait préféré investir – beaucoup – dans un sport d'avenir. Ceci dit, la recette était identique, éprouvée et garantie cent pour cent efficace.

D'abord, il s'agissait de dénicher un club moyen jouissant d'un vaste soutien populaire. Ensuite, on achetait quelques vedettes pour épauler les gloires locales. Avec beaucoup d'argent, dans un sport en pleine mutation, on devenait vite numéro un national. La subtilité consistait à doser son effort pour ne pas dégoûter la concurrence et briser le suspense. Venait ensuite le défi européen. Un premier échec, néanmoins prometteur, n'avait en rien entamé la popularité de Maxime Renn et de son BTC chéri. Tout le monde s'accordait sur un point: l'avenir du club s'annonçait grandiose; le tremplin, idéal. Un titre continental dans cette discipline où la France n'avait jamais brillé suffirait. De ce fait, la carrière politique du président avisé serait propulsée vers de nouveaux horizons.

D'abord conseiller, par sympathie, Maxime Renn était rapidement devenu premier citoyen de sa commune, puis, aux élections suivantes, député. Candidat sans vraie casquette, au-dessus des créneaux réducteurs, il s'affichait en champion de la démocratie. Une formule primaire qui fonctionnait encore à plein régime.

Éric Favry, un des journalistes vedettes de Canal 13, racontait tout cela sans rire, en trois minutes vingt bien tassées. Du travail efficace, dépourvu de nuances! Il n'avançait aucune des réserves qui auraient pu rendre son travail crédible. Résultat: Canal 13 s'apprêtait à diffuser un véritable message publicitaire. À une heure de bonne écoute, de surcroît.

À aucun moment, il n'avait fait allusion à la recette

miracle de Renn. Le secret qui lui permettait d'assainir les entreprises en difficulté qu'il rachetait tenait pourtant en quelques mots: réduction drastique de la masse salariale, licenciements massifs, suppression sauvage d'avantages sociaux conquis de haute lutte. Dans cet univers impitoyable, c'était chacun pour soi. Tôt ou tard, même les syndicats finissaient par fermer leur grande gueule. Renn et son argent régnaient sur une jungle en cravate et col blanc.

Favry n'évoquait pas non plus le rachat barbare par Renn de quelques entreprises qui avaient osé concurrencer les siennes. Le grand homme d'affaires se hâtait d'incorporer ces compagnies à la maison-mère sous le couvert d'une fusion. Lorsque l'opinion publique avait tourné la tête, le patron dépeçait ses nouvelles acquisitions, les dépossédaient de leur substance et de leur talent avant de les revendre pour une bouchée de pain. Privées de leurs forces vives au profit de la société principale, ces coquilles vides ne tardaient pas à s'effriter, à disparaître. Renn, vampire des temps modernes. Au fond, l'image ne manquait pas de justesse.

Une constante se dégageait: Renn avait établi sa réputation, construit son succès en jouant sans scrupule avec l'argent. Pour lui, la vie n'était qu'une gigantesque partie de Monopoly. Pouvait-on le lui reprocher? Après tout, il exploitait jusqu'à la lie les faiblesses d'une idéologie qui avait fait son temps. Il abusait du système là où l'éthique aurait voulu qu'on se contente d'en user. Avec un cynisme époustouflant, il sciait la branche sur laquelle il se trouvait. À la dernière seconde, il évitait la chute en sautant sur un autre arbre plus solide.

Seules cinquante petites secondes, nichées à la fin du reportage, évoquaient l'affaire. Le journaliste concédait que certains reprochaient à Renn d'appliquer au basket-ball – une discipline encore très amateur au niveau européen – les règles impitoyables en cours dans le monde des affaires. Une conclusion plutôt drôle. Renn était ainsi déclaré coupable d'avoir introduit dans le basket-ball le pouvoir de l'argent et quelques-uns de ses travers, parmi lesquels figuraient – peut-être – la corruption. Et ça, ce n'était pas bien. Comme si, à l'exception du sport, on pouvait tout pourrir au nom de la réussite.

❋ ❋ ❋

Saisi d'une irrépressible panique, Dharma se réveilla en sursaut. Des hommes venaient de s'introduire chez lui. Mettaient sa vie sens dessus dessous. Il fallait qu'il les en empêche.

Il se leva, se rua vers la porte de sa chambre. Elle résista. Était fermée à clef.

Bien sûr! Il n'était pas chez lui...

Découragé, le prisonnier se laissa glisser le long du chambranle. Il ne servait à rien de paniquer. Il devait se calmer, réfléchir. Au plus profond de lui-même, il refoula ses sensations trop humaines: peur, fatigue, désespoir. À la place, affleuraient des pensées plus lucides et constructives, une espèce de logique mécanique.

Dans son crâne, la brume se dissipait. Malgré la distance et les murs, il voyait distinctement les barbares qui avaient investi sa demeure. Il ne s'en étonna pas, se contenta de les observer. Ils étaient trois, habillés en noir. Deux au moins étaient armés. Le plus grand jetait la vaisselle par terre et sondait les parois d'un gros bahut. Un autre tapotait sur les murs. Le troisième venait d'éventrer le divan en cuir et fouillait à l'intérieur. Son empressement le faisait ressembler à un chirurgien de dessin animé, à la recherche d'une hypothétique tumeur.

Alors seulement, Dharma comprit qui ils étaient et ce qu'ils cherchaient. Renn, bien sûr, n'avait pas renoncé à mettre la main sur la cassette et sur ces fameux dossiers. Tous ces éléments, il est vrai, attestaient de la corruption et de divers autres méfaits inavouables. Pas question pour le patron que ces archives tombent entre les mains du procureur!

Dharma se demanda pourquoi Renn avait tenu à conserver ces reliques compromettantes. Il aurait été si simple de les détruire tout de suite... Renn avait dû penser que les codes d'accès de son système informatique étaient inviolables et que ces pièces à conviction pourraient servir un jour. Peut-être...

Dans cette histoire, beaucoup d'éléments échappaient encore à sa compréhension. Comme, par exemple, la raison profonde qui l'avait poussé, lui, fidèle second, à subtiliser à son patron les preuves de malversations. À garder cette fameuse bande-vidéo que lui avait remise ce crétin de journaliste...

Il n'avait pas commis seul ce geste insensé. Non.

Il avait été conseillé. Pour la première fois de la journée, Dharma sourit. La voix l'avait guidé sur la voie de la vérité.

— Rien trouvé de spécial... dit le plus petit des fureteurs.

— Nous non plus, répondit celui qui commandait.

«Tu l'as dit, bouffi», pensa Dharma. Et il éclata de rire dans sa cellule vide et capitonnée.

Tout d'un coup, son accès de bonne humeur cessa. Fixant avec méchanceté le judas apparemment fermé, Dharma se redressa, menaçant.

— Ne fais pas l'innocent, je sais que tu me regardes, Max. Tu as eu tort de me sous-estimer. Tout est là-dedans, Max, là-dedans. Et ça, tu n'y peux rien.

Le dément se cognait encore la tête quand la porte s'ouvrit.

※ ※ ※

Cet après-midi-là, ils firent l'amour comme des fous.

Jérémy était rentré tôt, désireux de ne pas s'attarder sur son lieu de travail après une journée chargée en événements déplaisants. Surexcité, il avait de nouveau roulé bien trop vite sur le chemin du retour, évité de justesse un accrochage qui eût pu se révéler dramatique.

Alanguie sur le canapé, Audrey regardait l'enregistrement d'une vieille émission de Dechavanne.

– Coucou, c'est moi, dit-il avant de se jeter sur elle. Il la déshabilla avec férocité, l'abandonnant soudain, vulnérable, vêtue de son seul slip.

Elle le regarda se dévêtir à son tour avec précipitation, animé par cette passion irrépressible qu'elle adorait et qu'elle redoutait, chaque jour, ne plus retrouver dans ses yeux. Avec ses dents, Jérémy tira sur la petite culotte qui glissa le long de ses jambes sexy. Elle frémit. Il la couvrit de baisers, de caresses, de coups de langue désordonnés, puis de plus en plus précis. Avidement, Audrey tint la tête de son amant encastrée entre ses cuisses et attira ses mains sur ses seins avides.

Avec douceur d'abord, puis de plus en plus fort à mesure qu'il sentait son souffle s'accélérer, Jérémy caressait la chair durcie.

Un gémissement. Un autre... Les cris se multiplièrent. Toujours davantage puissants. De plus en plus féroces. Plaquant son bas-ventre contre les lèvres gourmandes, Audrey hurla.

Alors, Jérémy s'écarta pour la pénétrer.

Un nouveau râle. Il remarqua les yeux d'Audrey révulsés, sa bouche ouverte. Ses traits contractés par la douleur ou un plaisir hystérique. Aspiré dans l'infernale spirale du désir, il se mit à balayer ses reins d'un va-et-vient bestial.

Une explosion délirante, délicieuse et bruyante. Ensuite, le silence réconfortant, bercé par quelques notes agréables: le ruisseau, la pendule, leur respiration saccadée.

La tête posée sur le sol, les paupières closes, Jérémy pensa qu'ils avaient fait l'amour comme si c'était la dernière fois. Il frissonna.

❊ ❊ ❊

Lorsque le crépitement devint plus aigu, Wang comprit que quelque chose clochait. Il fonça dans l'arrière-boutique et fixa, horrifié, les étincelles dorées qui dévalaient sur le carrelage bigarré comme des flocons hors-saison.

Affalée dans le vieux fauteuil en cuir noir, sa fille, indifférente, semblait être en proie à un cauchemar. De petits câbles multicolores reliaient ses mains, son visage, son cou et son ventre à une des nombreuses machines qui encombraient la pièce. Une sorte d'ordinateur désuet. Qui rendait l'âme.

Wang courut et, d'un geste brusque, arracha la prise de courant qui alimentait l'appareil. Un cri. Immédiatement, il réalisa que, sous l'emprise de la panique, il venait de commettre une grave erreur. Incrédule, Kim le fixait, les yeux révulsés. Elle étouffait. Cette image l'affola un peu plus.

Il glissa les mains sous les aisselles de sa fille tétanisée. La tira vers le fond de la pièce. Bras ballants, jambes inertes. Arrachés sans ménagement, les petits fils s'éparpillèrent sur le sol.

Ishido! Lui seul pouvait la sauver.

Wang s'empara d'un clavier, entra un numéro de téléphone, suivi d'un code d'accès. L'attente. L'angoisse. Un regard à Kimmy qui ne le lui rend pas, absente.

Communication établie.

À distance, il lança un programme, transmit quelques informations. L'écran s'animait. Là-bas, la machine s'activait.

– Ça va aller, fit Wang en se penchant vers sa fille. N'aie pas peur.

Il posa un casque sur les oreilles de sa fille et fit glisser une visière fumée devant ses yeux. Puis, il piqua une aiguille dans son bras gauche, une autre dans le droit, posa quelques diodes sur son front et relia le tout à une carcasse métallique blanche à peine plus grande qu'une boîte à chaussures.

— Ishido va t'aider. Je te promets que tu vas t'en sortir, répéta l'homme qui pria très fort pour que rien ne vienne interrompre la communication.

❋ ❋ ❋

— Qu'est-ce qui s'est passé ici? Qu'est-ce qu'on a foutu dans ma pièce?

Le hurlement rageur secoua les murs de la vieille demeure. La tempête après le calme momentané qu'ils avaient partagé en silence...

Effrayée, Audrey monta l'escalier. S'était-on introduit dans le bureau de Jérémy?

Le visage crispé, son mari se précipita à sa rencontre. Méconnaissable, il répétait ses questions, litanie étrange et angoissante.

Audrey s'attendait au pire. Pourtant, la pièce était telle qu'elle l'avait laissée le matin. L'air renouvelé, la lumière agréable la rendaient presque accueillante. Du coup, elle se demanda si elle n'avait pas déliré en s'y sentant si troublée tout à l'heure.

— Je ne vois pas de quoi tu veux parler, fit-elle, surprise.

— Quelqu'un est venu ici. C'est cette garce d'Annick, n'est-ce pas? C'est elle qui a tout bouleversé?

— Tu sais bien qu'Annick ne travaille pas ici le vendredi, Jérémy. C'est moi qui ai remis un peu d'ordre et ouvert les fenêtres.

Comme un automate, Jérémy avança vers elle. Sa lèvre supérieure curieusement retroussée lui conférait l'air menaçant et irréel d'un animal prêt à mordre.

— Ne fais plus jamais ça, tu m'entends. Plus jamais! N'entre plus ici. C'est mon bureau, tu n'as rien à y faire! Rien!

Abasourdie, Audrey se contenta de l'écouter. Sans se défendre ni protester.

Lorsqu'il claqua la porte, la laissant seule et désemparée dans le couloir, elle eut la certitude que son adorable mari était devenu fou. Et dangereux.

Désespérée, elle se mit à pleurer.

❊ ❊ ❊

Renn apparut devant lui, entouré de ses deux acolytes. L'homme d'affaires affichait un air arrogant qui cachait mal un grave désarroi. Dharma le comprit et s'en amusa.

— Tout est là, reprit-il en se touchant le crâne et, une fois de plus, il éclata d'un rire franc et massif.

Avant de prendre la parole, Renn attendit qu'il se calme.

— Qu'est-ce que tu veux dire?

— Je veux dire, cher Max, que tu fais fausse route. Tes hommes, qui cassent tout chez moi en ce moment, tu peux les rappeler. Ils ne trouveront rien. Rien du tout.

Renn accusa le coup. En début d'après-midi, il avait, en effet, envoyé trois hommes de main fouiller la demeure de Dharma à la recherche de la cassette compromettante. Il leur avait recommandé d'emporter le maximum d'objets de valeur et de mettre l'appartement à sac. Comme si des cambrioleurs avaient tout détruit. Juste pour le plaisir. Comment ce dément pouvait-il être au courant?

— Sous-marin coulé, ricana Dharma. On dirait que j'ai mis dans le mille. Et tu te demandes, bien sûr, comment je sais tout cela?

La réponse ne vint pas.

– C'est simple, mon cher Maxime. Je les ai vus! J'étais là. Là, ici et partout. Désormais, je ne suis plus un, je suis multiple. Je suis... Je suis.... JE SUIS! Point à la ligne.

L'espace d'un instant, Renn avait cru distinguer un éclair de lucidité dans les yeux de ce fou furieux. Une erreur. Dharma essayait seulement de se rendre intéressant. Il avait eu de la chance. Ce malade le testait, tentait d'évaluer ses réactions. Pas question de s'affoler.

De toute évidence, Dharma n'était pas en état de discuter. Plus moyen d'en tirer quoi que ce soit. Alors, il partit.

Désolé d'être à nouveau livré à lui-même, Samuel Dharma fixa la porte close. Au fond, il était furieux d'avoir irrité Renn au point qu'il s'en aille sans un mot. Pourtant, il n'avait pas menti, rien dit d'absurde.

Tout était en lui, cadenassé dans sa tête aussi sûrement que dans le plus inviolable des coffres-forts.

❀ ❀ ❀

Jérémy resta longtemps confiné dans son univers, isolé du monde. Mais pas seul; non, pas seul.

Poussé par une voix intérieure, il délaissa vite les jeux pour se lancer dans de longues recherches inédites. D'abord, il trafiqua des fichiers sonores. Des extraits de chansons, de courtes mélodies. Avec une facilité déconcertante, il obtint des résultats inouïs.

À partir d'un CD Rom contenant de multiples photographies digitalisées, Jérémy entreprit ensuite de modifier des images. Il éprouvait un indicible plaisir à jouer ainsi avec des représentations du réel qu'il avait longtemps cru inaltérables. Au début, il se contenta de modifier les couleurs avant de tenter des transformations plus subtiles. Plus radicales aussi. De nouveau, il n'avait qu'à commander pour réussir.

Le programme était-il à ce point puissant qu'il répondait au doigt et à l'œil à un débutant inexpérimenté? La question aurait mérité qu'il s'y attarde. Trop préoccupé par ses essais, Jérémy préféra l'oublier.

Quelques heures plus tard, de fil en aiguille, une idée pernicieuse lui chatouilla l'esprit. Un concept vague qui, rapidement, traça sa voie jusqu'à son cerveau, s'étoffant en chemin. Jérémy l'attribua d'instinct à un simple concours de circonstances; le résultat logique de la juxtaposition, d'abord inconsciente, de différentes images. Un processus classique.

Au premier abord, le plan lui parut insensé. Et, surtout, irréalisable. Mais depuis quelques jours, d'autres limites avaient été transcendées, des frontières que Jérémy pensait infranchissables.

Survolté, il tenta quelques essais qui s'avérèrent vite prometteurs. La solution miraculeuse lui avait-elle été soufflée par une intelligence supérieure? Qu'importe! Elle était là. C'était l'essentiel. Il éclata d'un rire tonitruant. Cette fois, Renn allait trouver à qui parler.

❊ ❊ ❊

Jérémy considéra les câbles avec surprise. Ne se souvenait pas de les avoir branchés. Bouleversé, il enleva son casque et arracha les fils qui couraient de ses bras jusqu'à l'unité centrale de l'ordinateur. D'un côté, ils étaient branchés par d'anodines broches, très classiques, de l'autre, ils pénétraient dans la chair grâce à de microscopiques aiguilles. Soulagé, il observa qu'elles ne laissaient pas de trace.

Comme il faisait mine de se lever, il remarqua d'autres câbles, appliqués sur son front par une main inconnue. La sienne, forcément. D'un air mauvais, Jérémy considéra l'écran qui ne diffusait plus qu'une douce lumière rougeâtre, apaisante. Il décolla les minuscules ventouses, les jeta sur la table et sortit précipitamment de la pièce.

Au lieu de se réfugier dans la chambre, Jérémy dévala l'escalier et se rua dehors. Respirer une grande bouffée d'air frais. Regarder les étoiles. Écouter le vent. Reprendre contact avec le monde. Se retrouver. C'est tout ce dont il avait besoin.

Éreinté, il s'assit au bord du ruisseau. La douce fraîcheur qu'exhalait l'eau claire caressa sa peau. Derrière le buisson de noisetiers, le jour se levait en silence.

Chapitre 8

Un grondement le tira du sommeil. Une rythmique sourde, lancinante, répétitive, crachée par des haut-parleurs invisibles. Jérémy entrouvrit les yeux et fut stupéfait de l'agressivité de la lumière, se retourna vers le mur. Rien ne changea. Impossible d'échapper à ce projecteur braqué sur son visage.

Il s'imagina perdu au milieu d'une piste de danse, bondit de côté pour éviter un pied. Une douleur lui vrilla les côtes. Un objet pointu s'enfonça dans sa chair. Haletant, Jérémy s'assit et n'en crut pas ses yeux. Le soleil, haut dans le ciel, brillait comme en plein été. Mais, fait surprenant, il n'était pas dans son lit. Il gisait, affalé sur l'herbe humide, au bord du ruisseau. Ainsi, épuisé, il s'était endormi là.

Clignant des yeux, il regarda le cadran de sa montre barbouillé de terre. 11 h 50. Incroyable! Il ne travaillait pas aujourd'hui, mais s'étonnait qu'Audrey, inquiète de son absence, ne soit pas venue le réveiller.

Un autre élément du décor le choquait. Ah oui! la musique. Musique? Des sons bizarres sur un tempo hypnotique, une diarrhée cacophonique. Jérémy se redressa avec difficulté et, à travers le feuillage des arbustes, aperçut une voiture qui vomissait sa bile sonore par les portières ouvertes. À une dizaine de mètres, dans l'herbe, deux couples assis autour d'une nappe recouverte de victuailles et de bouteilles colorées. Pique-nique à la campagne: un adorable tableau champêtre.

Les inconnus qui colonisaient sa prairie ne

dérangeaient pas Jérémy. Le bruit, par contre, l'exaspérait. Mélomane affirmé, il se vantait d'un éclectisme de bon aloi. Mais que certains appellent musique cette bouillie mongoloïde l'agaçait au plus haut point. D'un pas vif, il contourna la maison, longea la route et s'approcha des visiteurs.

— Excusez-moi, cria-t-il pour attirer leur attention. Ce terrain m'appartient. J'habite juste à côté.

— Ouais, et alors? répondit le plus grand de la bande, un gros type peu engageant au visage buriné.

— C'est-à-dire...

Jérémy hésita, puis se lança.

— Votre musique me dérange. Je crois que ce n'est pas la meilleure manière de profiter des charmes de la campagne...

Les autres le fixaient, amusés.

— Écoute, vieil ivrogne. Va te recoucher et laisse-nous tranquille... On va pas la bouffer, ta pelouse. Comme tu le vois, on a prévu un casse-croûte. Pour la musique, si t'as les tympans délicats, j'ai des boules Quiès dans la boîte à gants.

Les filles s'esclaffèrent bruyamment. Enfin, c'est ainsi que Jérémy interpréta leurs simagrées, parce que s'il avait l'image, le son lui échappait tout à fait.

Leur agressivité l'interloquait. Et puis, pourquoi l'avaient-ils traité d'alcoolique?

Ses vêtements! Évidemment... Ils étaient sales et tout fripés. Le reste devait être à l'avenant.

N'empêche! Ça ne justifiait ni leur réaction provocante ni leur invasion! Pour qui se prenaient ces vandales?

Jérémy pensa à leur balancer quelques insultes odieuses, puis conçut un autre plan. Sans un mot, il tourna les talons et les abandonna. Déçus de son manque de combativité, les pique-niqueurs continuèrent à l'invectiver.

— Va te coucher, loque imbibée, cria un des types.

— Épave, répliqua une des filles. Tu fais honte à l'humanité...

Jérémy devina d'autres sarcasmes qui ne l'atteignaient pas. Subitement guilleret, il traversa le petit pont de bois qui franchissait le ruisseau, regagna la maison et monta à son bureau. Dans la chaîne hi-fi reliée à l'ordinateur, il trouva la cassette qu'il avait enregistrée la veille. Ces zoulous voulaient du rythme et des sensations? Ils allaient être servis.

Jérémy passa ensuite dans la chambre, prit dans un tiroir un vieux pistolet d'alarme dont il avait égaré le chargeur et, sans se presser, retourna dehors.

Absorbés par de fines plaisanteries, les quatre gêneurs ne le virent pas s'approcher de leur voiture, une Golf cabriolet. Ils ne levèrent la tête que lorsque la musique stoppa net, rendant à la campagne ses sonorités familières et reposantes. Déjà, Jérémy, penché dans l'habitacle, introduisait l'autre cassette dans la radio.

La bande-amorce défila en silence, tandis que les deux costauds à l'air patibulaire approchaient à grands pas. Ça allait être sa fête!

Lorsque le hurlement monta des entrailles métalliques, les belligérants se figèrent sur place. Le vacarme évoquait à la fois l'agonie d'un grand fauve, le cri d'amour d'une monstrueuse baleine et le vacarme strident d'une aciérie en folie. Petit à petit, il amplifiait, se diversifiant en myriades de clameurs indistinctes.

Par précaution, Jérémy s'était écarté de la voiture et tenait le pistolet bien en vue, histoire de décourager une éventuelle velléité offensive. Mais les pique-niqueurs, mains plaquées contre leurs oreilles, avaient perdu toute hargne.

Le plus téméraire s'approcha de la Golf pour faire cesser le supplice. Il n'était plus qu'à deux pas quand une vitre explosa. Le verre s'éparpilla gracieusement dans

l'air, avant de s'abattre en pluie serrée sur son visage
ébahi. Sa bouche s'arrondit en un cri d'horreur que personne n'entendit, étouffé par le tintamarre qui continuait
à enfler de façon alarmante.

Un autre carreau latéral éclata à l'arrière, puis le
pare-brise. Toute la voiture vibrait. Menaçait de se dis-
loquer.

Satisfait, Jérémy retourna dans le véhicule et stoppa
la radio.

— Je reprends la cassette ou vous désirez l'emporter?
demanda-t-il à l'individu qui se tordait de douleur à quelques mètres de lui.

Le visage de l'envahisseur n'était plus qu'un masque
rougeâtre et visqueux. Il tenait ses deux mains collées
sur son œil gauche, dans lequel de minuscules pointes de
verre gigotaient. Dans le calme champêtre, à peine
troublé par le chant de quelques passereaux, on percevait mieux ses cris de terreur et de souffrance. Ce qui
amusa d'autant plus le compositeur, assez fier de l'impact de son œuvre. Personne ne répondit à sa question.

— Bon, ça va, je n'insiste pas, fit-il en mimant la déception. Prochaine séance dans dix minutes. Si vous êtes
toujours ici, bien sûr...

❅ ❅ ❅

De la salle à manger, Jérémy entendit le moteur rugir
et la voiture s'éloigner. Quelques détritus traînaient sur
la pelouse. Bof! Il irait remettre un peu d'ordre tout à
l'heure. D'ailleurs, l'herbe avait besoin d'une bonne
coupe et lui, d'une douche revigorante.

Sur la table, Jérémy aperçut un billet qu'il n'avait
pas encore remarqué: Audrey l'avertissait qu'elle se rendait chez sa sœur à Valenciennes, qu'elle ne serait pas de
retour avant le lendemain soir.

La première réaction de Jérémy fut la colère. Elle

avait toute la semaine pour aller visiter sa sainte famille. Pourquoi fallait-il qu'elle se décide à découcher, alors qu'ils auraient pu passer ensemble un sympathique week-end en amoureux? Puis, il haussa les épaules et considéra l'avantage de la situation. Cette absence ne lui laissait-elle pas le temps de se ressourcer? Il en profiterait pour peaufiner ce plan qui avait germé en lui. Un sacré projet dont la seule évocation l'emplit d'une joie indicible.

Il fouilla dans les poches de son jeans chiffonné. Glorieux lui avait donné son numéro de téléphone. Excité, Jérémy se précipita sur le combiné. Sept, huit sonneries. Il trépignait d'impatience. Un déclic. Enfin! Une voix enrouée à l'autre bout du fil. Échange de civilités.

Jérémy n'y tenait plus: était-il possible qu'ils se rencontrent dans la journée...? Difficile...? Oui, c'était urgent. Il avait une idée intéressante à lui soumettre; la fin de ses ennuis, sans doute.

Denis Glorieux, intrigué, invita son correspondant à le retrouver dans l'après-midi.

De fort bonne humeur, Jérémy raccrocha et se rua sous la douche. La journée commençait tard, mais plutôt bien.

❊ ❊ ❊

Seul à nouveau, Dharma hésitait entre le rire et les larmes. Finalement, la visite de son ex-patron l'avait plutôt diverti.

Renn n'avait rien compris. Normal! Il n'était, somme toute, qu'un triste individu machiavélique, un peu moins craintif que ses congénères, seulement à l'aise dans cette société humaine calamiteuse. Sa seule passion: abuser ses semblables. Pour le plaisir. Pour l'argent, surtout. En se cantonnant dans les sentiers balisés de la malhonnêteté ordinaire.

C'est pour cela qu'il se méfiait de Dharma. Pressentant un danger inhabituel, Max Renn se rendait compte que certains éléments nécessaires à la résolution de son problème lui échappaient. Oui, mais lesquels? Pour tenter de comprendre ce qui se passait, il aurait dû se départir de son sacro-saint rationalisme. Oser franchir la barrière.

Il ne le ferait pas.

Le fait d'envoyer ses hommes de main chez Dharma pour tout saccager ressemblait à un aveu d'impuissance. Ces types savaient qu'ils devaient dénicher une cassette, soit! Qu'ils la cherchent! Ils seraient obligés de visionner toute sa vidéothèque. En avaient pour des jours. Et des jours. Les pillards pouvaient tout brûler, mais jamais ils ne seraient certains d'avoir réellement éliminé la preuve de la corruption. Dharma sourit de toutes ses dents jaunies: non, décidément, c'était un risque qu'ils ne pouvaient pas courir. Pour le reste, les cambrioleurs à la solde de Renn ignoraient jusqu'à l'objet de leur recherche. Sous quelle forme se présentaient les fameux documents piratés? Du papier? Pas du tout. Des disquettes? Dharma avait effectivement fait quelques copies. Un leurre.

Les originaux étaient ailleurs, inaccessibles.

Dharma se tapota la tête. Tout était là! Il le leur avait dit. Personne ne voulait le croire. Tant pis pour eux!

Enfermé dans cette cellule, Dharma ne pourrait faire aucun usage des preuves qu'il avait accumulées. En cela, l'intuition de Renn était exacte: l'internement de son employé lui octroyait un peu de répit. Façon de parler... En fait, la situation était formidablement paradoxale, hilarante.

La solution radicale et définitive consistait à tuer Dharma. Une balle entre les deux yeux. Pfff... détruits, les documents accusateurs. Envolé, le danger!

Renn l'ignorait. Au contraire, il veillait jalousement

à la sécurité de son prisonnier. Perdait son temps en de vaines expéditions.

❀ ❀ ❀

— C'est une idée aberrante, dit la jeune femme, une note de désapprobation dans la voix.

Elle, c'était Hélène Ducruet. Maître Hélène Ducruet, l'avocate de Denis Glorieux. Jérémy la trouvait jolie. D'ailleurs, elle ressemblait beaucoup à Audrey: même visage jeune et ouvert, mêmes cheveux roux bouclés, même bouche fine et timide. Un peu plus petite, Hélène Ducruet parlait d'une voix grave et semblait plus extravertie. Malgré ces détails, les deux femmes pouvaient passer pour deux sœurs.

— Pas si folle, croyez-moi, se défendit-il. Et tout à fait réalisable.

— Je ne vous parle pas de technique, mais d'éthique, monsieur Farrar. Si j'appliquais le Code à la lettre, je pourrais déposer une plainte contre vous. Je ne peux admettre que vous fabriquiez des preuves pour compromettre qui que ce soit.

Jérémy sentit qu'elle le testait. C'était compréhensible.

— Vous avez mal saisi ma démarche. Il ne s'agit pas de fabriquer des preuves. Ces images existent. Elles ne sont pas en notre possession, voilà tout. Il nous faut donc les reconstituer.

Confrontée à une situation inédite à laquelle elle n'était pas préparée, l'avocate se sentait décontenancée. Jérémy comprit qu'il avait l'occasion de prendre de l'ascendant.

— Vous ne croyez pas votre client, Maître Ducruet? Vous pensez que Denis ment quand il vous affirme que cette cassette a été tournée et qu'elle a été remise à ce Dharma?

– Je n'ai pas dit ça, se défendit-elle.

– Vous le croyez? insista Jérémy.

Il y eut d'abord un silence. Puis, la jeune femme acquiesça, agacée:

– Bien sûr que je crois Denis. Cela ne change rien à l'affaire. Ma conviction n'a guère d'importance. Une seule chose est sûre: nous devons nous battre avec des preuves réelles, des témoignages. Je suis au service de la justice et je dois veiller à la faire respecter. J'ai juré de la servir et...

– Et vous allez faire acquitter une crapule. Parce que Renn va s'en tirer, vous le savez bien. Le témoignage de Denis est bien peu de choses comparé aux influences sur lesquelles Renn peut compter. Maintenant que Leignon est mort, Denis est isolé avec, pour seul atout, sa bonne foi. Vous pensez que ça va suffire?

Hélène Ducruet vacillait. Affectant un air imperturbable, elle dit simplement:

– Je suis certaine que la justice triomphera!

– Pas si on ne l'aide pas, renchérit Jérémy. Ce n'est pas très compliqué... Patrick Moulin a filmé la rencontre entre Renn et votre client. Pour une raison qui m'échappe ou seulement par bêtise – ce qui est plausible – il a changé son fusil d'épaule, privant ainsi Denis de sa carte maîtresse. Moi, je vous propose de rebâtir cette preuve. Je peux le faire. Avec l'aide de Denis et grâce à l'informatique, je vais vous fournir une cassette identique, où l'on verra Renn donner la valise remplie d'argent à votre client.

D'un trait, Jérémy vida son verre d'orangeade et continua.

– La semaine prochaine, nous organisons un grand débat télévisé sur cette affaire. C'est moi qui réalise cette émission. Si vous me donnez votre accord, des millions de téléspectateurs découvriront en direct des images terribles qui, sans l'ombre d'un doute, accusent Renn. Le règne de cette crapule sera terminé.

– Je n'en démords pas. Vous nous proposez de tricher...

Jérémy pianota sur la table en signe d'impatience. Ces derniers temps, les femmes étaient agaçantes.

– Pas tricher, précisa-t-il le plus calmement possible et en articulant les mots avec exagération, comme s'il conversait avec un enfant obtus. Ne confondez pas tout. C'est Renn, le salaud. Moi, je me limite à recréer un fait réel. Je peux le reconstituer et le restituer dans toute sa crudité.

– Je ne vois pas la différence, objecta l'avocate.

– Bon, d'accord. Reprenons tout depuis le début... Quand Renn achète des joueurs pour fausser une rencontre, il triche parce que, du coup, le match n'en est plus un: les spectateurs sont dupés. La réalité est tronquée. Moi, je vous offre une vérité, disons «virtuelle», pour pallier à la faiblesse de Moulin. C'est donc une action inverse. En offrant cette chance à Denis, je suis au service de la justice, rien que la justice.

Très droite dans son fauteuil, le regard vide fixé sur Jérémy, Hélène Ducruet semblait perdue. Malheureuse, en fait. Bien sûr, on l'avait prévenue du caractère inhabituel de la démarche. Elle s'était donc préparée à une proposition allant dans ce sens. La démonstration de Jérémy l'avait malgré tout désarçonnée. Tout était si... incroyable.

Jusque-là, sa petite vie avait été plutôt simple. Elle avait dû gérer des affaires qui n'étaient qu'une transposition des cas qu'elle avait étudiés dans les syllabus. Elle avait mis son talent au service de quelques crapules. C'était son travail. Chacun a droit à une défense solide et juste, y compris les salauds. Elle n'avait, toutefois, jamais trafiqué de preuves. Même pour la bonne cause. Même pour assouvir une juste vengeance.

Et pourtant...

Pouvait-elle, au nom de la justice, cette justice toute-puissante, et le respect de la lettre, faire une croix sur une longue amitié, renier une promesse? Décidément, tout se liguait contre elle pour la pousser à accepter cette proposition incongrue. À vrai dire, plus elle y réfléchissait et plus elle se rendait compte que ce n'était pas tant l'éthique et la justice qui l'embarrassaient. Non, la vérité c'est qu'elle avait peur de se faire surprendre. Sa carrière au tapis, sa réputation à la poubelle, ses rêves de gloire à la décharge publique.

Mais on lui avait promis que tout se passerait bien, que ce Farrar était une bouée de sauvetage qui pouvait tout arranger. Le sauveur.

— Vous hésitez... Je vois que je suis en train de vous convaincre.

Jérémy triomphait.

— Votre proposition me pose plusieurs problèmes, monsieur Farrar. Des problèmes moraux, d'abord. Vous avancez des arguments qui, je l'admets, ne manquent pas d'une certaine pertinence. N'empêche... Je n'arrive pas à imaginer que vous soyez désintéressé au point d'aider un inconnu sans contrepartie. Quel est donc votre but, dans cette manœuvre? Que vous a fait Maxime Renn pour justifier cette haine?

Elle se tut, réfléchit, puis renchérit.

— De plus, je ne suis pas persuadée qu'il soit techniquement possible de réaliser ce que vous nous proposez.

— Ça, c'est mon affaire, lança Jérémy, certain d'avoir remporté la partie. Vous me laissez travailler et vous jugez sur pièces. Si le résultat vous convient et que votre conscience vous laisse en paix, vous utilisez la cassette. Sinon, on n'en parle plus.

L'avocate ne dit pas qu'elle était d'accord, mais son silence le sous-entendait.

On lui avait demandé de faire confiance à ce Farrar. Elle tenterait le coup. Point.

Satisfait, Jérémy lui expliqua alors comment il concevait son travail.

❊ ❊ ❊

Allongé sur le sol, Dharma se sentait extraordinairement lucide. L'angoisse l'avait abandonné. Il jubilait.

L'équation était élémentaire: plus Renn pataugerait, plus il avait de chance de sauver sa propre peau. Était-ce vraiment ce qu'il souhaitait? Dharma se rappela avoir voulu mourir. Il n'y avait pas si longtemps... Oui, mais il avait changé d'avis: la perspective de pousser son patron à bout l'excitait tellement qu'il était prêt à revoir ses plans. Rien de tel qu'une bonne rigolade pour épicer cette triste existence.

Autrefois timoré, discret et soumis, Dharma se découvrait tout à coup froid et calculateur. Il n'en revenait pas d'avoir autant changé! Il lui était arrivé de maudire sa transformation. Allons, allons! Un peu de calme. Jusqu'ici, il n'avait été qu'un sous-fifre. Maintenant qu'il était enfermé, à la merci de Renn, il goûtait enfin aux délices du pouvoir. Un autre paradoxe... Voir son geôlier ainsi perturbé et craintif suscitait en lui un plaisir malsain. Cerner la véritable personnalité de ce mystificateur n'était pas à la portée de tous. Le masque était si brillant, difficile de deviner ce qui se cachait dessous. Même lui n'y serait jamais parvenu, s'il n'y avait eu la machine. Dans cette optique, aussi, elle lui avait été bénéfique.

Entrée dans sa vie un peu par hasard, elle l'avait rapidement accaparé. Jusqu'à devenir... une partie de lui-même! À son arrivée à l'hôpital, elle lui avait manqué. C'était avant qu'il réalise... À présent, il pouvait évoluer seul. Le cordon ombilical était coupé mais, comme le sang d'une mère qui coule dans les veines de son enfant, l'énergie de la machine bouillonnait en lui.

Chapitre 9

— Oui, je sais que c'est votre jour de fermeture, mais j'ai un besoin urgent de vos conseils et de ce nouveau matériel. Demain, je serai au boulot toute la journée; impossible de vous rendre visite.

La voix de Jérémy s'était faite suppliante et Wang accepta sa requête sans trop se faire prier. En fait, le vendeur n'avait jamais eu l'intention de lui refuser quoi que ce soit. Satisfait, il raccrocha le combiné et prépara ce que son client préféré lui avait commandé.

Lorsque Jérémy pénétra dans l'échoppe, Wang fut surpris et même inquiet devant sa mine fatiguée, ses traits creusés, ses mots rapides et heurtés. Le mélange d'épuisement et d'excitation paraissait détonnant. Il y avait aussi autre chose. Des signes qui ne trompaient pas un œil averti.

«Est-ce possible? Déjà...»

Jamais il n'avait soupçonné que l'osmose serait si rapide, si radicale. En général, l'accoutumance prenait du temps. Le jeune homme brûlait les étapes. D'un côté, c'était stimulant; de l'autre, Wang devait bien admettre qu'il ignorait les risques exacts encourus en cas de surmenage.

Jérémy lui expliqua brièvement le genre de travail qu'il avait entrepris. Sans entrer dans les détails. Wang se régalait. Ce Farrar comprenait vite et progressait à pas de géant...

— Venez dans mon bureau, dit le vieil homme. Je vais vous montrer ce dont vous avez besoin.

Derrière le rideau de perles, Jérémy découvrit un salon. Dans un coin, une table de travail surchargée. Devant un écran de petite taille, une jeune encodait des données comptables. Elle se retourna et salua poliment le visiteur. Son visage était marqué par une maladie qui semblait la ronger à petit feu. De profonds cernes soulignaient ses yeux, de lourdes rides barraient son front et sa respiration sourde, rauque et irrégulière amplifiait l'impression de souffrance.

Troublé par le contraste de la douleur évidente et de la bonne humeur affectée, Jérémy tenta une plaisanterie anodine sur les bourreaux de travail, pour qui même le dimanche n'est pas synonyme de repos. Ensuite, il se concentra sur les explications riches et précises de Wang. Il n'avait pas besoin de prendre de notes; son esprit alerte enregistrait facilement les conseils et la marche à suivre.

– Un brillant élève, pensa Wang. Je ne me suis pas trompé.

※ ※ ※

Dire qu'Audrey fut ravie en voyant Jérémy entrer, les bras chargés de paquets et de câbles, serait prendre quelque liberté avec la réalité. Elle le fixa, plutôt incrédule. Il ne la vit pas ou, s'il la remarqua, il n'enregistra pas sa présence comme un fait anormal. Elle avait pourtant déserté la maison depuis la veille au matin.

Jérémy montait les escaliers quand elle l'apostropha. Sa voix était sèche, gorgée de colère. De toute évidence, elle cherchait la confrontation. Il ne céderait pas. Il continua donc son ascension et posa son fardeau sur la moquette du bureau.

Regard hostile et ton exaspéré, Audrey se planta devant lui.

– Tu n'as pas l'impression d'exagérer?

Excité comme un enfant, Jérémy posa sur la table son nouvel ordinateur portatif Toshiba. Avec cette merveille de technique miniaturisée, il possédait un outil performant. Un atout non négligeable quand, lors du tournage, il devrait contrôler l'enchaînement des images.

– Tu m'écoutes ? reprit Audrey en grondant.

Non, il ne l'écoutait pas, c'était évident. À bout de nerfs, elle tourna les talons et, en larmes, s'enfuit dans leur chambre. Agitée de soubresauts hystériques, elle se laissa tomber sur le lit et resta ainsi prostrée pendant de longues minutes, une heure, peut-être davantage. Audrey ne cherchait pas à analyser la situation, s'en sentait incapable. Elle se bornait à constater que l'homme avec qui elle espérait partager sa vie était devenu fou et qu'elle était seule. Seule à crever.

❊ ❊ ❊

Nerveusement, Samuel Dharma cligna des yeux. Il se trouvait dans un état de conscience intermédiaire. La dépression gagnait du terrain. Un à un, ses circuits nerveux s'éteignaient. Solitaire, au bord du délire, Dharma sentit venir la crise.

Malgré les injonctions de Grandgérard, il refusait de se coucher sur le lit. S'il s'exécutait, le matelas s'entrouvrirait pour l'engloutir dans un gouffre abyssal. Sa couche, c'était la porte qui menait tout droit aux enfers. S'il fallait mourir, il mourrait. Disparaître ne l'inquiétait pas outre mesure. Mais quoi qu'il ait fait dans sa putain de vie, il ne voulait pas disparaître dans l'au-delà !

Dharma avait jeté son pyjama dans un coin et restait allongé sur le sol, entièrement nu. Le contact du carrelage, dur et froid, le réconfortait. De toutes ses forces, il pressait sa peau contre la surface lisse et luttait pour ne pas s'assoupir. S'il cédait à la douce tentation, ce serait fini. Infirmiers et gardiens viendraient le soulever pour le poser sur les couvertures. Il y brûlerait dans d'atroces souffrances.

Pour rester éveillé, il avait son truc, infaillible: fixer le plafond, se concentrer et attendre qu'il s'anime. C'était le signal attendu, le début d'une nouvelle communion. Petit à petit, il se laisserait happer dans ce monde multicolore. C'est là que se cachait son autre moi, l'autre versant de sa personnalité.

Distraitement, le prisonnier se massa le torse, le bras endolori par des milliards de fourmis. Son corps se métamorphosait, devenait plus dur, plus carré. Ça non plus, les autres ne le remarquaient pas. Il se gratta le bas-ventre et, à travers la toison épaisse, suivit avec son index les arêtes d'une forme carrée, plaquée sous sa peau.

Ensuite, il reporta son attention sur les ombres mouvantes qui se répandaient sur les murs.

❖ ❖ ❖

Audrey pivota sur son côté et jeta un coup d'œil au réveil. 2 h 10. Elle avait donc fini par s'endormir, toute habillée, affalée en travers du lit. Jérémy, bien sûr, n'était pas près d'elle. Maintenant qu'elle se sentait plus calme, qu'elle ne pleurait plus – le puits était à sec –, elle considérait la situation avec plus d'objectivité. Incontestablement, Jérémy souffrait d'une fixation psychotique. Le mal s'était développé à toute allure. Quelques jours avaient suffi.

Elle n'arrivait pas à croire que seul l'ordinateur était responsable de cette dégradation spectaculaire. Il devait y avoir une autre cause. Audrey avait lu quelque part qu'une tumeur au cerveau pouvait altérer la raison d'un individu dans des proportions sidérantes. Jérémy était une victime. Il n'était pas responsable de son état. Elle n'avait donc pas le droit de lui en vouloir. Au contraire, il fallait qu'elle lui parle, avec calme et gentillesse, qu'elle le persuade de consulter un médecin. Après, il se sentirait mieux. Cette conversation difficile était urgente. Autant se lancer à l'eau tout de suite.

Dans le couloir, Audrey perçut un bourdonnement continu et stressant qui s'échappait du bureau et son cœur se serra. Contrairement à ce qu'elle redoutait – ou espérait – la porte n'était pas fermée à clef. Elle l'entrouvrit et vit.

La pièce était baignée dans une lumière rouge, fluorescente, striée de reflets multicolores. Des éclairs bleus, verts ou jaunes. D'autres, encore, aux tons plus difficiles à définir. Ce n'était pas le plus effrayant...

Assis face à l'écran, un casque posé sur la tête, Jérémy, nu, gémissait. Souffrance ou plaisir? Audrey n'aurait pu le dire.

Terrorisée, mais trop intriguée pour renoncer, elle avança de quelques pas, plaquée contre le mur. D'où elle se trouvait, elle distinguait son visage, ses yeux fermés, ses traits révulsés. Sur le front, trois ventouses reliées à l'ordinateur par de fins câbles.

Partout sur le visage, les veines saillaient et palpitaient. À l'intérieur, grouillaient des hordes de bêtes minuscules. La peau de sa gorge crispée menaçait de craquer. Son sang bouillonnait. Ses jappements s'accéléraient, déchirants, pitoyables.

Sur les bras de Jérémy, tendus vers la lumière, de petites aiguilles étaient plantées dans la chair, elles aussi reliées à l'ordinateur. Il y en avait d'autres sur son torse et ses jambes.

C'est alors, seulement, comme si elle avait voulu retarder au maximum cette vision fantasmagorique, qu'Audrey remarqua le sexe, en érection, démesurément long, inexplicablement gonflé.

Jérémy fut soudain saisi d'un tremblement léger, puis de plus en plus intense. À l'endroit où les câbles pénétraient la chair, ses vaisseaux enflèrent, envahis par le flux d'un courant inconnu. Ses mains battirent l'air. Il hurla.

Hystérique, Audrey quitta la pièce en courant, tandis que son mari s'effondrait sur le sol avec un bruit sourd.

Le silence était revenu quand elle bondit dans la voiture, se jurant de ne plus jamais remettre les pieds dans cet asile de déments.

Chapitre 10

La journée du lundi glissa sur lui avec indifférence. Sans effort, il joua au gentil petit employé. Une réalisation lisse et efficace pour les infos de 13 h; un coup de main dans un banc de montage l'après-midi; plus la préparation du débat qui, le samedi suivant, mettrait fin à la carrière de Renn. S'il se débrouillait bien...

L'émission réclamait un décor inédit, une infrastructure à la fois esthétique et originale. Pas mal de travail en perspective. Mais le jeu en valait la chandelle. Ces tâches variées l'absorbèrent sans pour autant le distraire de ses pensées profondes. Son plan!

Le soir, il embarqua en douce une caméra betacam, des cassettes, un pied et quelques batteries.

Dans le hall de la gare, il retrouva Glorieux. Le basketteur était seul et lui expliqua que son avocate ne tenait pas à participer au tournage. Elle jugerait du résultat final, ne voulant pas être mêlée à une mise en scène qu'elle ne parvenait pas encore à accepter.

Les deux hommes roulèrent une bonne demi-heure, en silence. Lorsqu'ils quittèrent l'autoroute, Glorieux indiqua la route à suivre. À 22 h 15, une étrange demeure abandonnée, triste et délabrée, entra dans leur champ de vision. Sa silhouette fantomatique se découpait dans la nuit claire. Un décor de film d'horreur. Un drôle d'endroit pour un rendez-vous d'affaires.

— Renn savait ce qu'il faisait... Personne ne risquait de nous déranger ici.

Jérémy approuva. S'il n'avait pas eu une bonne

raison, il ne serait pas venu traîner dans un endroit aussi sordide.

— Moulin a installé son matériel quelques heures avant notre rencontre, expliqua le sportif. Je vais te montrer où il se cachait.

Jérémy plaça la caméra dans la cachette que son collègue avait occupée avant lui. C'était un espace étroit qui dominait une pièce large au plafond défoncé, un excellent observatoire offrant une vue en aplomb.

— On se croirait dans un «shoot'em up en 3D isométrique», observa Jérémy. Dans le style, j'adore *Crusader: No Remorse.*

Denis Glorieux acquiesça sans comprendre. Par pure politesse. Lui et les jeux vidéos...

Il descendit et, avec application, mima la rencontre comme s'il se trouvait en présence de Renn. Sans rechigner, il répéta la scène une bonne trentaine de fois, tandis que Jérémy tapotait sur l'ordinateur qui analysait les données transmises par la caméra. Il était presque minuit quand il cria:

— OK, c'est dans la boîte.

C'était seulement une façon de parler. Il n'avait fait qu'un tiers du travail. Il devait encore filmer Renn, puis superposer les deux scènes. Avec l'ordinateur, il en était certain, il obtiendrait un résultat saisissant.

❀ ❀ ❀

Dharma, qui ne connaissait pas cette maison, s'y mouvait pourtant sans effort. D'instinct, il savait ce qui se cachait derrière les portes closes. Ici, la salle de bain; là, une chambre. Plus loin, le bureau.

Une pénombre mystérieuse enveloppait tout. Seules des silhouettes indistinctes se découpaient dans la nuit: une étagère, quelques livres, une forme carrée... Pas de doute, elle était là.

Il approcha de la table de travail, laissa flâner ses doigts sur les contours granuleux de l'écran, huma l'odeur qui émanait de chaque pore. Par quel miracle avait-il retrouvé la machine? Qui servait-elle désormais?

Une bouffée de jalousie l'envahit. Ces questions étaient grotesques. Elle était à lui. Rien qu'à lui! Il devait l'emmener. Il fallait qu'il l'emporte.

Rageusement, il prit le moniteur. Voulut le prendre.

Ses mains fouettèrent le vide. L'image, soudain floue, se déforma. L'univers qui l'entourait se déroba. Il tomba.

Haletant, Dharma se redressa dans l'obscurité poisseuse.

Ce n'était peut-être qu'un rêve... Difficile à croire. Les sensations étaient trop réelles. Il l'avait vue, touchée. Elle appartenait à un autre.

Il pleura.

※ ※ ※

Le lendemain, Jérémy se leva tôt, frais et dispos malgré son expédition nocturne. Une fois encore, il avait dormi dans son bureau. Les câbles ne l'étonnaient plus. Il acceptait leur présence. De toute façon, leurs fines morsures ne le faisaient pas souffrir. Seules les sensations agréables subsistaient au réveil. Plus sûr de lui, plus vif, il se sentait revigoré. Un sang nouveau coulait dans ses veines!

Il raccorda l'ordinateur portatif à son P.C. fixe et transféra les données réunies la veille. Immédiatement, la machine se mit au travail, analysant les chiffres et les coordonnées, effectuant de mystérieux calculs complexes. Le travail prendrait plusieurs heures. Au moins.

De toute façon, l'ordinateur se débrouillerait seul.

Après avoir enfermé la cassette du tournage dans le seul tiroir de sa pièce qui fermait à clef, il partit d'humeur guillerette.

Annick le rata de peu. Comme elle se rendait chez le dentiste dans l'après-midi, elle avait décidé de venir plus tôt aujourd'hui. L'absence d'Audrey la surprit, car madame ne l'avait pas prévenue. Peu importe! De toute façon, elle avait les clefs et n'avait besoin de personne pour faire sa besogne. À vrai dire, elle préférait être seule.

Dans la cuisine, elle but un verre d'eau fraîche, estima les tâches à accomplir. La maison, très en désordre, la décourageait. Elle rangerait les choses essentielles. Pas le temps de s'attarder sur les détails. Il ne fallait pas qu'on la considère comme la bonniche à tout faire. On la payait pour donner un coup de main, sans plus.

Vers 11 h, Annick monta à l'étage et s'étonna que le lit ne fût pas défait. Tant mieux! La chambre était rangée, c'était déjà ça de pris. La salle de bain non plus ne lui demanda pas trop d'efforts, si bien qu'elle arriva dans le bureau de monsieur rassérénée, plutôt gaie.

La confusion qui y régnait était encore plus épouvantable que la dernière fois. Le défi était d'importance. Elle avait pris de l'avance et se sentait capable d'en venir à bout. En deux temps, trois mouvements, elle allait redonner à la pièce l'allure agréable et accueillante que monsieur appréciait tant.

※ ※ ※

Le «cimetière» était une salle sombre qui sentait le renfermé et irradiait la tristesse. On y rangeait les machines qui avaient fait leur temps et qu'on n'avait pas réussi à vendre: de lourds magnétoscopes désuets qui pouvaient être utiles lors d'un dépannage ponctuel, une table de montage en partie grillée, des appareils perclus de rhumatismes grinçants, deux ou trois caméras lourdes et encombrantes... Dans ce fatras, Jérémy dénicha vite ce qu'il cherchait.

Personne ne remarquerait la disparition momentanée de ce vieil enregistreur betacam. Les circuits sonores de la machine avaient rendu l'âme. Ce n'était pas contrariant puisque Jérémy n'avait pas besoin de son pour sa mise en scène. Ce matériel conviendrait. Il le rangea dans un coin où il pourrait le récupérer, une fois les bureaux déserts.

Satisfait, il referma la porte et, d'un pas nonchalant, retourna au studio 2, où l'on assemblait le décor du débat.

※ ※ ※

— Sors d'ici, salope !

Ce n'étaient pas des mots, juste une image. Mais son sens était clair.

— Si tu approches, je te massacre.

« Approche ? De quoi ? »

L'ordinateur, bien sûr. Qui la fixait de son œil unique et lumineux.

« Tu sais bien qu'un ordinateur ne parle pas, ne réfléchit pas. Et toi, tu perds les pédales, pauvre folle. »

Oui, mais elle avait perçu la menace. Qui d'autre aurait pu l'interpeller ?

— Tu as trois secondes pour déguerpir. Après, je te fais éclater la gueule. Compris ?

Message reçu, cinq sur cinq. Cette fois, aucun doute possible : l'ordinateur s'adressait à elle.

Et elle allait le faire taire.

Elle écarta le bureau du mur et repéra le câble qui alimentait la machine. Elle s'en empara et le suivit jusqu'à la prise.

— C'est toi qui vas fermer ta gueule, pauvre imbécile, clama-t-elle sans réaliser le ridicule de la situation.

Elle saisit la prise et tira. Sa main se figea, son bras se durcit. Un éclair!

Irradiée de douleur, elle chancela, incapable de prononcer un mot. Un deuxième coup de tonnerre la transperça de part en part, prémices d'une souffrance continue, atroce. Annick pensa qu'elle allait mourir. Électrocutée. Des vagues déferlaient à travers son corps. Arrachaient ses viscères, l'écartelaient. Elle crut que ses yeux allaient jaillir de leurs orbites. Sa mâchoire inférieure se crispa. De courts frissons frénétiques la secouaient de la tête aux pieds et un marteau oscillait dans son crâne. Un coup à gauche. Un coup à droite. Un coup à gauche. Un coup à droite. Un coup à gau...

Elle voulait crier. Sa gorge déchiquetée n'émit qu'un minable râle. Ses jambes cédèrent, elle chuta. Sa tête heurta l'arête du bureau, mais la douleur lui parut anodine, comparée à ce qu'elle subissait.

Une seconde plus tard, elle était morte.

❊ ❊ ❊

— Merci d'être venu me voir, docteur, dit Renn en se levant pour accueillir son visiteur.

Grandgérard, impressionné par le luxe ambiant, se contenta d'un pâle rictus et de quelques mots mal articulés. À l'invitation de Renn, il s'assit dans un confortable fauteuil de cuir, face à un immense bureau.

— Pour être franc avec vous et ne pas tourner autour du pot, je crois que le cas de Samuel Dharma est désespéré, docteur. À chaque visite, son état empire.

— Je fais mon possible, se défendit Grandgérard.

Renn s'empressa de le rassurer:

— Oh! je le sais. Je n'ai rien à vous reprocher. Je n'ai que des louanges à vous adresser. Ne fût-ce que pour avoir accepté de l'héberger dans votre hôpital. Toutefois, croyez-vous sincèrement qu'on puisse le sauver?

— Il faudrait d'abord préciser ce que vous entendez par sauver?

— Eh bien! je veux dire le soigner, lui rendre sa raison...

Grandgérard haussa les épaules.

— C'est une question épineuse, car son cas est spécial. Dharma a un comportement mental aberrant et des caractéristiques physiques étranges...

— Qu'entendez-vous par là?

— Quand il a tenté de se mutiler, nous avons réalisé des radiographies pour vérifier s'il n'avait pas de fracture...

— Et alors?

Renn s'impatientait.

— Eh bien... pour tout vous dire... nous avons décelé en lui des éléments étrangers au corps humain.

Renn le fixa d'un regard interrogatif.

— Je me rends bien compte de l'étrangeté de cette observation, continua Grandgérard sur un ton qu'il voulait rassurant. Pour en apprendre davantage, il faudrait que je l'examine plus attentivement.

— C'est-à-dire?

Le médecin toussota en gigotant sur son siège.

— Je devrais l'opérer et voir de quoi il retourne...

Désarçonné, Renn jeta un coup d'œil par la fenêtre. De l'autre côté de la rue, son regard accrocha un reflet insolite qui disparut aussitôt. Il tentait d'évaluer la situation, d'en tirer le meilleur parti. Quand enfin il eut assimilé toutes les données et déterminé leur impact, il reprit la parole.

— Je pense que si vous l'opériez et qu'il ne survive pas, tout le monde pourrait y trouver son compte. Nous serions quittes de ce fardeau et Dharma connaîtrait la paix éternelle qu'il revendique avec tant d'insistance. De plus, personne ne s'étonnerait de sa disparition. Pour tous, il est décédé depuis quelque temps, déjà...

Grandgérard ne put cacher sa surprise.

– Excusez-moi, j'ai peur de ne pas comprendre... Je croyais que vous souhaitiez à tout prix garder Dharma vivant? Ne devait-il pas vous donner des... des informations?

Renn acquiesça.

– Hum, hum! À chaque rencontre, j'ai pourtant l'impression de perdre un peu plus le contact. C'est pour cette raison que je vous ai fait venir. J'en étais venu à me demander si tout cela pourrait s'arranger. Voyez-vous...

Renn passa sa langue sur ses lèvres, avant de continuer:

– Je vous connais depuis longtemps, je peux vous parler franchement... Avant de perdre l'esprit, Dharma m'a volé quelques documents auxquels je tenais beaucoup. Mes hommes ont été incapables de les récupérer chez lui. Je comptais donc sur Dharma pour m'expliquer ce qu'il en avait fait. Toutefois, il faut bien avouer que depuis la mort supposée de ce brave homme, rien ne s'est passé. Un changement de tactique est donc tout indiqué. À mes yeux, Dharma n'est plus qu'un fardeau inutile. S'il meurt, il emportera avec lui ses secrets. Pour être franc, cette alternative m'arrangerait beaucoup...

❊ ❊ ❊

Jérémy commençait à trouver le temps long.

Allongé sur la plate-forme d'un bâtiment de quatre étages, il attendait patiemment que sa proie se décide enfin à quitter sa tanière. En face, à une dizaine de mètres à peine, s'élevaient les bureaux de Renn 2000. À travers les rideaux vaporeux, le guetteur distinguait de vagues silhouettes. Une interrogation lui traversa l'esprit. Acheter une bonne arme à feu n'aurait-il pas été une meilleure idée? Pan! C'en était fini de «Max la Menace». Seulement tirer et s'évanouir dans la nature. Pas besoin d'alibi! Personne ne viendrait lui poser de questions.

Qu'un individu qui avait lésé tant de personnes, et donc attiré tant d'inimitiés, prenne aussi peu de précautions échappait à sa compréhension. Renn se croyait-il à l'abri des passions et des vengeances, intouchable, immortel peut-être?

Amusé, Jérémy scruta les deux côtés de la rue à la recherche d'une ombre. Quelqu'un qui aurait eu la même idée que lui, avec moins de raffinement. À l'exception d'un homme qui promenait son chien, un affreux petit roquet poilu qui tirait sur sa laisse, les trottoirs étaient déserts.

Jérémy reporta donc son attention sur l'objet de sa cachette. De son poste d'observation, il discernait deux profils, assis de part et d'autre d'un bureau. De temps en temps, une ombre se penchait un peu, réajustait sa position.

Sur le coup de 23 h 40, le visiteur se leva et quitta la pièce. Il s'agissait d'un individu assez grand, d'allure distinguée. Il avait un physique d'avocat, de notaire... Un médecin, peut-être? Arrivé une demi-heure plus tôt, il avait garé sa BMW noire et il était monté retrouver Renn.

23 h 42: l'homme apparut à l'entrée principale, contourna son véhicule, y pénétra. Un bruit de moteur. Déjà, la BMW s'éloignait. Cent mètres plus loin, elle tourna à droite et disparut. Le silence revint, épais, presque sinistre. À peine troublé par la respiration sourde d'une ville en train de s'assoupir.

Comme il n'y avait pas de garages sous l'immeuble, Renn serait forcé de suivre le même chemin quand il se déciderait enfin à quitter son lieu de travail. Jérémy restait confiant. Il supposait que sa cible ne demeurerait pas toute la nuit dans le bâtiment. Que, tôt ou tard, il traverserait la rue pour monter dans la Saab blanche, garée en contrebas, dans laquelle il était arrivé tout à l'heure.

Sans quitter des yeux les fenêtres éclairées, Jérémy tapota sur le petit ordinateur posé à côté de lui. Bien sûr, il avait déjà vérifié que tout était au point. Plutôt deux fois qu'une. Mais l'attente le rendait nerveux. Il changea la batterie de la caméra en attente, parcourut la liste de coordonnées et les schémas bizarroïdes. Une douce euphorie l'envahit. Distrait, il frotta son bras, car sa peau le démangeait où l'aiguillon s'infiltrait sous la chair, dispersant dans ses membres une chaleur revigorante. C'était une impression singulière: le fluide le calmait et, en même temps, fouettait ses sens. Sur le qui-vive, Jérémy se sentait bercé par de douces effluves intemporelles, prêt à sombrer ou à bondir.

En face, la lumière s'éteignit. Tous les muscles de l'espion amateur se raidirent. Le moment était venu. L'angle de prise de vue était presque identique à celui de la veille, ce qui simplifierait la tâche de la machine lorsqu'il faudrait fusionner les deux images.

Jérémy enclencha la caméra. Un moteur ronronna. Un peu plus loin, une voiture démarrait. Oh non! pas ça!

Jérémy ne pouvait se permettre la présence d'un élément parasite dans le décor. La voiture elle-même, voire la seule lueur de ses phares, modifierait toutes les données. Si Renn n'était pas seul dans le cadre que Jérémy avait conçu, tout était fichu.

La porte de l'immeuble s'ouvrit et Renn apparut. Costume clair, tête découverte, attaché-case à la main gauche. Il tira sur le lourd battant en chêne pour le fermer.

Dans la rue, l'auto, une Peugeot nouveau modèle, se rapprochait. Malgré cela, Renn n'hésita pas à traverser la rue, entrant dans le champ de la caméra. «Merde», gémit Jérémy.

Au même instant, le miracle opéra. La voiture vira à gauche et s'engouffra dans une artère latérale. Renn s'arrêta près de son propre véhicule et Jérémy rectifia le cadre, comme s'il voulait filmer un autre personnage qui, jusque-là, avait été caché. Mille fois, il avait répété ce mouvement qui devait en tous points correspondre à celui qu'il avait effectué la veille. Renn jeta sa mallette sur le siège arrière de la voiture, puis disparut à l'intérieur. La portière claqua. Un rugissement. La Saab s'écarta du trottoir, s'éloigna dans la rue mal éclairée et se fondit dans la nuit.

D'un seul coup, le stress quitta Jérémy qui se laissa glisser sur le dos. Ses yeux s'égaraient à travers le plafond noir constellé de points lumineux. En silence, il hurla sa fabuleuse ivresse. Génial! Son plan avait réussi. Enfin, Renn avait trouvé un adversaire à sa taille, digne de son machiavélisme. Pour une fois, la partie était égale. À la fin, comme dans le film *Highlander*, «il ne devrait en rester qu'un». Ce serait lui, Jérémy Farrar, qui triompherait.

Absorbé par ses pensées, Jérémy ne remarqua pas que les battements de son cœur s'accéléraient. Ses veines s'emplissaient d'un torrent bouillonnant. Une chaleur diffuse envahit ses membres. Soudainement, ses muscles se tendirent, son visage se figea en une grimace saugrenue et il jouit ainsi, très vite, sans y avoir été préparé. Ce qu'il trouva exquis.

Chapitre 11

Lorsque Jérémy parvint sur la route de campagne si souvent déserte, son sang se glaça. Trois voitures étaient stationnées à proximité de sa maison. Un gyrophare baignait la scène de reflets insolites.

Il reconnut la Toyota d'Audrey, garée devant la boîte aux lettres. Rien d'anormal. Quoique, pour une raison qui lui échappait encore, cette présence lui parut inattendue. Le deuxième véhicule était une Volvo sombre, noire ou verte; le troisième, une Citroën BX blanche lignée de bleu. La police!

De minuscules parasites crépitaient dans sa tête, envahissaient ses bras; un caillou rond et lourd bombait les parois de son estomac. La peur! Jérémy la reconnut, sans pouvoir la maîtriser. Pourquoi tous ces gens l'attendaient-ils? Il n'avait rien fait de mal, après tout...

Jérémy songea au matériel, au magnétoscope et aux quelques autres bricoles qu'il avait sorties du «cimetière» à la station de télévision. Qu'il transportait dans son coffre... Allons, allons, un peu de sérieux! Personne n'avait pu remarquer leur disparition et réagir aussi vite.

«Oh! merde! Les pique-niqueurs!...» Ces crétins avaient dû porter plainte contre lui.

Son cerveau fonctionnait à toute vitesse – beaucoup plus vite qu'il n'en avait jamais été capable... Pouvait-on l'inquiéter parce qu'il avait mis une cassette dans une radio? Ridicule... C'était bien tout ce qu'il avait fait, non?

Oui, mais les flics l'avaient attendu jusqu'à 1 h du matin. La situation devait donc être bien plus grave...

Ces gars-là avaient menti. Ils avaient dû livrer à la police une version démente. Peut-être s'étaient-ils plaints d'une agression à main armée? Ou pire... Partagé entre la colère et la terreur, Jérémy rangea sa voiture derrière les trois autres et sortit sans hâte. Il fallait qu'il puisse justifier une arrivée aussi tardive... Bah! il prétendrait qu'il avait dû terminer un travail urgent.

Les quelques mètres qui le séparaient de la porte lui parurent trop courts. Pas suffisants pour faire le plein d'énergie. S'il avait besoin d'un avocat, il ferait appel à cette Hélène Ducruet. N'était-il pas unis, désormais, par le sceau du secret?

Dans la salle à manger, Audrey, le visage ravagé par les larmes, était assise dans un fauteuil. Effondrée, aurait été un terme plus juste. Elle le fixa sans le reconnaître, ouvrit la bouche pour lui parler, puis se tut. Cet air absent ne lui ressemblait pas: elle avait dû absorber quelque chose de très fort. Accoudé à la table, un homme plutôt jeune prenait des notes sur un carnet à spirales. À l'étage, des bruits indiquaient que d'autres personnes accomplissaient une tâche encore mystérieuse.

Quand Jérémy ferma la porte, l'enquêteur s'arracha à son travail, poussa la chaise et se leva.

– Monsieur Farrar, je suppose...

La main tendue, le visage avenant, il s'avança vers Jérémy. Rien dans son comportement n'évoquait une quelconque agressivité.

Jérémy se détendit, lui rendit son salut et demanda, tout de go, ce qui pouvait justifier un tel déploiement de force.

– Écoutez...

Il hésitait.

– C'est un accident.

– Accident?

Jérémy tressaillit.

– Votre femme a fait une macabre découverte en re-

venant ici. Votre femme de ménage, Annick Demoitié...
Elle s'est... enfin... elle est tombée et...

Jérémy éprouva un intense soulagement. On n'en
avait pas après lui! Il se composa néanmoins une mine
de circonstance avec quelques souvenirs récoltés à droite
et à gauche: le jour où il avait appris la mort de son père;
celui, plus ancien, où il avait trouvé son chien Twinkle
étendu sur la route, éventré par un chauffard... Les
larmes l'assaillirent, distillant une tristesse palpable dans
ses yeux.

— Vous voulez dire qu'elle est morte? articula-t-il
avec douleur sur un ton pleurnichard qui n'était plus
qu'à demi affecté.

— J'en ai bien peur, avoua le policier. Sa tête a per-
cuté votre bureau. Nous sommes pourtant persuadés
que... qu'il y a eu autre chose avant.

Crispé, Jérémy restait suspendu aux lèvres de l'enquêteur. De nouveau, il redoutait le pire. Le présageait.

— Avant?

— Une rupture d'anévrisme, je suppose. L'autopsie
nous en dira davantage. Mes équipiers prennent quelques photos. Nous n'allons plus vous déranger très longtemps...

Des phrases courtes, des enchaînements heurtés: le
flic paraissait ému. Mauvais, ça... Sa carrière s'engageait
sous de mauvais auspices.

— Je dois quand même vous poser quelques questions...

Une phrase en suspens, une demande timide, un regard effarouché qui en disait long sur son manque d'ap-
titude à exercer une profession si cruelle. Jérémy hocha
la tête et s'assit.

«Non», il n'avait pas vu Annick; «oui», elle venait en
général tous les mardis; «oui», il avait eu une journée
longue et difficile. C'était le revers de la médaille dans
un travail par ailleurs exaltant.

※ ※ ※

Lorsque les policiers furent partis, Jérémy et Audrey se retrouvèrent face à face dans la maison silencieuse. Prostrée, la jeune femme n'avait pas esquissé le moindre geste depuis de longues minutes.

Il lui toucha le bras; elle se raidit. Ses yeux, soudain habités d'une fureur électrique, le fixèrent sans crainte ni retenue.

— Je sais que vous l'avez tuée, cracha-t-elle enfin. Toi et ta foutue machine, vous n'êtes que des assassins. Des malades et des pervers.

Interloqué, Jérémy se figea.

— Qu'est-ce que tu racontes? Je n'ai jamais fait de mal à une mouche! Tu délires...

— Je ne te reconnais plus... Tu n'es qu'un sale étranger dans cette maison.

Elle le repoussa avec brutalité et il trébucha sur le carrelage. Patiemment, il revint à la charge, la voix empreinte d'une grande douceur.

— Tu es sous le choc, Audrey. C'est normal. Il faut te reposer, dormir quelques heures...

Son amabilité excessive accentuait le malaise. Il ne parvenait pas à trouver les mots justes, les intonations réconfortantes. Entre l'intense soulagement et la tristesse qui commençait à l'envahir, il ne parvenait pas à faire la part des choses.

— Demain, tu verras, tout ira mieux et tu comprendras à quel point tu es injuste avec moi.

Cette fois, des accents de touchante sincérité vibraient dans sa voix. Ou, plutôt, un étonnant mélange de bonne foi et de détresse qui ne manquait pas de persuasion. Il tendit la main pour toucher la joue d'Audrey. Elle bondit pour éviter le contact et se redressa, furibonde.

— Demain, je ne serai plus ici. Je ne veux pas rester

une minute de plus dans cette tanière avec un malade mental. Je suis juste venue chercher mes valises, Jérémy. Je te quitte. Tu es cinglé, mon vieux. Tu crois que je ne sais pas ce qui t'arrive ? Pauvre clown ! J'étais là, avant-hier, quand ta machine et toi vous...

Sa voix se brisa et elle éclata en sanglots.

Incapable de trouver une réaction appropriée, Jérémy restait là, les bras ballants, une expression de profonde détresse peinte sur son visage pâle.

Les mots lui semblaient si disproportionnés. Que voulait-elle dire ?

– Viens te reposer, proposa-t-il comme si de rien n'était.

Propulsée par un invisible ressort, elle pivota pour échapper à son étreinte, se rua vers la porte et sortit dans la nuit. Pendant quelques longues secondes, elle se débattit avec la serrure de sa Toyota et Jérémy comprit qu'elle pleurait. Une partie de lui voulait qu'elle revienne, que tout redevienne comme avant, calme et agréable, si doux... Pourtant, il n'ébaucha pas le moindre geste pour la retenir. Le timbre rauque du moteur usé se fondit dans les bruissements familiers et apaisants.

Une autre voix, déjà, montait des profondeurs de l'oubli pour lui souffler qu'il avait encore beaucoup à faire.

❈ ❈ ❈

Pendant la réunion du matin, le fameux débat monopolisa les conversations. Renn, qui représenterait le BTC, le procureur et Buquin, président du Maccabi, seraient réunis sur le plateau. Plus quelques témoins et observateurs privilégiés. Seule la présence de Denis Glorieux demeurait incertaine. La justice souhaitait qu'il ne s'exprime pas sur une affaire en cours dans laquelle il était impliqué. Malgré cette probable défection, la confrontation télévisée ne manquerait pas d'intérêt. Un journaliste regretta que Samuel Dharma et David Leignon manquent à l'appel, mais remarqua qu'on ne pouvait décemment pas les exhumer pour recueillir leur témoignage. La remarque, d'un goût douteux, fit beaucoup rire toute la rédaction. Dans ces moments de grande tension, les dérivatifs les plus futiles restaient très appréciés.

– Dharma n'est peut-être pas mort!

Douze têtes se tournèrent de concert vers celui qui avait proféré cette phrase stupide. Si c'était de l'humour, c'était raté. Mais, non! Jérémy, qui s'était écouté parler, ne cherchait pas à dérider l'atmosphère.

– Qu'est-ce que tu racontes? demanda Nourricier.

À vrai dire, Jérémy ignorait le sens de ces mots. Quelqu'un d'autre s'était exprimé par sa bouche.

– Euh! je... Je disais ça... comme ça...

Dans quel guêpier s'était-il fourré?

– On nous a appris qu'il s'était suicidé, mais personne ici n'a pu approcher son cadavre. Nous n'avons pas de preuve objective de son décès...

Quelques-uns froncèrent les sourcils, essayaient de comprendre. D'autres ne cherchèrent pas à dissimuler qu'ils désapprouvaient ce genre de remarque.

Moulin, qui n'y tenait plus, cracha son venin:

– Tu perds la boule, mon pauvre vieux! Il est plus que temps de t'offrir de longues vacances.

Si quelqu'un avait dû se taire à ce moment, c'était bien lui, le journaliste corrompu. L'œillade meurtrière que lui lança Jérémy le lui indiqua sans ambiguïté. Nourricier, qui n'avait pas saisi toutes les subtilités de l'échange, balançait la tête en signe d'incompréhension.

– Bon, on reprend, fit-il en se tournant vers Gomez qui entreprit d'expliquer la teneur du reportage qu'il concoctait.

L'idée folle émise par Jérémy avait au moins intrigué

une personne dans l'assistance: son auteur. Il se demandait pourquoi une telle pensée lui avait traversé l'esprit. Comment pouvait-il savoir cela? Car il le savait. Oui, il était convaincu de ce qu'il avançait.

※ ※ ※

Par le téléphone intérieur, Grandgérard convia Fontanet à le rejoindre. Les deux hommes travaillaient ensemble depuis de longues années. Aujourd'hui, ils dirigeaient de concert cet hôpital qu'ils avaient contribué à créer. Le chirurgien de service ne mit pas longtemps à venir; son bureau se trouvait dans le même couloir que celui de son collègue psychiatre.

Ils se saluèrent chaleureusement, échangèrent quelques considérations d'ordre personnel, puis Grandgérard entra dans le vif du sujet.

— Tu te souviens de ce type qui a essayé de se fracasser la tête sur le sol de sa chambre?

— Ce malade que tu gardes au sous-sol, ce type important...

— Exact. Maintenant, regarde ça...

Grandgérard tendit deux radiographies à son collègue.

— Elles ont été réalisées après son «accident», précisat-il. Par précaution.

Fontanet prit les clichés et les examina à la lueur du plafonnier. D'emblée, quelques détails anormaux l'intriguèrent.

— Bon Dieu! Qu'est-ce que c'est que ça?

— C'est le crâne de notre ami...

— Oui, je le vois bien. Je te parle de ces filaments et de cet objet plat près du cerveau.

— Aucune idée, mon vieux. On a transféré les données dans l'ordinateur de l'unité de recherche. Sans succès, jusqu'ici.

– Ça me paraît dingue.

Grandgérard hocha la tête.

– J'aimerais beaucoup en savoir davantage.

– Curiosité partagée, cher ami.

Fontanet se leva, alla poser les clichés sur une tablette lumineuse et se caressa le menton.

– Quand disposera-t-on d'informations complémentaires? demanda-t-il.

– La machine recommence les analyses. Ça risque de prendre un certain temps. Et les résultats ne sont pas garantis.

– Dommage qu'on ne puisse pas aller voir ça de plus près... regretta Fontanet.

– C'est précisément pour ça que je t'ai demandé de venir.

– C'est-à-dire?

– En clair, expliqua Grandgérard, nous avons l'autorisation d'opérer.

– Autorisation?

– J'ai rencontré Maxime Renn. Nous avons discuté du cas de ce malade.

Malgré lui, Fontanet se sentit obligé de freiner leur enthousiasme.

– C'est trop risqué, voyons...

– Disons que, d'une certaine façon, nous avons carte blanche, vois-tu. Un échec ne nous serait pas reproché.

Les yeux dans le vague, Grandgérard mâchonna un crayon.

– Au contraire... ajouta-t-il en esquissant une étrange moue sardonique.

Chapitre 12

Lorsqu'il prit place devant la table de travail, Jérémy fut satisfait des progrès que le processeur avait accompli en son absence. Sur l'écran, l'image prenait forme. Oh! tout n'était pas parfait! Son œil exercé distinguait aisément la supercherie. À vrai dire, les deux images n'étaient pas encore «fusionnées». Il s'agissait plutôt d'une superposition. Ce n'était qu'un début. Quand elle aurait affiné les calculs, la machine lui donnerait un résultat parfait. Ça aussi, il le savait. C'était une évidence.

Sur la gauche de l'image: Glorieux, tendu, inquiet. Sur la droite: Renn, un attaché-case à la main, arrogant, hautain. Les deux personnages se mouvaient étrangement. Gestes saccadés, regards fuyants qui refusaient de se croiser, nuisaient au réalisme de la scène. Ce qu'on y lisait conférait néanmoins à la rencontre une réelle intensité dramatique.

Une sonnerie. Jérémy n'attendait personne.

À travers le fin rideau blanc, il aperçut une voiture parquée le long de la route. Une Nissan rouge, nouveau modèle, qu'il ne connaissait pas.

Prudent, il éteignit l'écran. Pas l'unité centrale. Il ne pouvait pas perturber le travail de l'artiste. De nouveau, le timbre aigu traversa les pièces vides, l'escalier, le couloir, se frayant un chemin jusqu'à lui. Il devait ouvrir.

Ce n'était pas, comme il l'avait craint, un autre policier qui lui rendait visite. Sur le palier attendait Hélène Ducruet, l'avocate de Glorieux, belle comme un rêve évanescent malgré un tailleur trop strict et un maquillage forcé.

S'effaçant devant elle, il l'invita à entrer. Avec une lenteur calculée, elle s'exécuta, considérant le hall et la salle à manger rustique avec une admiration non feinte.

– Jolie demeure, dites donc.

– Oui, pas mal. Une affaire, c'est sûr! Nous y habitons depuis cinq ans. C'est un endroit tranquille.

– Nous... Oh! il y a donc une madame Farrar.

La question rapide et directe déstabilisa Jérémy.

– Oui, si on veut... Je ne sais pas si je dois employer le présent ou l'imparfait.

– Je vois, je vois, fit très sérieusement l'avocate. Puis, réalisant qu'elle était en train de s'égarer, elle s'assit et réunit ses pensées.

– Qu'est-ce qui me vaut le plaisir de cette visite? interrogea Jérémy pour rompre le silence qui se prolongeait.

– Disons... une bonne part de doute, mâtinée de curiosité. Je me suis renseignée... Oh! avec beaucoup de discrétion, ne craignez rien. D'après les avis que j'ai récoltés, il est peu probable qu'un homme seul avec un matériel comme le vôtre puisse réaliser le montage sophistiqué dont vous m'avez parlé.

– Ça c'est pour le doute. Parlons maintenant de la curiosité...

– J'ai beau me creuser l'esprit, je ne comprends pas ce que vous avez à gagner dans cette affaire, ni quel rôle vous jouez.

– Vous vous méfiez donc de moi...

– Exactement!

– Et pourtant, vous êtes venue, triompha Jérémy.

Elle avoua qu'il l'intriguait.

– La curiosité est un vilain défaut, mademoiselle Ducruet. Vous êtes en train de vous compromettre avec un affreux manipulateur. Peut-être un homme de Renn qui cherche à vous attirer dans un guet-apens.

– C'est une possibilité que je ne peux écarter, concéda-t-elle.

Depuis qu'il connaissait Audrey, Jérémy n'avait jamais fait l'amour avec une autre femme, ne l'avait pas désiré. À tout prix, il voulait se consacrer uniquement à l'être aimé. C'était une volonté totale, un désir qui se rapprochait de la dévotion mystique. Il ne fallait y voir aucune volonté masochiste, rien qu'un plaisir intense. Une quête d'absolu.

Ce soir-là, il prit conscience que la page était tournée. Seuls planaient quelques indices, mais, ces temps-ci, Jérémy comprenait tout très rapidement, analysait les situations en un clin d'œil, trouvait leur solution à l'instant. Avec délectation, il pensa qu'il allait bientôt goûter aux joies de l'adultère avec une créature divine.

Venu d'un endroit oublié de son cerveau, un appel timide tenta de s'immiscer jusqu'à sa conscience. Et s'il revenait à la case départ? S'il cessait cette quête ridicule et renouait avec les valeurs qu'il avait toujours défendues?

Jérémy, le bienheureux, n'était pas prêt à se laisser troubler par cette voix. Il la refoula, l'enchaîna et la cadenassa à triple tour. Tout au fond de son esprit. Il n'avait rien à se reprocher. Audrey avait déserté le domicile conjugal. Pas lui.

En vérité, il savait que la question n'était pas là. Il ne s'agissait pas de se justifier, mais de vivre libre, par conviction, selon l'éthique que l'on s'était fixé. Et sa vie avait changé. À cause d'Audrey...

Ou peut-être pas...

Ils discutaient dans son bureau. Lui, assis sur sa chaise suédoise; elle, adossée contre le mur.

Triomphant, Jérémy s'apprêtait à appuyer sur l'interrupteur de l'écran. Il se ravisa et fixa Hélène Ducruet avec un étrange rictus sadique. Qu'est-ce qui lui prouvait qu'elle n'était pas un agent de Renn, venue s'assurer que son stratagème ne pouvait pas fonctionner? Une espionne qui, le cas échéant, saboterait son travail? Prise de court, l'avocate haussa les épaules.

– Quelle drôle d'idée... C'est vrai qu'on pourrait envisager la situation sous cet angle.

Pendant quelques secondes, elle mima la réflexion.

– Je n'ai pas de réponse à apporter. Fiez-vous à votre intuition et faites ce qui vous paraît indiqué.

Jérémy pressa sur le bouton et l'image apparut.

❊ ❊ ❊

Wolfgang laissa tomber le clapet et haussa les épaules. Il ne comprenait pas comment ce type puisse rester aussi longtemps immobile. Assis en tailleur sur le carrelage, Dharma ne dormait pas. Sa tête, renversée vers le plafond, semblait figée en une expression de totale béatitude. Ses yeux, grand ouverts, fixaient un point précis.

La première fois que Wolfgang avait regardé par le judas, vers minuit vingt, Dharma était déjà dans cette posture inconfortable. Quatre heures plus tard, le patient ne s'était pas déplacé d'un pouce. Le seul signe de vie qu'on remarquait à priori émanait de sa poitrine. Elle se soulevait à intervalles réguliers, au rythme de sa respiration.

Du couloir, l'infirmier ne distinguait pas le plafond de la cellule. Du coup, il était incapable d'apercevoir ce que l'autre observait avec tant de passion. Un insecte, une simple tache? Intrigué, Wolfgang éteignit son baladeur qui berçait ses oreilles d'une délicieuse sonate. Un silence épais régnait au sous-sol. Il frissonna. Préféra réenclencher l'appareil.

À nouveau, il souleva de nouveau le petit volet. Se pencha en avant. Plaqua son visage contre la porte pour tenter d'entrevoir quelque détail. Là! Dans la demi-pénombre, il perçut une ombre qui se mouvait sur la surface blanche. Une araignée? Non, la forme était plus volumineuse, plus imprécise. Fasciné, il colla sa tête plus près des barreaux et n'en crut pas ses yeux. La masse, oblongue et molle, était multicolore. Elle scintillait et se métamorphosait. Se contractait. Se dilatait. On aurait dit un cœur. Fantasme? Réalité? Elle semblait à la fois matérielle et fantomatique, consistante et gazeuse. À son tour, Wolfgang se sentit englouti, conquis par le charme vénéneux de ce spectacle déconcertant.

Brutalement, deux doigts vifs et costauds pénétrèrent dans ses narines. À un pas de lui, de l'autre côté de la porte, surgit le visage démoniaque de Dharma. Bercé par la vision fantomatique et la mélodie doucereuse distillée par ses écouteurs, l'infirmier ne l'avait pas entendu approcher. Un éclair de totale panique traversa sa conscience soudain rattachée au réel. En s'appuyant contre le métal froid avec ses deux mains, Wolfgang tenta de se dégager. Agita la tête. Rien à faire! Les ongles demeuraient crispés dans sa chair. Terrorisé, l'infirmier sentit les hameçons remonter dans ses narines, se frayer un chemin dans des cavités trop étroites, déchirer les tissus et triturer la chair. Pris au piège, incapable de s'écarter, perclus de douleur, il poussa un hurlement déchirant.

— Personne ne t'entendra, vieux fou, ricana une voix rauque aux inflexions angoissantes. Tout le monde a, depuis longtemps, pris l'habitude de ne plus faire attention à mes cris. C'est dur d'être seul, tu sais.

Dharma sentit le sang dégouliner sur sa main et enfonça ses doigts d'un nouveau centimètre.

✣ ✣ ✣

Seul, étendu à travers le grand lit défait, Jérémy ressentait une réelle déception. Il ne regrettait pas d'avoir succombé. Pourtant, il devait l'avouer, il n'avait pas éprouvé de réel plaisir à faire l'amour avec sa visiteuse du soir. Leur étreinte avait mis l'avocate sur les genoux. De son côté, il l'avait trouvée plutôt fade, comparé à d'autres sensations récemment expérimentées.

Les reflets de la lune jouaient sur les murs de la chambre, baignant les briques apparentes d'une lueur étrange, reposante. La solitude qu'il avait toujours redoutée n'avait pas que de mauvais côtés. Plus d'horaire ni de contrainte, seulement l'essentiel: un sentiment égoïste et agréable.

Nu et détendu, il traversa le couloir jusqu'au bureau. Sourit. La scène qui se jouait devant lui avait gagné en réalisme. Les mouvements devenaient fluides, les perspectives plus crédibles. Tout n'était pas parfait, mais la progression des travaux garantissait un somptueux résultat.

Tout à l'heure, déjà, Hélène n'en avait pas cru ses rétines ébahies. Jérémy avait profité de son trouble pour l'enlacer. Avant de partir, tard dans la nuit, elle avait tenu à jeter un dernier regard à l'écran magique: Renn qui approchait de Glorieux avec l'attaché-case rempli de billets, le lui tendait...

Elle aussi était persuadée que la cassette ferait sensation. Ce Jérémy était un génie. Un génie qui allait beaucoup l'aider!

❄ ❄ ❄

Malgré l'heure tardive, Wang n'était pas couché. Seul dans l'arrière-boutique, il tapotait sur son clavier, peaufinait quelques détails de l'image sur lesquels Ishido était hésitant. Son «fiston» faisait du bon boulot, mais Wang devait continuer à le diriger comme on guide un enfant sur le chemin de la vie, à petits pas prudents. Un jour, le vieil homme s'effacerait parce que la machine n'aurait plus rien à apprendre de lui. Bientôt.

En attendant, il continuait de transmettre son savoir à l'ordinateur qui, d'une certaine façon, l'inoculait à ce Farrar. C'était une chaîne sans fin. Une chaîne de vie...

Le jeune réalisateur lui avait plu dès leur première rencontre. Il ne le décevait pas.

Farrar possédait des compétences techniques indispensables au bon développement des opérations. Exploité par la puissance d'un processeur très spécial et avec un peu d'aide extérieure, son potentiel devenait prodigieux. C'est ainsi qu'avancent l'homme, la science et l'univers: chacun a quelque chose à découvrir et à enseigner. Les passifs qui restaient sur le bas-côté de la route n'évoluaient plus. Seuls progressaient les curieux qui acceptaient de collaborer. Certains donnaient beaucoup, d'autres demandaient peu. Quelques opportunistes profitaient des circonstances. D'autres, plus conscients de leur devoir, refusaient de s'en formaliser.

Le monde est vaste et chaque être unique. Chaque être ou chaque esprit...

Telle était la vision de l'existence que cultivait Lao Wang. Communiste par conviction dès sa prime adolescence, il avait participé, dans son pays, aux recherches visant à mettre au point cette fameuse intelligence artificielle qui faisait tant fantasmer les scientifiques du monde entier.

Un ordinateur qui pense, qui évolue, qui prend des décisions! Moins de travail pour l'être humain qui pourrait ainsi aspirer à un bonheur plus complet. Quelle noble quête!

En mai 1975, Wang s'était ainsi retrouvé dans un laboratoire défendu comme une forteresse, avec trois autres spécialistes, tous des as dans leur domaine. Unis vers un seul but, ils s'étaient baptisés «Les Quatre.» Passionnés, ils étaient certains de bouleverser à brève échéance un monde figé dans ses certitudes matérialistes. Les Quatre étaient des scientifiques chevronnés, mais aussi des poètes. Des hommes qui avaient décidé de bâtir leurs recherches sur des bases inédites. Immédiatement, ils avaient fait de l'imagination le terreau de leurs expériences.

Malgré les compétences exceptionnelles des chercheurs et leur incomparable connivence, leurs progrès n'avaient pas été aussi fulgurants qu'espéré. Leurs analyses conduisaient certes à des évolutions mineures, mais les résultats, peu spectaculaires, n'impressionnaient pas les gestionnaires profanes chargés d'évaluer leur efficacité. Du coup, l'équipe s'était disloquée, étranglée par des restrictions budgétaires drastiques. Un soir morose de 1978, le gouvernement avait décidé de fermer le bureau d'études sur un cinglant constat d'échec. Évidemment, si on s'en tenait à la lettre, les expériences ne pouvaient pas être considérées comme un franc succès. Pourtant, Wang avait la frustrante intuition d'avoir effleuré la vérité. De très près.

Chez lui, avec un matériel de fortune, il avait poussé plus loin ses investigations. Petit à petit, une autre voie s'était imposée: c'est la démarche elle-même qui était erronée. Il fallait pousser plus avant l'impudence, oublier les préceptes. Oser le blasphème.

Pendant des mois, Wang travailla dur, alternant les longues analyses théoriques et les expérimentations pratiques. Rapidement, ses conclusions l'avaient troublé. Lo et Xan, deux autres membres de l'ancienne équipe, avaient suivi, sur ses conseils, une voie parallèle. De temps à autre, les amis se rencontraient pour confronter leurs travaux privés.

Au tout début de l'année 1981, Wang apprit la terrible nouvelle: Lo venait de mourir, électrocuté dans sa baignoire! Une cinglante ironie du sort pour clore la vie d'un électronicien si brillant.

Avec l'accord de l'épouse du défunt, Wang voulut comparer les dernières évolutions de ses études avec celles du défunt. En vain! Malgré de longues recherches ardues, les documents sur lesquels Lo consignait ses observations restèrent introuvables.

Lorsque la voiture de Xan, le troisième larron,

sombra dans un lac après un vol plané de quelque trente-cinq mètres, Wang décida qu'il était temps de se mettre à l'abri avec Chen, sa femme, et sa petite Kimmy. Deux jours plus tard, il fuyait le pays. Dans son unique valise, il emportait quelques souvenirs et ses précieux secrets.

En France, la famille survécut quelques années dans un appartement miteux de la banlieue lilloise. Wang traîna sa carcasse fluette dans des boulots qui ne lui convenaient pas, avant de dénicher un petit travail mal payé dans un magasin d'informatique. À cette époque, les ordinateurs individuels se démocratisaient, envahissaient les maisons.

Les étonnantes connaissances de Wang et son jugement sûr firent merveille. Son salaire évolua en conséquence. De nouvelles perspectives s'ouvraient à lui. Au bout de quelques mois, le scientifique put enfin reprendre ses recherches sur des machines plus sophistiquées.

Avec le recul, son point de vue avait changé; ses théories, évolué. D'emblée, de grossières erreurs lui sautèrent aux yeux et, très vite, il sortit d'impasses qu'il imaginait insondables. Rapides et spectaculaires, les résultats ne cessaient de le surprendre. Dès le début, les premières applications qu'il conçut se révélèrent d'une surprenante efficacité. À mesure qu'il dénaturait les ordinateurs sur lesquels il travaillait, Wang inventait un nouveau concept, une machine qui, à défaut d'être vraiment «intelligente», devenait presque autonome.

Puis, nouveau coup d'un sort inique, survint le drame qui allait faire basculer la vie de Kimmy et la sienne. Faire germer en lui l'inconcevable idée. Provoquer la décision insensée. Le dilemme ne souffrait aucun atermoiement. S'il ne tentait rien, sa fille mourrait.

Acculé par le désespoir, forcé d'accélérer ses expériences, contraint de tenter le tout pour le tout, Wang flirta avec les limites de l'épuisement. Sans remords, il s'aventura dans des territoires chimériques et interdits. Renoncer à ce moment eut été indigne d'un père et d'un scientifique. Ignorant les barrières d'une éthique trop rigide, il avait précédé de dix ans les expériences qui allaient rendre célèbre le mathématicien et biologiste américain Léonard Adleman. Personne ne s'était apparemment risqué aussi loin. Désormais privé de garde-fou moral, Wang avait multiplié les audaces. Pour triompher au-delà de toute espérance.

Était-il un génie? Avait-il pu, sans aide, parvenir à ses fins?

Plus d'une fois, il s'était demandé si sa réussite n'était pas la conséquence d'un pacte inavouable avec les forces obscures. En échange de quoi? De cette haine qu'il ne pouvait juguler? Ce désir de vengeance inextinguible qu'il devrait un jour assouvir?

À moins qu'il n'ait, au contraire, bénéficié d'une bienveillante complicité. Une complicité venue d'en haut?

Lors de l'hiver 92, Chen, sa femme, mourut des suites d'une longue et pénible maladie qui meurtrit ses muscles, ses os, tout son corps. Jusqu'à la fin, son cerveau vif et pétillant était resté conscient, témoin de l'inexorable déchéance que Wang ne pouvait enrayer. De ces longs mois de veille exténuante, le petit homme conçut une rancœur tenace à l'égard d'un monde qui jamais n'avait tenté quoi que ce soit pour l'aider. C'est pendant cette époque trouble qu'il perfectionna le processeur qui allait donner vie à Ishido. Un être s'en va, un autre prend sa place... inexorablement.

Le chemin, jusqu'ici, avait été long et tortueux, mais la complicité de l'homme et de la «machine» ne s'était jamais démentie. Sous sa tutelle, Ishido parviendrait à composer la scène dont Farrar rêvait. Une image de plus en plus crédible, une scène cohér....

Soudain, l'écran s'éteignit. Des sueurs froides tombèrent, goutte à goutte dans le cou de Wang. Paniqué, le vieil homme recomposa le numéro: rien! La communication était interrompue. Il tenta un nouvel essai; un autre, sans plus de succès.

❀ ❀ ❀

Jérémy considéra d'un air triomphal la prise du téléphone abandonnée sur le tapis. La grande réussite était si proche. Personne ne devait troubler ce moment d'intense satisfaction. Il fit le tour de la maison. Ferma tous les volets, la porte à double tour.

S'il voulait réussir, il fallait qu'il concentre son énergie, son attention, ses efforts sur le seul objectif qui importait: montrer au monde ébahi qui Renn était vraiment. Ce serait la B.A. de sa vie, l'acte pour lequel quelqu'un avait jugé bon de le faire naître. Les différents événements qui l'avaient conduit là n'étaient pas le fait d'un prodige.

Comme l'a écrit Goethe: «Les mystères ne sont pas toujours des miracles». Dans le cas présent, ces énigmes n'étaient que les rouages d'un mécanisme supérieur qui détruirait le mal dans un combat impitoyable que la terre entière ignorerait à jamais.

Quelle importance? Jérémy devait rester humble, courageux et volontaire. Ainsi, il se montrerait digne de la confiance qu'on lui avait témoignée.

❀ ❀ ❀

En descendant au sous-sol, le docteur Grandgérard découvrit le corps de Wolfgang. Il était presque 7 h et, malgré le calme ambiant, la journée sentait le soufre et la terreur.

L'infirmier gisait sur le sol. De loin, on pouvait penser qu'il dormait. Sa position grotesque, le long de la porte de la cellule, et le sang qui maculait son visage démentirent vite ces prévisions optimistes. Grandgérard se pencha, sentit le pouls du blessé qui respirait faiblement. Avec précaution, il assit Wolfgang contre le mur et lui tapota les joues. L'homme refusait de reprendre conscience. Que s'était-il donc passé? Était-ce un nouveau coup de ce fou? Irrité, le médecin souleva le volet du judas et constata que la chambre était tranquille. Recroquevillé contre le mur, Dharma dormait à poings fermés.

Innocent ou coupable, cet individu était un poids mort. Il fallait s'en débarrasser aujourd'hui-même.

* * *

Jérémy se réveilla en sursaut. Une douleur le transperçait de part en part. Il ouvrit les yeux, cria.

Assis sur la moquette, il transpirait. Un autre élancement, son cœur venait d'escamoter un battement. À toute vitesse, il arracha les câbles qui s'agrippaient à sa peau, courut jusqu'à la salle de bain et fouilla dans l'armoire à pharmacie. Une bouteille s'écrasa sur le sol; un liquide rouge se répandit sur le carrelage. Un flacon de cachets se brisa dans l'évier, vomissant une grande quantité de pastilles blanches mêlées aux éclats de verre.

– Merde, merde, merde! gémit-il.

Un éclair lacéra sa poitrine, laboura ses poumons. Le souffle coupé, Jérémy se plia en deux contre le mur. Une tornade soufflait dans sa tête. Des mains pressaient son cerveau, le roulaient en boule, l'étiraient brusquement comme on tord une serpillière. Jérémy sentit ses yeux jaillir de leurs orbites, sa bouche se tordre et se figer. La tête la première, il tomba dans une mare de mercurochrome et sombra dans l'oubli.

Chapitre 13

Jérémy examina son visage: le faciès d'un clown pitoyable. Son maquillage écarlate semblait avoir été appliqué à la va vite par une main maladroite. Le reflet aurait pu le faire sourire, mais des bribes de souvenirs le faisaient frissonner: l'attaque, inattendue avait été foudroyante. Harassé, il se laissa tomber sur un tabouret et se demanda ce qui avait pu se passer. Cette nuit, il n'avait pas eu conscience de s'endormir. Il ne se sentait d'ailleurs pas reposé. Ses membres le faisaient souffrir. Son corps nu lui paraissait... curieux! Ignorant les pointes de douleur qui transperçaient sa chair, Jérémy se traîna devant le miroir sur pied, dans le couloir, et chercha un détail incongru, hésita... et comprit. Sa silhouette, sa physionomie générale avaient changé. Plus grand, plus large, il paraissait plus puissant. On aurait pu croire qu'il avait passé six mois dans une salle de musculation en ne ménageant pas sa peine. Naturellement, ce n'était pas le cas. Jérémy n'avait aucun goût pour l'effort physique. La vanité des esthètes l'insupportait; son corps, même imparfait, lui suffisait. Néanmoins, c'était indéniable, il s'était modifié.

Un autre détail l'intrigua. Il s'approcha de son reflet, plaqua son sexe contre la glace et... juste au-dessus, à travers la toison pubienne, il localisa une forme carrée d'aspect rigide.

Abasourdi, il descendit les escaliers à la recherche d'une aide, d'un soutien, d'un avis. Audrey était partie. Sans doute avait-elle un rendez-vous dans la matinée?

De ça, non plus, il ne se souvenait pas. Il trouva bizarre qu'elle ne lui ait pas laissé un mot.

Il gémit et s'assit. Il n'éprouvait plus de douleur. Seulement une sidérante impression de vide et de mensonge. La sensation fugitive et dévastatrice qu'il s'égarait dans un univers où il n'avait rien à faire; la certitude qu'on l'y avait conduit par la main avec fermeté. Et qu'il n'en sortirait pas...

La vision de l'horloge murale lui envoya un nouveau direct en plein estomac; l'onde de choc lui coupa le souffle. 11 h 50! Jérémy ne comprenait pas comment quelqu'un, à Canal 13, ne s'était pas inquiété de son absence. Le répondeur, sur l'armoire, n'avait pas enregistré le moindre appel. Jérémy était tellement en retard qu'ils avaient dû décider de le remplacer pour le «Treize Heures».

Il souleva le combiné pour s'excuser, les rassurer. Pas de tonalité! La prise... elle n'était pas branchée.

Une secrétaire lui passa Nourricier. Le rédacteur en chef ne se montra guère étonné de son état et lui conseilla de prendre du repos, d'aller voir un docteur.

— Tu es bizarre depuis deux ou trois jours, tu ne sembles pas dans ton assiette. As-tu un problème?

— Ma femme est partie.

— Oh! C'est moche ça, vieux.

Les mots étaient réconfortants, mais le ton froid et absent désamorçait leur sens.

— Oui, c'est un sale coup, mais je m'en sortirai.

Et il raccrocha.

Pendant un long moment, Jérémy erra dans la maison vide à la recherche de réponses à ses interrogations. Lorsqu'il entra dans le bureau, une autre surprise l'attendait. Il avait oublié d'éteindre l'ordinateur toujours relié au magnétoscope. Sur l'écran, l'image-choc, parfaite... La séquence défilait en boucle. Bon Dieu! il avait failli oublier... Oublier qu'il tenait Renn. Sa vie lui revenait par fragments, mélange d'excitation et de dégoût... Pour s'imprégner de sa réalité, Jérémy visionna la scène une bonne douzaine de fois. Puis, revigoré, il l'enregistra et enferma la cassette dans un tiroir, glissa la clef dans un jeans qui traînait sur le sol. Alors, il se rua sous la douche. Frénétiquement, il frotta son visage de pantin mal grimé. Quand le résultat lui parut correct, il s'habilla et sortit.

Haut dans le ciel d'azur, le soleil brillait avec arrogance. Une légère brise balayait la campagne. Le décor idéal d'une belle journée printanière...

Jérémy n'y prêta pas la moindre attention.

✿ ✿ ✿

Toute la matinée, les tentatives de Wang pour communiquer avec Ishido s'étaient révélées infructueuses. Dès qu'il eut déjeuné, il essaya de se connecter à nouveau et, cette fois, parvint à établir le contact avec la machine.

Parmi les informations qu'il recevait, Wang chercha le signe d'une interférence, d'une panne. En vain. L'intense activité des derniers jours avait fait place à un silence total.

Se pouvait-il que Farrar, pour une raison ou une autre, ait abandonné son travail? Wang ne le croyait pas. Plus maintenant.

À moins que sa mission fût terminée, que la formidable combinaison imaginée par le vieil homme eût abouti à une réussite plus rapide que prévue.

Ishido, la machine absolue, et Farrar, le maître de l'image, avaient-ils terminé leur œuvre?

Il conçut, de cette hypothèse, une joie brutale et un trouble malsain. Si tout s'était agencé sans son aide, cela signifiait qu'il était devenu inutile. Déjà...

Pour éviter les commérages, Jérémy avait opté pour un obscur généraliste dont il n'avait jamais entendu parler. Un vieux type un peu grognon qui ne s'inquiéta pas de savoir ce qui l'avait attiré chez lui. Ce patient, le seul à s'être présenté ce jour-là, était une aubaine.

Le docteur Breugnot n'était pas un mauvais médecin, mais l'alcool avait ravagé sa vie. Incapable d'opérer, il avait quitté Paris pour venir s'établir dans une rue maussade de la banlieue lilloise où il avait installé son cabinet. Recommencer sa vie était la seule solution. Hélas! la bouteille l'avait suivi jusqu'ici et, au bout de quelques mois, les curieux s'étaient faits moins nombreux. À présent, il survivait tout juste, grâce à un copieux héritage qui l'avait sauvé de la déchéance absolue. Peut-être de la mort. Sa femme l'avait quitté, ses amis s'étaient détournés de lui. Désormais, il vivait seul. Triste et résigné. Sans le savoir, Jérémy avait frappé à la bonne porte. Cet homme qui pouvait l'aider et le comprendre, refuserait de le juger.

L'œil exercé du praticien remarqua d'emblée les traces de piqûres. S'il se méprit sur leur origine, il conclut fort justement qu'elles jouaient un rôle important dans les tracas du visiteur.

Le docteur Breugnot palpa le bas-ventre du malade et y décela une rigidité anormale. Sa main experte en localisa les arêtes. L'excroissance, un vague carré de huit ou neuf centimètres de côté, ressemblait à une plaque insérée dans cet endroit saugrenu pour une raison qu'il ignorait. Malgré sa longue expérience, jamais il n'avait entendu parler d'opération de ce type.

– Un problème, docteur?

Jérémy, appuyé sur ses coudes, trouva la mine perplexe du praticien plutôt inquiétante. Breugnot haussa les épaules.

– Mieux vaut rester prudent... Je crois qu'on va faire une petite radiographie.

❊ ❊ ❊

– Excusez-moi de vous déranger, madame Ducruet. J'ai un appel pour vous. Je sais que vous m'avez demandé de ne pas vous interrompre, mais votre correspondant me dit que c'est urgent, que vous serez ravie de l'entendre. Il s'agit de..., attendez, j'ai noté son nom ici. Un certain monsieur Wang.

Hélène ignorait si elle devait se sentir inquiète ou ravie. La secrétaire n'avait-elle pas suggéré qu'il s'agissait d'une bonne nouvelle? Elle scruta les grésillements sur la ligne, tandis qu'on lui transmettait la communication.

– Hélène? C'est Lao, fit une voix sortie des limbes.

– Comment allez-vous, cher ami? s'enquit l'avocate sur le ton léger de la plaisanterie. Que me vaut l'honneur si inhabituel d'un coup de fil de votre part? Vous savez que tout ça n'est pas prudent...

– Je... Je crois que ça y est...

La voix de l'homme, si souvent impassible, tremblait d'émotion, ce qui la toucha beaucoup.

– Tu veux dire...

Elle hésita, perplexe.

– Tu veux dire qu'il a terminé?

– Je le crois. J'en suis même persuadé. C'est pour cela que je te téléphone...

– Tu voudrais que j'aille vérifier?

– Exact, mademoiselle l'avocate. Je voudrais que tu rendes visite à notre ami. Le plus tôt sera le mieux. Il faut que nous soyons certains de l'efficacité du document, certains que personne ne décèlera le trucage...

– Bien sûr, Lao, je m'en charge. Tu sais que tu peux compter sur moi.

Après avoir échangé quelques mots avec Kimmy, sa vieille copine Kimmy qu'elle avait connue à l'université bien avant l'histoire qui l'avait si radicalement modifiée, Hélène raccrocha.

Ainsi donc, les événements s'accéléraient, la contraignaient à agir plus vite que prévu.

Ce matin, elle avait eu une soudaine inspiration qui l'avait prise tout à fait au dépourvu. Une idée grotesque. Et pourtant...

Un des secrets de la réussite est d'analyser rapidement une situation pour comprendre les avantages à en tirer. Ici, le profit pouvait être énorme. Déterminant.

Elle aspira une grande bouffée d'oxygène et décrocha le téléphone. Cette fois, ce fut elle qui composa le numéro.

❖ ❖ ❖

Le cliché de la radiographie n'était pas très net. On aurait dit qu'un élément parasite avait perturbé le développement de l'épreuve. Breugnot, il est vrai, n'avait pas souvent l'occasion de se servir de cet appareillage. Il n'hésitait pourtant pas à y recourir dès que son utilisation pouvait se justifier. Expliquer la présence, dans ce cabinet presque désert, d'un matériel qui avait jadis été sophistiqué.

En soupirant, le médecin posa la plaque sur une table lumineuse et découvrit ce qui n'allait pas. En fait, rien n'allait. Rien du tout.

Surtout lui! Ha! il était beau, le bon docteur Breugnot... Son inéluctable glissade de l'alcoolisme mondain vers l'ivrognerie incurable avait eu raison de son talent. Et aujourd'hui de son esprit. Incapable d'interpréter une radiographie, il n'avait plus qu'à mettre la clef sous la porte.

Lentement, il fit pivoter le cliché. Peine perdue!

Quoi qu'il fasse, il reconnaissait à peine les organes vitaux, perdus dans un fatras d'éléments incongrus.

Quelqu'un lui avait parlé de machines capables d'analyser les radiographies, mais il était bien trop vieux pour investir encore dans de nouvelles technologies. Trop vieux et trop usé. Incapable de comprendre. Abandonné.

Bouleversé, Breugnot retourna dans le cabinet.

Bien calé sur son siège, Jérémy attendit quelques secondes avant de poser la question qui lui rongeait l'esprit.

– C'est grave, docteur?

Breugnot lui opposa un pâle sourire qu'il espérait réconfortant.

– Pas du tout. Pas de quoi s'inquiéter, en tout cas.

Aïe! Une maladresse de plus. Il venait de prononcer la formule magique qui rend fou d'anxiété tout patient sensé. Quand un médecin vous dit, avec cet air sinistre, qu'il n'y a pas de quoi s'inquiéter, c'est en général que votre état est vraiment préoccupant.

– Je vais seulement reprendre votre pouls et votre tension, histoire de compléter le bulletin de santé, ajouta Breugnot pour faire bonne contenance.

❁ ❁ ❁

Frédéric Séron, dit Wolfgang, décéda dans la matinée.

Le plus pénible serait maintenant de prévenir la famille et, surtout, d'expliquer ça. La seule solution était de faire passer l'homicide pour un malencontreux accident. Une chute. Avec un peu de chance et un astucieux maquillage, le diagnostic des médecins de l'hôpital ne serait pas mis en doute.

Depuis la macabre découverte, personne n'avait encore osé s'aventurer dans la cellule du fou. Car tout le monde était convaincu que c'était lui qui avait perpétré ce meurtre. Qui d'autre?

Grandgérard se promit bien que la prochaine fois qu'il verrait ce Dharma, ce serait dans la salle d'opération. En attendant, ce dément pouvait tourner en rond dans sa cage. Il n'aurait rien à manger ni à boire jusqu'au moment fatidique.

Enragé, le psychiatre se demanda s'il n'allait pas faire pratiquer l'opération sans anesthésie. Après tout, ce serait une expérience intéressante qu'il n'aurait plus l'occasion de renouveler...

❊ ❊ ❊

Breugnot regarda s'éloigner Jérémy, puis laissa tomber le store.

— Et voilà! Rideau! dit-il à haute voix, pour lui seul. Une habitude qu'il avait contractée quand Juliette l'avait abandonné.

— Tu t'étais juré de rester digne et, il faut bien le constater, les limites ont été franchies. Pauvre bougre! Tu as tout gâché!

Il se plaignait car, dans le fond, on garde tous un peu d'affection pour soi-même, non? Même les esclaves de l'illusoire qui se détruisent aux substances les plus immondes. La vie est un lourd fardeau, si épuisant à porter...

Que pouvait-il encore faire? Incapable de trouver le pouls d'un patient, inapte à interpréter un cliché, il n'avait plus rien à espérer. En scrutant l'image, il avait eu l'impression d'être confronté à un surhomme bionique. Un ersatz de Steve Austin sorti de la télévision pour lui faire un pied de nez. La science-fiction d'hier n'était pourtant pas encore la science d'aujourd'hui.

Tout à coup, Breugnot se sentit vieux, si inutile. Il plia la radiographie, la mit dans son cartable, y joignit quelques instruments qui l'avaient toujours accompagné: son stéthoscope, un thermomètre, le petit cadre écaillé avec la photo de Juliette...

Il traversa la salle d'attente. Vide. Toujours vide. Il sortit, posa sa serviette sur le siège arrière de sa 309 enrouée – c'est une voiture de médecin, ça? Franchement... – et rejoignit l'autoroute. Direction? la région parisienne qui l'avait vu grandir.

Deux heures plus tard, il passa sans ralentir en face de l'école qu'il avait fréquentée tant d'années. Depuis qu'il s'était exilé dans le Nord, il n'avait plus mis les pieds ici. La demeure de son enfance, fraîchement repeinte, arracha deux larmes de ses yeux fatigués.

– Plus rien ne ressemble à hier. Tout a changé. Visages inconnus, arbres abattus, trottoirs jonchés de déchets. Quel sinistre décor! Il se gara. Son vieux cartable élimé à la main gauche, un lourd jerrycan rouge à la droite, il traversa à pieds le cimetière aussi désert que son cabinet.

Assis à même le sol, Constantin Breugnot parla longuement à son père, le phare qui avait illuminé sa vie et sa carrière, jusqu'à ce que...

Comme le jour déclinait, il s'aspergea du liquide incolore et odorant qu'il avait pris dans le coffre de sa Peugeot. Sans remords, il craqua une allumette et s'allongea sur la pierre.

Chapitre 14

Affalée dans un fauteuil trop moelleux, une femme attendait. Elle feuilletait un vieux numéro de *Capital* sans parvenir à s'absorber dans sa lecture. Nerveuse, elle croisait et décroisait les jambes, jetant de furtifs regards à sa montre: 14 h 30, déjà.

Remarquant son manège, la dame très élégante qui gérait le carnet de rendez-vous du maître des lieux lui assura que l'attente ne devrait plus être très longue. Monsieur le président allait bientôt la recevoir. Loin d'être soulagée, la visiteuse se sentit honteuse d'avoir été ainsi épiée et comprise. Son attitude n'était pas très professionnelle. Dorénavant, elle se surveillerait pour mieux maîtriser ses émotions, ses sentiments.

L'interphone sonna. La secrétaire échangea quelques mots d'un air presque machinal, puis sourit.

– Voilà, je vous l'avais bien dit. Vous pouvez y aller... Monsieur le président vous attend.

En prenant son temps, comme si cette invitation ne la concernait pas vraiment, Hélène Ducruet se leva et pénétra dans le bureau vaste et très moderne qui occupait une grande partie du dernier étage des bâtiments de la société Renn 2000.

❊ ❊ ❊

Après les Infos de 13 h, le stress se relâchait dans les couloirs de Canal 13. Ce mercredi-là, tout était différent. Dans trois jours, Renn et consorts s'affronteraient au cours d'un homérique débat télévisé.

D'un œil distrait, Jérémy surveillait les préparatifs. Il avait déjà communiqué ses instructions et ne s'affairerait véritablement que lorsque les débatteurs, vrais et factices, prendraient place autour de la pièce. Il était assez fier du décor et de l'éclairage. L'intrigue, elle aussi, ne manquerait pas de piment.

Abruti par les calmants, il avait passé une bonne nuit, mais se sentait encore faible. Il avait faim et soif. Un batteur fou, dissimulé dans sa tête, martelait des tempos lourds et hypnotiques. Le matin, il avait avalé en vain quelques antidouleurs. La sensation de manque gagnait sa bouche; un goût métallique sur son palais, sa langue lourde. Bon Dieu qu'il avait soif!

Jérémy quitta le studio, laissant les ouvriers préparer le match du siècle dans les entrailles du bâtiment. L'image le fit sourire. C'était la première fois qu'il voyait l'immeuble comme un monstre ventripotent. Dans les sous-sols palpitaient les viscères, les studios grouillant de parasites affairés.

D'un trait, il vida un grand verre d'Evian glacé. Un second. Les relents immondes ne disparaissaient pas. Une voix monta des murs et Jérémy ne perçut pas le sens du message. Heureusement, on le répéta: «Dans cinq minutes, répétition générale. Chacun à sa place.» La sienne était dans la régie, derrière la console. Il serait le Von Karayan de la soirée. Un chef d'orchestre qui, après-demain, ferait dérailler la symphonie. Renn, le soliste, n'avait qu'à bien se tenir.

✼ ✼ ✼

— Vous voulez dire qu'il y a une cassette?

— Non! Je ne me suis pas déplacée ici pour vous parler de choses que vous connaissez déjà. Je veux dire qu'il y a une autre cassette. Un enregistrement qui n'est pas en votre possession.

«Une autre cassette? Dharma avait donc fait des copies. Les avait disséminées. À moins que ce journaliste, ce Moulin de malheur...» Néanmoins, Renn parvint à garder un ton neutre, une impeccable prestance.

— Ainsi, mademoiselle, vous êtes venue avec vos mensonges pour essayer de me faire chanter. Du coup, vous espérez mettre Denis Glorieux, votre client, hors cause. Et, naturellement, vous enregistrez notre conversation...

— Pas du tout et vous le savez. Ne me dites pas que vous m'auriez laissé entrer ici avec un magnétophone ou un autre appareil destiné à vous piéger. Je sais qui vous êtes et comment vous êtes arrivé là.

— Dois-je tolérer de tels sous-entendus?

— Je ne désire pas vous choquer. Disons que... que je ne vous sous-estime pas.

— Donc, il s'agit d'un entretien privé? conclut Renn.

Hélène Ducruet acquiesça.

— Et vous me parlez d'une autre cassette. Une copie?

— Si vous voulez. On peut appeler ça ainsi.

Renn se frotta le menton, affectant la réflexion et une légère ironie qui seyait bien à son personnage. Même en comité aussi réduit, il ne cessait de se croire en représentation.

— Bon. Admettons que je comprenne ce que vous désirez me confier, que je sache de quelle cassette vous me parlez...

— Vous le savez!

— J'ai dit «admettons». Partons sur cette base et examinons le problème qui nous occupe. Une question m'intrigue: que recherchez-vous dans tout cela?

L'avocate sourit, malicieuse et perverse.

— Devinez, cher monsieur Renn. Devinez ce que je suis venue chercher...

— En général, les femmes que je côtoie recherchent trois choses: le plaisir, l'argent et le pouvoir.

— Oubliez vos fantasmes et concentrez-vous sur

l'essentiel. Le sexe ne m'intéresse pas. Surtout avec vous.

— Reste donc l'argent ou le pouvoir.

— Disons l'argent et le pouvoir et n'en parlons plus...

L'homme d'affaires joignit les mains sous son menton. En silence, il soupesa la réponse, indiquant l'énergie et la volonté qui se dégageaient de son interlocutrice. Il finit par hocher la tête en signe d'assentiment.

— Je vois que je n'ai pas affaire à n'importe qui.

— En plein dans le mille, Renn, et j'ai bien l'intention de vous le prouver...

— Cependant... Cependant, j'ai bien peur que vous ne vous montriez trop gourmande. Voyez-vous, belle enfant, je pourrais vous donner beaucoup d'argent. Je pourrais aussi vous offrir le pouvoir. Mais, les deux ensemble...

Dans sa voix perçait un zeste d'agacement, comme s'il venait de se rendre compte qu'il perdait son temps...

— Les deux, c'est un peu difficile. Vous ne trouvez pas?

— Non!

C'était un non tranchant, définitif, qui n'admettait pas la répartie. En un seul mot, trois simples lettres, l'avocate venait de prendre un indiscutable ascendant sur son vis-à-vis. Consciente de son coup d'éclat, elle se décida à durcir le ton.

— Vous comprenez mal mon message, Renn. À rencontrer des interlocuteurs aussi minables que ce petit journaliste puéril, ce Moulin, vous perdez le sens des réalités. Je veux vous vendre mon silence et l'assurance que cette cassette ne sera pas diffusée lors du débat que vous avez concédé à Canal 13. Entre parenthèses, si j'avais été votre avocate, je vous aurais forcé à y renoncer. À trop jouer avec le feu, vous allez finir par vous brûler.

— Forcé? Personne ne m'a jamais donné d'ordres, petite madame.

Plongeant son regard dans celui de son interlocuteur, Hélène Ducruet y concentra ce qui lui restait de violence et de colère.

— Eh bien! dites-vous que ça va changer...

De toute évidence, Renn, cette fois, était secoué.

L'avocate en profita pour regrouper ses idées et reprit sa plaidoirie:

— Je disais donc que j'étais venue vous vendre du répit. Il n'est pas dans mes intentions de négocier la cassette elle-même. Les images resteront en ma possession. Ce sera mon sauf-conduit et votre épée de Damoclès. À partir d'aujourd'hui, vous savez que cette preuve peut réapparaître à tout moment. Vous voyez que je ne suis pas si gourmande. Seulement réaliste...

— Tellement cynique que j'ai l'impression de discuter avec moi-même, en fait.

Renn tentait l'ironie pour détendre l'ambiance. L'avocate se prêta au jeu.

— Arrêtez, vous allez me faire rougir, Max. Je peux vous appeler Max, n'est-ce pas?

Il acquiesça de la tête et, jouant avec un stylo en argent qui traînait devant lui, soupesa la situation.

— Encore un détail, Max, car je sais que vous y pensez. Vous pourriez me tuer, bien entendu, mais ce n'est pas moi qui ai la cassette. Je n'agirai qu'au dernier moment. Juste avant le direct. D'ici là, j'aurai pris toutes les précautions qui s'imposent et je serai devenue intouchable.

Un nouveau silence admiratif.

— Très fort, admit-il enfin. J'ai toujours eu tendance à sous-estimer les femmes. Je crois que, dorénavant, je ferai plus attention.

— Un dernier point, Max...

Elle insista sur le prénom pour lui montrer qu'à présent, c'est elle qui conduisait les débats.

— Je ne suis ni Glorieux ni Leignon. Mon prix n'est pas le leur.

— C'est-à-dire?

— J'attends trois millions de francs suisses sur un compte que je vous indiquerai plus tard et le poste d'avocate exclusive de Votre Majesté pour vous assurer que ces images ne réapparaîtront pas.

Cette fois, la surprise de Renn céda la place à la stupéfaction.

— Mon avo... mon avocate, bégaya-t-il. Vous voulez devenir mon avocate?

— D'une certaine façon, nous sommes faits pour nous entendre et je veux vous éviter de vous retrouver confronté à une situation aussi embarrassante que celle-ci à l'avenir.

— Eh bien! vous, vous avez du culot, alors.

— J'aime les défis, Max. J'aime beaucoup ça...

Elle déposa une carte de visite sur son bureau.

— Téléphonez-moi avant demain ou préparez vos valises.

— Vous savez, mademoiselle Ducruet, j'ai déjà un avocat.

— Congédiez-le!

La jeune femme sortit du bureau d'un pas leste. Sans jeter de coup d'œil derrière elle. Dans l'ascenseur, son masque se décomposa. Le souffle court, Hélène se demanda comment elle avait pu tenir le coup. À présent, elle ne pouvait plus faire marche arrière, sa carrière venait de s'emballer, sa vie allait changer. En fait, dès qu'elle avait vu le travail de Jérémy, elle avait compris tout le bénéfice qu'elle pouvait tirer de la situation. Son imagination délirante et son culot avaient fait le reste. En douceur. Jamais une telle opportunité ne se représenterait; elle ne pouvait la manquer. Bien sûr, cette promotion inespérée lui imposait de nuire à l'intérêt de son client actuel, de trahir des amis et une cause juste. Bah! On ne fait pas d'omelette sans casser les œufs. Une carrière brillante se construit forcément sur les tombes de quelques cadavres. Hélène Ducruet n'en conçut aucune honte. Dans un monde de requins, il fallait mordre pour se faire une place au soleil.

❋ ❋ ❋

— Père, tu sembles soucieux...

Kimmy tremblait. Son visage décomposé n'était plus qu'une ombre triste et torturée.

— Je me sens soudain inutile. Tout échappe à mon contrôle.

Wang se tut, absorbé par des pensées si lointaines qu'elles peignirent, sur ses traits, un enjouement enfantin.

— Tu te souviens, quand tu étais petite, ces spectacles que je t'inventais... Tu les aimais tant!

— Bien sûr, père. Les ombres sur le mur et toutes ces merveilleuses histoires d'animaux fantastiques.

Le monde était si simple, alors, pour Lao Wang. Kimmy avait six ans, Chen, sa femme, l'entourait de tout son amour et les «marionnettes» qu'il manipulait n'étaient que de simples représentations immatérielles. Des créatures polymorphes qu'il modifiait à souhait, juste en bougeant les doigts. Un jeu si innocent et qui faisait tant rire la petite Kimmy...

Le principe avait peu changé. C'était toujours lui qui s'efforçait de mener la danse, d'indiquer aux acteurs – des pantins – la direction à suivre. Évidemment, ses interprètes n'étaient plus seulement des formes sombres sur un mur. Les implications de leurs actes avaient des consonances plus tragiques. Parfois, leurs réactions étaient imprévisibles.

Wang, naturellement, n'avait pas souhaité la mort de l'épouse de Dharma. Pas plus que celle de la femme de ménage de Farrar qu'il venait d'apprendre par les journaux. N'en était-il pas responsable, pourtant?

Par inadvertance ou par inattention. Par négligence.

Ishido n'était pas malfaisant, Wang en était persuadé. Hélas! si l'ordinateur faisait bénéficier ses opérateurs de ses multiples talents, le contraire était aussi vrai. La machine «s'enrichissait» des connaissances des gens qui l'utilisaient. C'est d'ailleurs grâce à cette procédure que Wang l'avait fait progresser.

Le hic ne venait pas de cet échange positif. Non! Le problème, c'était l'alarmante perméabilité d'Ishido à des pulsions négatives purement humaines. Difficile de savoir avec précision qui était responsable de ces meurtres.

Wang avait pourtant son avis sur la question. Selon lui, Ishido avait exacerbé chez Dharma des tendances meurtrières latentes. Tendances dont la machine s'était rassasiée à son tour. Le processus épousait celui de la transmission des connaissances. Le raisonnement se tenait donc. Il induisait hélas! une nouvelle question: Ishido, qui se nourrissait des connaissances de Farrar, lui transmettait en échange une nouvelle énergie, une motivation. Y avait-il un risque qu'en même temps il lui inocule les germes de la violence et de la folie?

Wang se demandait si le jeu en valait la chandelle. S'il ne surestimait pas ses capacités, ses objectifs et ses droits. Mégalomane, c'était l'adjectif qui le décrivait le mieux aujourd'hui.

Il avait pourtant prétendu renoncer à tout prix à la violence, pour combattre son ennemi selon les préceptes ancestraux. Des rites d'une absolue dignité, dénués de toute ambiguïté. Seule la vérité devait détruire le mal. Il suffisait de la traquer, la dénicher, la mettre à jour. La justice suivrait son cours.

Jusqu'ici, le plus difficile avait été de s'immiscer jusqu'à la cible. Solitaire, Wang n'avait compté que sur l'aide d'un compatriote, ami intime de Kimmy. Le jeune homme n'avait pas posé la moindre question. Vu les circonstances, rendre service au vieux sage lui semblait naturel. La portée réelle de ses actes, en apparence anodins, lui échappait. Il n'avait pas l'impression de trahir quiconque. Tant mieux.

Au début, Wang avait progressé à grands pas. Il contrôlait alors sans peine toutes les données du problème. Ce n'était plus vraiment le cas maintenant. L'eut-il souhaité, il avait peur de ne plus pouvoir stopper le cours des événements. La mécanique mise en branle répondait de façon imprévisible. La traque se terminait et la mâchoire allait se refermer sur la proie.

Au fil des jours, Wang avait l'impression de n'être plus que le témoin impuissant de ce combat qu'il avait déclenché.

❊ ❊ ❊

Dharma ouvrit les yeux et considéra le décor sinistre qui l'entourait. Il ne réalisa pas tout de suite, où il se trouvait, puis les souvenirs affluèrent par bouffées glaciales. Ses membres endoloris, sa bouche pâteuse, son esprit somnolent... Il avait l'impression de se réveiller d'un long coma.

Petit à petit, Samuel Dharma refaisait surface.

Pas le malade ! Pas le meurtrier ! Le vrai Dharma. Celui qui avait été un jeune cadre ambitieux, à l'aube d'une carrière prometteuse, dévoué à son dévorant patron . Soudain, la pente savonneuse, les images brèves, explicites, de son inéluctable déchéance. Des clichés dont il percevait enfin le vrai sens, masqué sous le brouillard.

Bizarrement, il assistait à cette projection très privée en simple spectateur. Difficile de réaliser que ce pantin désarticulé, cet assassin prisonnier d'une cellule capitonnée était bien l'homme qu'il avait incarné jadis.

D'une certaine façon, la sensation de dualité s'expliquait, car il était aujourd'hui un être composite. Lui, plus autre chose. Pour en arriver là !

Sa vie gâchée lui sauta à la gorge, l'oxygène lui manqua. De grosses larmes coulaient sur ses joues. La conscience foudroyée par cette effroyable décrépitude, il tomba à genoux.

Tout au fond de son cerveau dérangé, une certitude germa: il venait d'entrer dans l'ultime phase d'une irréversible métamorphose. Le moment où les deux êtres qui l'habitaient se découvraient. L'un attendait, curieux; l'autre, fou de dégoût, ne songeait qu'à disparaître. Ces deux entités ne pouvaient plus se contenter de cohabiter. Il fallait qu'elles fusionnent.

Obligées de vivre dans une seule carcasse de chair et de sang, elles devaient apprendre à se supporter et, avant cela, à se comprendre.

L'une le désirait; l'autre pensait encore qu'elle ne pourrait jamais s'y résoudre.

Dans le couloir, de l'autre côté de la lourde porte infranchissable, des pas résonnaient contre les murs nus. Des pas et le grondement de roulettes métalliques.

D'instinct, Dharma sut qu'on venait le chercher pour le conduire à sa destination finale.

✺ ✺ ✺

Lorsque Jérémy arriva chez lui, il était près de 22 h et la température avait fraîchi. À sa grande surprise, il trouva Audrey qui l'attendait, assise sur la pierre du seuil. Silencieusement, il ouvrit la porte et ils entrèrent.

Jérémy se sentait las, secoué par cette longue journée de travail, par l'ennuyeuse répétition. Une préparation bien inutile puisque, samedi, la belle mélodie mise au point par Nourricier se transformerait en effroyable cacophonie.

Sa tête résonnait d'un vacarme assourdissant. Avant de se mettre au lit, il se gaverait de nouveau de sédatifs pour se soustraire à la nuit et à l'angoisse. Peu à peu, il perdait pied, pensait des choses dont le contrôle, soudain, lui échappait; en disait d'autres sans savoir pourquoi. Il évoluait en pilotage automatique. Parfois, il se réveillait en sursaut, se ruait sur le volant, donnait un coup brusque, inconsidéré, puis se rendormait. Voilà ce que son existence était devenue. Que personne n'avait encore rien remarqué tenait du miracle.

Si! Audrey l'avait quitté!

Mais elle revenait, comme si de rien n'était.

Il devait profiter de ce répit, ne pas se poser trop de questions. Qu'elle se montre soudain si intéressée par le résultat de son travail l'étonna. Que cachait ce changement d'attitude? Elle voulait voir la cassette, excitée à l'idée que le montage était terminé.

– Et... on ne distingue pas la supercherie? interrogea-t-elle, anxieuse.

– Quelle supercherie? lui demanda-t-il.

Elle éclata de rire. Elle le trouvait en forme, le lui dit.

«Même ceux qui vivent à vos côtés ne vous connaissent pas tout à fait. Dans la vie, compte seulement sur toi», songea-t-il. C'était sa nouvelle devise. Elle la trouva parfaite.

Néanmoins flatté de son attention, Jérémy était également ravi qu'elle se sente aussi bien. Il ne comprenait pas ses réactions ni pourquoi elle s'acharnait à le trouver drôle et bien dans sa peau, mais il l'invita à monter et à s'asseoir, brancha le matériel et lança la projection.

Subjuguée, Audrey demanda une deuxième vision, puis une troisième.

– Ainsi donc tu as réussi, lui dit-elle, le regard plein d'une admiration euphorisante.

Il avait toujours su qu'il y arriverait mais, à présent qu'il était terminé, l'importance de ce boulot ne lui sautait plus aux yeux. Dans l'univers si familier – amical – de son bureau, la douleur qui le tenaillait s'estompa, pour laisser place à de nouvelles envies irrépressibles.

Il s'approcha d'Audrey et l'étreignit. Contrairement à ce qu'il craignait, elle ne lui résista pas. Au contraire, elle répondit à ses caresses par des baisers de plus en plus enflammés, lança ses vêtements à travers la pièce et ne songea pas à protester lorsqu'il appliqua sur sa peau de drôles de petites ventouses. Quand il piqua dans sa chair trois minuscules aiguilles, elle s'imagina qu'il voulait seulement analyser ses réactions, ne s'en formalisa pas.

Leur étreinte dura longtemps; des heures peut-être... Il s'épuisait tandis que son désir à elle semblait inextinguible. Ses orgasmes à répétition la bouleversaient. Jamais elle n'avait éprouvé un tel plaisir. Jérémy y était pour beaucoup.

Oui, mais il n'était pas le seul responsable...

Étendue, sur le dos, Audrey fixait le visage de son partenaire, ses yeux flous et fous. Cette passion qu'elle y lisait, hallucinée... À chaque coup de boutoir, une vague déferlait dans sa tête. Elle chuchota son plaisir, le murmura, le gémit, le cria, le hurla, le gronda. Puis, s'effondra.

Épuisé, Jérémy s'allongea à ses côtés, sur le sol, et s'endormit.

❊ ❊ ❊

Dans sa cellule capitonnée, Samuel Dharma, ravi, bondit en claquant des mains. D'une voix basse et monotone, il chantonnait des mélodies absurdes, désincarnées. De toute façon, il n'y avait personne pour l'entendre.

Contre le mur, le cadavre disloqué d'un infirmier semblait dormir à poings fermés. Sur le lit, la tête énucléée d'un autre type le fixait avec une amusante intensité.

Un spectacle hilarant. De plus, autour de lui, brillaient toutes ces belles lumières qui rendaient Samuel si joyeux. En sautillant, il s'approcha de la porte de sa chambre et la poussa. Sans résister, elle s'ouvrit.

«Super, super...», pensa-t-il.

C'est à cet instant précis qu'il comprit qu'il n'était pas obligé de chercher une symbiose totale entre les deux entités qui l'habitaient. Après tout, elles pouvaient continuer à s'ignorer. Selon la situation, chacune des deux — la plus apte à résoudre le conflit — pourrait naturellement prendre le dessus. L'autre la laisserait faire et tout irait bien. Tolérance. Efficacité.

Le couloir était vide, l'escalier aussi. Dans le grand hall silencieux, sa litanie résonnait comme une berceuse inquiétante. Au comble de la joie, il donna un grand coup de pied dans le battant de l'entrée principale qui claqua contre le mur extérieur.

La nuit fouetta le visage livide de Samuel Dharma qui, solennellement, descendit les marches et s'enfonça dans l'obscurité.

Chapitre 15

En arrivant à Canal 13, Jérémy fut happé dans les studios où devait se dérouler le débat. Un pan du décor avait glissé pendant la nuit et les techniciens s'affairaient à le reconstruire. Une vague d'affolement secouait l'équipe. Jérémy donna quelques conseils, puis, sans se démonter, grimpa jusqu'au banc de montage numéro 6, encore inoccupé. Là, il sortit la cassette de sa mallette et la glissa dans un des magnétoscopes. Il devait faire des copies de son précieux travail. On n'était jamais trop prudent.

Malgré le manque de lumière, les images étaient d'une exceptionnelle qualité. On distinguait le visage des deux hommes dans un décor surréaliste: Renn tendait à Glorieux l'argent de la corruption, puis l'image s'arrêtait. Malgré sa brièveté, la bande-vidéo ferait sensation lors de la grande soirée-débat.

Il sortit deux cassettes vierges de l'armoire métallique et en introduisit une dans l'enregistreur. Et lança les machines.

❋ ❋ ❋

La voiture tangua dans le virage, tutoya l'accotement. Un nuage de gravillons gicla.

Cramponnée au volant, Audrey serra les dents pour ramener le véhicule sur la route. Elle l'avait échappé belle.

Même sous la torture, elle n'aurait pu dire ce qui la

ramenait à cette maison où elle avait juré ne plus remettre les pieds. La force de l'habitude? Peut-être. L'amour? Sûrement pas! Tout était fini entre elle et Jérémy.

En quelques jours, il lui avait montré que toutes ses belles promesses, qu'elle croyait sincères, n'étaient que des mensonges répugnants. Il ne l'avait jamais aimée, s'était servi d'elle un moment et l'avait laissé tomber aussi sec pour... une machine. Alors, l'amour, non, ce n'était pas ce qui la motivait.

La vengeance? D'une certaine façon... Elle voulait faire payer à Jérémy ce qu'il lui avait fait subir. Cet être abject l'avait traînée huit ans pour l'abandonner dans un fossé, aussi nue qu'au premier jour. Oh! ce n'était pas un problème d'argent; juste une question de principe. Primordiale.

En toute innocence, elle s'était laissé abuser. Pourquoi se méfier? Il avait l'air si amoureux, si loyal. Entre ses bras, elle s'était laissée dériver sans réserve et sans crainte. Patiemment, il l'avait dépouillée de sa force de caractère, de ses rêves, de ses ambitions. Elle avait arrêté ses études pour vivre à ses côtés, profiter de chaque moment. *Carpe diem*, tu parles...

Elle se croyait capable de le tuer. Savait que ce n'était pas son genre. Non, ce qu'elle voulait c'était liquider l'autre, le rival, cet engin démoniaque qui lui avait volé Jérémy.

« Mais alors », lui souffla une petite voix venue du tréfonds de son cerveau, « c'est que tu l'aimes encore... »

– Ta gueule! hurla-t-elle, seule dans sa voiture. Ta gueule, ta gueule, ta gueule!

Les larmes dégoulinaient sur ses joues. Du poing, elle martela le volant.

– Ta gueule!

❊ ❊ ❊

– C'est une plaisanterie?

– J'ai bien peur que non, monsieur Renn. Samuel Dharma a tué trois infirmiers et s'est échappé de l'hôpital.

– C'est une catastrophe!

– Un désastre, oui. Il est capable de tout.

Tétanisé, Renn s'enfonça plus profondément dans son fauteuil. Qu'avait-il fait au bon Dieu pour mériter cela? Tous les éléments se déchaînaient contre lui. Il ne pouvait pas lutter sur tous les fronts.

– Il faut que vous le retrouviez, lâcha-t-il bêtement.

Grandgérard ne se sentait pas d'humeur à discuter.

– J'ai bien peur que ça ne soit pas de notre ressort. Notre problème à nous est de justifier ces meurtres que votre homme a perpétrés. C'est déjà beaucoup.

– Ce n'est pas mon affaire, dit Renn.

Puis il raccrocha.

Le divorce entre les deux alliés était consommé. Grandgérard était désormais à classer au rayon des individus de qui il devrait se méfier.

❉ ❉ ❉

Avec une délectation qu'il contrôlait mal, Jérémy s'extasiait devant la perfection du travail. Il éprouvait une sensation grisante, de pouvoir immense et de joie mêlés. La réalité virtuelle, sur l'écran, avait l'air plus vraie que nature. C'était par là que son travail péchait, peut-être; bien que personne, évidemment, n'oserait avancer un tel argument. Avec l'aide de la machine, Jérémy avait reconstitué une espèce de perfection à laquelle il n'aurait pu parvenir s'il s'était contenté de simplement filmer la scène.

Si on poussait la réflexion plus loin, on pouvait en déduire que, dans la vie quotidienne, ce qui paraît vrai n'est qu'un leurre et ce qui éveille la méfiance, la réalité vraie et nue...

Pour la première fois depuis des mois, Jérémy pensa au fabuleux feuilleton *Max Headroom*. Max, le héros, était censé être une image, une représentation de la réalité générée par ordinateur; le premier journaliste en image de synthèse. Ça c'était l'histoire, le feuilleton. Dans la réalité, pour que l'illusion soit parfaite, Max était interprété par un véritable acteur. Toutes les scènes où apparaissait Max avaient ensuite été passées à la moulinette informatique. Du coup, les mouvements devenaient saccadés. On venait de créer une illusion d'illusion. Une illusion virtuelle... Les spectateurs étaient bien sûr tombés dans le panneau.

Le travail qu'il venait d'achever n'avait pas procédé d'une autre démarche.

La nuée de parasites gris et blancs qui s'abattit sur l'écran le ramena à la réalité. Il fallait qu'il s'extraie de ce sentiment de toute-puissance, pour ne pas éveiller les soupçons.

※ ※ ※

Audrey fracassa le vase. Seulement pour le plaisir. Il avait toujours été présent, témoin privilégié de sa vie avec Jérémy. C'était un bel objet, vaguement chinois, qu'elle avait hérité d'une vieille tante. Depuis, il l'avait suivie partout. Aujourd'hui, sa seule présence, son existence même, lui étaient insupportables. Comment cette potiche pouvait-elle la narguer ainsi, lui rappeler tant de sentiments délicieux?

Audrey renifla. Si elle continuait à pleurer, elle tarirait toutes les larmes de son corps. Jérémy la retrouverait par terre, asséchée.

Pour se calmer, elle donna un grand coup de pied dans une chaise en pin, qui vacilla et s'écroula contre le mur. L'onde de choc irradia ses orteils. Elle serra les dents et haussa mentalement les épaules. Si c'était nécessaire, elle était décidée à tout mettre à sac, à tout raser pour repartir à zéro.

Avant d'envisager un nouvel envol, elle devait pourtant se concentrer sur sa mission première: exterminer la bête, la réduire en miettes. Après son passage, il ne devrait plus en rester que des pièces détachées, éparpillées sur la moquette. Audrey était bien décidée à faire de l'ordinateur ce qu'il avait fait de sa vie: un amas de débris insignifiants. En boitillant, elle gravit l'escalier et, pressée d'en terminer, s'élança vers le bureau. Tourna la poignée.

❖ ❖ ❖

La porte s'ouvrit. Une lumière artificielle, crue et agressive, inonda la pièce. Seule une ombre se découpait dans l'ouverture.

– Désol... dit Moulin qui ne parvint pas à terminer sa phrase, les yeux rivés sur l'écran. Putain, qu'est-ce que c'est que ce bordel?

Jérémy stoppa le magnétoscope et l'écran du téléviseur devint noir.

– Rien, juste un essai. Je prépare les Infos.

– Montre-moi ça, Jérémy. Tout de suite!

C'était un ordre et Jérémy détesta ce ton cassant. Une rage froide monta en lui.

– Va-t-en, Moulin. Tire-toi d'ici tout de suite!

Hypnotisé par ce qu'il venait de voir, le journaliste ne bougea pas.

– Comment as-tu retrouvé ces images? C'est pas possible... Donne-moi ça!

La panique transpirait dans chacun de ses mots.

Face à lui, glacial, Jérémy évaluait la situation.

– Bon, d'accord! soupira-t-il. Assieds-toi, nous devons parler.

La bouche arrondie par la surprise et l'horreur, Audrey resta figée dans l'embrasure de la porte, incapable d'esquisser le moindre geste. Elle ne savait sur quoi fixer son attention.

D'abord, il y avait cette femme étendue sur le tapis, les jambes écartées. Une poupée obscène au visage violacé. Ses grands yeux exorbités la fixaient. Pâles et vitreux, ils suppliaient en silence.

La vision la terrifia. Pendant une seconde, elle se crut morte. Son esprit flottait dans l'air, détaché de son enveloppe. Elle contemplait son propre cadavre.

Pourtant, elle n'était pas calme et détendue et n'apercevait aucune lumière blanche au bout d'un tunnel. Cette femme lui ressemblait, mais ce n'était pas elle. Audrey se sentait vivante, horriblement vivante et cette pensée provoqua un irrépressible haut-le-cœur. Elle se plia en deux et vomit les pâtes qu'elle avait ingurgitées au déjeuner sur les chevilles du cadavre.

Écœurée, elle s'appuya contre le mur. Son attention se porta alors sur un autre détail dérangeant. L'écran de l'ordinateur était allumé. Elle voyait une image, entendait des sons; une scène étrange, curieusement décalée.

Elle vit à travers les yeux d'un autre, ressentit les émotions d'un autre. Cet autre, elle le savait, c'était Jérémy.

Le type qui la fixait – fixait Jérémy – elle le connaissait aussi. Tout le monde connaissait Patrick Moulin, présentateur vedette du «Vingt Heures» sur Canal 13. Mais, en fait, le type effrayé qui crachait ces mots heurtés, ces vagues menaces au visage de son interlocuteur n'était plus que l'ombre de Moulin. Il dit:

– C'est impossible... Tu as volé la cassette? Tu sais qu'ils te tueront pour ça. Ils se débarrasseront aussi de moi parce qu'ils croiront que je les ai trahis.

Une autre voix, aux accents familiers mais à la tonalité insolite, lui répondit qu'il n'avait fait que rétablir l'ordre des choses, réparer une erreur commise par couardise et intérêt. Cette voix, elle la ressentait plus qu'elle ne l'entendait. Comme si... Incroyable! Elle percevait les mots prononcés par Jérémy, comme si elle se trouvait à l'intérieur de sa tête.

Surprise de découvrir quelque chose de lui qu'elle ne connaissait pas, Audrey se laissa aller à ébaucher un sourire. L'atmosphère de la scène, son improbabilité et, par-dessus tout, le cadavre étendu sur le tapis se chargèrent de la ramener illico à l'atroce réalité.

Soudain, Moulin se leva en bousculant une chaise. Il lança un regard terrorisé sur sa gauche, puis vers elle – lui – et bondit. Un bras surgit dans l'image chahutée, une main se plaqua sur la bouche du journaliste cloué contre le mur. Son nez était visible, il pouvait donc respirer.

L'expression qui se peignit sur ses traits indiquait pourtant le contraire. Un tic nerveux tordit sa joue, contracta ses sourcils, puis tout son visage se décomposa et Patrick Moulin glissa hors du cadre.

❋ ❋ ❋

– Une crise cardiaque, commenta Nourricier. Une putain de crise cardiaque!

Des infirmiers venaient d'emporter le corps inanimé qu'on avait trouvé dans un banc de montage.

– Moulin visionnait les résumés d'une conférence de presse. D'après le médecin, il est mort sur le coup. Il n'a pas eu le temps de crier. L'attaque a dû être foudroyante.

Le regard flou de Nourricier scruta les visages décomposés.

– Bon! c'est pas tout, ça, les gars... On en reparlera après le «Vingt Heures». Je me charge de la présentation. Il faut que nous soyons opérationnels, pour qu'il n'ait pas honte de nous. Si ça se trouve, il sera parmi nous.

Jérémy se demanda si le patron y croyait ou s'il tentait un mot d'humour pour dérider l'atmosphère. Quoi qu'il en soit, la remarque ne dissipa pas l'ambiance lourde et sinistre. Son visage crispé ne détonnait pas, au milieu de cette mer démontée. Seul un œil exercé eut pu comprendre que c'était l'angoisse qui le tenaillait. La peur de ce qu'il avait fait ou de ce qu'il n'avait pas fait, la crainte et l'incompréhension. Le sentiment étrange qu'il perdait le contrôle de la situation.

❉ ❉ ❉

Lorsqu'elle refit surface, Audrey crut qu'elle était encore chez sa sœur, à Valenciennes. Elle tenta de se relever, s'appuya sur un objet froid, découvrit un bras inanimé et hurla à nouveau. Tout lui revint en bloc; l'horreur absolue.

L'ordinateur la contemplait d'un œil éteint, immobile et ironique. À pas pressés, la terreur s'insinuait en elle et la première pensée qui lui vint fut de fuir; courir jusqu'à la voiture, mettre le maximum de distance entre elle et ce cauchemar. Peut-être se payerait-elle un billet d'avion pour refaire sa vie ailleurs; très loin.

L'idée lui parut séduisante et très sensée.

Qu'est-ce qui la retenait, alors? Peut-être l'effroyable intuition que si elle n'infléchissait pas le cours des événements, cette vision barbare ne la quitterait plus jamais. Jusqu'au bout, elle se sentirait coupable et complice. Tout était trop fou pour que Jérémy lui-même ne soit pas une sorte de victime. Et le grand manipulateur était devant elle: «Ordino Ier», briseur de ménage, fouteur de merde professionnel et dangereux psychopathe.

Elle ne savait pas comment l'ordinateur s'y était pris pour tuer cette fille, mais il l'avait fait. Idem pour Annick et Moulin. D'une manière ou d'une autre, c'était lui le seul responsable et il fallait qu'il paie.

Quels objets, dans ce bureau, pouvait-elle transformer en armes? Rien de très dangereux ne lui sauta aux yeux. Il fallait en finir vite. Un seul coup. Destructeur. Sinon, il serait trop tard pour elle. Elle le savait comme mille et mille font deux mille.

Elle ignorait qu'en informatique mille et mille font parfois deux mille cinquante-six. D'emblée, le combat était inégal.

Audrey empoigna la chaise suédoise et fut surprise de sa légèreté. Elle aurait cru le bois plus massif. Elle ferait néanmoins l'affaire. Par-dessus sa tête, elle brandit sa massue et s'apprêta à l'abattre.

L'écran s'éclaira. Une image. On y voyait Jérémy. Et il n'était pas seul. Non, son mari – ce mari qu'elle avait tant aimé – faisait l'amour à une inconnue. Et ils y prenaient du plaisir. Une atroce jalousie se répandit en elle. Elle se sentait glacée, incapable de dire ou de faire quoi que ce soit.

Les deux amants hurlaient. De grosses larmes s'agglutinèrent au coin de ses yeux, traçant déjà de larges sillons sur ses pommettes saillantes.

La nature humaine est étrange. On peut supporter l'horreur, surmonter la terreur, mais c'est la trahison qui vous brise de l'intérieur. Un poing glacé se referma sur son cœur. Serra jusqu'à ce qu'elle s'écroule.

Soudain, elle se moquait de tout, se résignait à mourir, là, à l'instant. Elle acceptait l'idée d'un Jérémy qui déraille; elle supportait l'image d'un Jérémy qui tue. Mais surprendre l'homme de sa vie en train de copuler avec une pute de bas étage et y prendre tant de plaisir la privait de toute volonté. De plus – elle en était sûre – cette fille n'était même pas une prostituée. Et, ça, c'était le plus terrible.

À bout de force, Audrey laissa échapper la chaise qui

chuta sur le sol, rebondit sur les jambes inertes de la morte. Sans arme, elle devenait une proie facile. Son adversaire profita de l'aubaine pour frapper.

Lorsqu'elle sentit que quelque chose s'entortillait autour de ses jambes, l'emprisonnait déjà, la jeune femme tenta de faire un pas sur le côté. Elle trébucha et culbuta la tête la première. Son crâne percuta l'écran de l'ordinateur. D'instinct, elle ferma les yeux pour parer les éclats de verre. Il ne se passa rien. Ni bruit de casse ni douleur.

Son front, son nez, ses joues pénétrèrent dans le moniteur, comme si elle avait plongé dans une piscine. Tout simplement.

Stupéfaite, Audrey sentit une morsure sur ses chevilles, essaya de remuer les pieds. Se rendit compte qu'elle en était incapable. Ses chevilles jointes étaient tellement serrées qu'elles lui parurent soudées.

Ses mains! Les poser sur la table, lutter contre l'attraction et partir...

Mais Audrey n'avait plus conscience de la présence de ses bras. Ankylosés, ils ne répondaient plus aux ordres. Désormais, son corps se limitait à une tête, un tronc et des jambes inutilisables.

Elle hurla. Aucun cri ne filtra de la boîte sombre qui enserrait son visage. Elle fit un nouvel effort pour se dégager. En vain.

Elle pensa à s'abandonner, se résigner. Se rendait compte que toute résistance était vaine. On peut fuir quelqu'un, pas le souvenir.

La mort elle-même avait-elle ce pouvoir? Audrey n'en était plus certaine. Lentement, son esprit sombrait dans l'oubli. Elle pensa qu'elle allait s'éteindre ainsi, sans lutter mais sans souffrir; glisser le long d'une pente légère et s'enfoncer dans les flots. Une perspective presque réconfortante.

Elle se trompait.

Lorsque la pointe acérée pénétra l'œil gauche, Audrey ressentit la plus horrible douleur qui eût marqué sa vie. Dans cet univers ouaté où ses cris ne s'entendaient plus, elle perçut un dégoûtant bruit de succion. Comme si quelqu'un gobait un œuf.

Son globe oculaire.

Il y eut un autre élancement atroce, une autre plainte silencieuse. Un autre objet contondant enfonçait l'autre orbite.

Dans un dernier sursaut de conscience, Audrey se demanda combien il y aurait d'autres tortures, provoquant d'autres douleurs effroyables.

Au comble de l'horreur, elle sentit une insupportable pression sur son visage. L'os du nez vola en éclats et un long câble se déroula dans sa tête – c'est ton cerveau qu'il aspire.

Sa dernière pensée consciente fut pour Jérémy, le Jérémy qu'elle aimait tant. Le Jérémy d'avant. Le Jérémy qui n'existait plus.

Et elle sombra.

◦ ◦ ◦

Assis sur un talus d'herbes humides, Samuel Dharma jetait des petits cailloux dans le ruisseau. Il tentait de réussir le plus grand nombre de ricochets possible. À ce petit jeu, il était doué.

Depuis qu'il avait quitté l'hôpital, il se sentait mieux; libéré d'un grand poids. Il était monté dans un autobus, avait traversé une ville et pris un train.

En fait, il avait facilement trouvé la maison. Bizarre! Avant ce jour-là, il n'avait jamais entendu parler de ce Farrar. Or, depuis son évasion, le rencontrer lui était devenu primordial. Cette pensée s'était imposée comme une évidence. C'était un des agréments de sa nouvelle dualité.

Il y avait une femme à l'intérieur de la maison. Une jolie rousse, sexy. L'épouse de Farrar, peut-être, car elle avait les clefs. Quand elle était entrée, Dharma avait entendu des bruits de mobilier déplacé et même un plat ou un vase brisé. Depuis, tout était calme. Si calme...

Cette demeure, au bord de l'eau, perdue dans ce paysage idyllique, semblait tout droit sortie d'un conte de fées. Avec mélancolie, il se prit à envier la paisible existence de ses habitants.

❋ ❋ ❋

– Quand elle est sortie d'ici, l'avocate est retournée à son bureau puis est passée chez elle se changer et peut-être manger. Sur le coup de 9 h, elle a repris sa voiture et je l'ai suivie jusqu'à cette baraque, perdue dans la campagne. Elle s'est garée à l'écart, puis s'est assise sur la pierre et a attendu. Quelques minutes après, un jeune gars à l'allure athlétique est arrivé et ils sont entrés dans la maison. Je suis resté à l'affût une heure ou deux. Quand j'ai compris qu'elle comptait y passer la nuit, je suis rentré chez moi. Je ne sais pas si cet amant a un quelconque rapport avec votre affaire. Toujours est-il que... attendez, je vérifie... ah! voilà... il s'appelle Jérémy Farrar. Il est réalisateur de télévision à Canal 13.

Renn frémit.

– Un réalisateur?

– Oui, oui. Excellente réputation dans le milieu, un professionnel de l'image.

– Tu parles que ça a un rapport avec notre affaire! Le voilà, le responsable de mes problèmes. Un grand type plutôt mince, cheveux châtains, vingt-cinq ans environ...

– Oui, ça colle...

Renn se souviendrait longtemps de ce regard mauvais qui l'avait défié à la sortie des studios.

Encore un jeune présomptueux qui avait lu trop de mauvais polars et s'essayait au chantage. Ça allait lui coûter cher, d'autant que le temps pressait. D'ici samedi, il fallait organiser l'offensive et retrouver la ou les cassettes.

De l'autre côté du bureau, le visiteur se trémoussait d'une jambe à l'autre. Pour rompre le silence, il toussota. Renn leva la tête, hésita, puis expliqua son plan de bataille.

— File attendre ce type chez lui. Grégory et Bruno vont faire un tour à Canal 13. Encore une fois, il s'agit de récupérer une cassette disons... compromettante. Vous savez de quoi je veux parler...

Le jeune homme hocha la tête.

— Parfait! Qu'elle soit sur mon bureau ce soir. Démenez-vous et ne prenez pas de gants. Si Farrar ne s'en sort pas vivant, je considérerai ça comme une prime. Vu?

Chapitre 16

«Lessivé, effacé, déchiré et humilié.
Tu souris, tu t'entêtes.
Tu veux leur faire leur fête.
Mais laisse-les, laisse-les.
Tous des cons de toute façon. De toute façon...»

Une des chansons que Jérémy préférait. Les mots comme un écho, la musique comme un reflet au curieux sentiment de manque et de regret. Un éclair. Lucidité. Une bouffée de tristesse. Impression d'abandon. Lutter? Oui, mais lutter pourquoi? Aller jusqu'où? Accepter de tout perdre.

La vérité? Quelle vérité? Y-a-t-il une vérité? Tout n'est-il pas pareil depuis la nuit des temps? Le désordre a commencé le jour où un type a clôturé une parcelle de terre, la réservant à son seul usage. Tout à coup, tous les voisins persuadés qu'ils ne pourraient trouver ailleurs un sol plus fertile ne désiraient plus que ce terrain-là. Certains auraient tué pour se l'approprier.

La même histoire ressassée, déclinée à tous les modes, conjuguée à tous les temps, responsable de toutes les horreurs.

Il luttait encore, brave petit soldat. Sa femme était partie.

Oui, mais elle est revenue. Tu l'as baisée hier. Tu l'as baisée à mort...

Mort, perte, abandon...

Seul!

Et Moulin?

Jérémy ne se rappelait pas.

Juste le corps inerte à ses pieds. Panique.

Il l'avait hissé sur la chaise et personne n'avait rien remarqué. Certitude: il ne l'avait pas tué. Il serait incapable de tuer une araignée. Alors, pensez... un homme... Mais Moulin était mort. Et d'autres personnes aussi. D'autres personnes? Brouillard, vague souvenir. Un visage. Ah oui! il y avait eu Annick. Qu'y pouvait-il? Il n'était pas présent quand...

Mais tu as toujours su...

Et cette femme?

Audrey?

Non, ne dis pas de conneries. Tu sais bien, cette avocate... Celle que tu as baisée à mort...

Froid! D'un mouvement rageur, Jérémy remonta la vitre. Alors que le dénouement était si proche, qu'il tenait enfin la victoire, il n'était plus sûr de rien. Plus certain de vouloir coincer ce porc de Renn, d'avoir désiré tout ça. Et si une force supérieure...

C'est cela, oui... Voilà Dieu qui entrait en scène. Les grands mots, de nouveau.

Dieu qui n'existe pas et pourtant nous regarde! C'était de qui ça, encore? Bof! Quelle importance?

«Je veux vous parler de l'arme de demain.

Enfantée du monde, elle en sera la fin...»

Dans le lecteur de cassettes, les meilleurs morceaux du groupe Téléphone qu'il avait compilés lui-même. Mêlés à quelques titres extraits de la carrière solo de Jean-Louis Aubert après la dissolution du quatuor. Mieux que de la musique, une histoire d'amitié qu'il traînait depuis l'adolescence. Amitié? Jamais il n'avait rencontré son idole. Ces mots, pourtant, avaient toujours reflété ses états d'esprit.

– Tu m'énerves Aubert... Tu me parles ou quoi?

Non! C'est lui qui maugréait. Seul. Bizarre le Farrar, ces jours-ci...

L'autoroute était vide. Il faisait noir, désespérément noir.

«J'avais un ami.

Mais il est parti.

Ce sens à ma vie

Et je n'ai plus envie

Voilà. C'était ça. Plus envie.»

Il ferma les yeux. La voiture roulait vite. Elle garda la trajectoire. Par miracle ou par habitude.

À présent, les chemins plus étroits. La Mazda s'enfonçait dans la campagne silencieuse, îlot de tranquillité qui ressemblait aujourd'hui au cimetière des illusions perdues.

«Je me souviens de l'époque où l'on vivait en surface.

Où chacun laissait sa trace sur les arbres, sur les rivières.

Maintenant l'image est virtuelle

Mais la sensation bien réelle

Et nous voguons dans les labyrinthes éphémères.»

Une autre chanson. Comme la bande originale de sa nouvelle vie.

Tu croyais vraiment être le premier?

Merde! Comment admettre qu'on marche simplement sur les traces d'autres hommes, des gens qui ont expérimenté ce trip avant nous?

Il y avait plus qu'un simple processus d'identification. Dans un sens, ça expliquait ces soirées de déprime adolescente passées avec le casque vissé sur les oreilles; cet attachement profond et indéfectible envers quelqu'un qu'il n'avait jamais fait qu'écouter. Communication unilatérale.

La musique n'était plus un écho, c'était un message. Jérémy avait choisi les morceaux qui figuraient sur la cassette, soit, mais sous contrôle, guidé. Il n'y a pas de hasard pareil. Pas de coïncidences aussi troublantes.

Ainsi, les choses les plus anodines ont une finalité insoupçonnée.

Il n'aurait pu dire s'il philosophait ou s'il déraillait. Il opta pour la deuxième hypothèse.

Dernière ligne droite. Jérémy décéléra, passa, sans la remarquer, à côté d'une Ford Escort sombre, parquée sous un bosquet d'arbres.

Il stoppa sa voiture.

«Beau temps pour se jeter à l'eau», chantait Aubert. Un refrain lancinant, répété en boucle pour qu'il ne risque pas de louper le conseil.

La nuit, en effet, était douce, étoilée, bercée par une brise taquine. Beau temps pour se jeter à l'eau. Trop tard, en tout cas, pour reculer.

Une copie de la cassette à Canal 13, dans l'armoire d'un collègue désordonné; une autre dans sa propre mallette. La troisième collée sous un banc de montage. Le piège était en place.

❈ ❈ ❈

L'homme dans la voiture s'empara de son téléphone pour informer son patron que la Mazda venait d'arriver à son domicile. Après quoi, il s'empara d'un pistolet sombre dans la boîte à gants et fit glisser la sécurité de l'arme.

❈ ❈ ❈

Dès qu'il eut refermé la porte, l'odeur épouvantable agrippa Jérémy à la gorge. Difficile de mettre un nom sur cette abomination. Une puanteur organique, mêlée à de lancinantes effluves de peur et de haine, envahissait la maison, imprégnant les murs, le sol, l'atmosphère tout entière.

À ce moment précis, Jérémy comprit que le dénouement était à la fois plus proche que prévu et très différent de celui qu'il avait imaginé. Il n'avait pas le choix.

Sa physionomie avait changé, il était devenu plus fort. Pourtant, les sentiments, les émotions restaient intacts.

«Maintenant l'image est virtuelle
Mais la sensation bien réelle.»

C'était ça. La peur, le dégoût et la rage s'entremêlaient dans sa tête. Dans le coffre, à côté de la large cheminée, Jérémy s'empara d'une petite hache qui lui servait en hiver à fendre les bûches. Puis, il traversa la pièce et monta l'escalier. Au fur et à mesure qu'il progressait, une modification subtile s'opérait en lui. Un voile se dissipait, une personnalité oubliée affleurait à nouveau à la surface. Il serra plus fort la cognée entre ses mains.

Arrivé sur la dernière marche, il chercha d'où provenait l'odeur de chair calcinée. Difficile à préciser. Elle avait tout infesté, tout pourri.

Ne fais pas l'idiot, Jérémy. Tu sais bien d'où elle vient, n'est-ce pas?

À pas feutrés, pour ne pas éveiller l'attention de l'adversaire – il savait pourtant que c'était inutile –, Jérémy progressa jusqu'à son bureau. Il s'immobilisa devant la porte en pin qu'il avait tant de fois poussée. Derrière elle, autrefois, s'étendait son monde à lui. Aujourd'hui, il n'était plus très sûr de ce qu'il allait y trouver.

Pour créer une éventuelle diversion, Jérémy donna un grand coup de pied dans le battant de bois clair, fit un pas en avant. Les bras levés, la hache par-dessus la tête. Prêt à l'abattre, il resta figé, muet de stupeur et d'écœurement. Le spectacle effroyable aurait dû le rendre fou.

Le cadavre nu de l'avocate, allongé sur le sol, était couvert de vomissures; tableau monstrueux mais supportable comparé à l'autre corps, celui qui portait les habits d'Audrey. La tête n'existait plus, réduite à une bouillie informe et sanguinolente. La tête avait été... avait été dévorée. Les mains, les avant-bras, les chevilles, toutes les parties visibles du corps autrefois délicieuses étaient noircies, grillées.

Au milieu de ce charnier immonde, le plus obscène était la vision de cet ordinateur d'une blancheur immaculée; de l'écran qui diffusait un dessin animé grotesque et distillait, dans la pièce, de grands éclats de rires enfantins.

Les mâchoires figées, Jérémy envisagea de plonger la hache dans son propre ventre. S'échapper, oublier... Mais la rage était plus forte que tout. Il devait en finir. Il abattit son arme.

Dans son esprit, envahissant la pièce, une prière s'éleva.

«Ne fais pas l'idiot, Jérémy. Tu es mon frère. Nous sommes pareils...»

C'était une notion idiote. Qu'avait-il de commun avec cette monstruosité? Jérémy reprit son élan pour mettre un terme à son cauchemar. L'écran se déforma et un bras en sortit. En sortit? Au bout du bras, une main gantée. Et, dans la main, un 44 magnum rutilant. Illusion!

Une détonation, une autre, une troisième...

Paralysé par la stupeur, insensible à la douleur, Jérémy resta debout un long instant. Pétrifié.

Puis, son arme tomba. Il tituba, percuta le mur, s'accrocha à l'étagère. Jérémy s'effondra, entraînant dans sa chute, une pluie de CD Rom, de livres, de magazines et de disquettes.

❀ ❀ ❀

Farrar avait eu ce qu'il méritait. Le sang s'écoulait lentement des trois plaies rondes dans son dos.

Dans le corridor, l'homme rengaina son arme, cherchant à concentrer son regard sur ce seul macchabée. Le reste du tableau était si insoutenable qu'il ne pouvait pas l'endurer une seconde de plus.

Il avait terminé une partie de sa sale besogne: le type était hors circuit. Quand les policiers découvriraient le massacre, ils auraient bien du mal à comprendre l'hécatombe, sa logique, son déroulement. Jamais ils ne remonteraient jusqu'à lui.

Restait, avant de fuir, à retrouver cette damnée cassette. Renn ne lui pardonnerait pas un échec. Pourtant, il hésitait. Comment fouiller la pièce avec toute cette horreur étalée sous ses yeux?

Tentant d'ignorer le sinistre spectacle, l'homme de main enjamba une forme vaguement féminine et avança vers le bureau.

Absorbé par sa tâche, il n'entendit pas les pas s'approcher derrière lui. Au moment où il ouvrit le tiroir, la lame pénétra son cou, traversa la chair et creva la peau tendue de sa gorge.

Incrédule, il battit l'air. Tenta de prendre une bouffée d'oxygène. Se retourna en titubant et découvrit la vision la plus incroyable qu'il puisse imaginer. À deux pas de lui, Samuel Dharma, revenu d'entre les morts, le fixait méchamment.

❋ ❋ ❋

Après avoir repoussé le cadavre d'Audrey, Dharma s'assit devant l'ordinateur. Dès son entrée dans la pièce, il l'avait reconnu. Autrefois, ce bijou avait été à lui. Son alter ego. Le responsable de sa métamorphose. Il ignorait comment l'ordinateur avait pu aboutir ici, comment il l'avait retrouvé.

Dans un silence de mort à peine troublé par le doux murmure du ruisseau, Dharma enfonça l'interrupteur et lança le programme sur lequel le menu s'était bloqué. Sur l'écran, Renn traversait une pièce sombre à la rencontre d'un grand type qu'il reconnaissait. C'était ce basketteur, ce Denis Glorieux.

Ainsi donc, les fils de l'intrigue se nouaient. Renn était bien le point commun à toute cette affaire. Comme la machine, vouée à la perte de l'homme d'affaires. Dharma ne percevait pas encore qui manipulait qui, mais, à ce moment précis, il sut... Il comprit pourquoi il était venu jusqu'ici – pourquoi on l'avait appelé.

Pour la deuxième fois, quelqu'un – l'ordinateur? – avait armé son bras et Dharma ne pouvait le décevoir. Non! Il finirait la mission de Farrar: se débarrasser de Renn. Non pas le tuer, ce serait trop doux. Il fallait que le monde ébahi découvre quel truqueur, quel menteur se cachait derrière le masque. Et le punisse.

D'instinct, Samuel Dharma savait comment procéder pour parvenir à ses fins. De nouveau, les brumes de la folie se déchiraient. Ne subsistaient qu'une aveuglante lucidité, une irrépressible détermination.

Il décâbla l'ordinateur et le transporta dans la voiture de ce Farrar, garée à quelques mètres du jardin. Demain, il aurait besoin de toutes les ressources de la machine pour réussir.

Avant de partir, Dharma se pencha sur le corps de celui qu'il était venu aider. Qu'il n'avait pas eu le temps de rencontrer. Il prit la tête de Jérémy entre ses mains et constata, avec une certaine surprise, que le blessé respirait encore. Très faiblement. Il restait un mince espoir de le sauver si on agissait vite. Dharma décida donc de téléphoner à la police, pour qu'elle vienne d'urgence avec une ambulance. Il décrivit la maison et son environnement, refusa de donner son nom et raccrocha.

Caché à l'abri d'une haie, Samuel Dharma attendit que les secours arrivent. Pour s'assurer qu'ils l'avaient pris au sérieux. Quand il vit les voitures s'arrêter devant la maison, les hommes bondir sur la route, inquiets et vigilants, Dharma mit son moteur en marche, croisant les doigts pour que survive son nouvel allié.

Des reflets bleus et rouges tourbillonnaient dans la nuit. Déjà, on glissait un blessé dans une ambulance; une conscience à peine accrochée à la vie qui irradiait de tristesse.

Chapitre 17

Samedi, 19 h, l'ambiance des grands soirs. Partout dans les couloirs de Canal 13, tourbillonnaient techniciens, scriptes, journalistes, cameramen et curieux. Le débat se déroulait en direct et en public. Difficile, dans ce tohu-bohu, de filtrer efficacement les visiteurs. Évidemment, quelques spectateurs profitaient de l'aubaine pour jeter un coup d'œil sur les coulisses de la chaîne. Face à leur enthousiasme, un vieux garde grincheux faisait de son mieux pour conserver son calme. Sans grand succès... Il renvoya sur le plateau un jeune couple bruyant, feignit d'ignorer une vieille dame distinguée qui discutait avec un jeune stagiaire et jeta un coup d'œil au parc de stationnement déjà copieusement garni.

Enfilant une veste crème d'une élégance discutable, Nourricier le croisa et le salua. Le journaliste trépignait d'impatience. Quelques jours plus tôt, l'émission s'annonçait si bien... Et tout avait failli être annulé. Moulin, d'abord, qui trépasse d'une crise cardiaque; ensuite Jérémy Farrar, immobilisé à l'hôpital dans des conditions curieuses. La police n'avait rien laissé filtrer, mais le flair de Nourricier lui donnait à penser qu'il s'était passé, chez le réalisateur, des choses pas très catholiques. On avait parlé d'accident. Les premières indiscrétions ne corroboraient pas cette thèse.

Ce soir, à la place de Moulin, le rédacteur en chef de Canal 13 conduirait les débats. Depuis la régie, Yves Navez dirigerait la manœuvre technique. Navez était un jeune type prometteur, le plus apte à suivre les traces de

Farrar. Il avait passé la journée à analyser le dispositif mis en place, à effectuer les derniers réglages. Concentré et fébrile, il attendait avec impatience qu'on frappe les trois coups.

Sur le plateau, murmures et rumeurs voltigeaient en tous sens. Les strapontins bien remplis regorgeaient d'un public éclectique parmi lequel on reconnaissait déjà quelques personnalités de second rang. Les figures plus médiatiques arriveraient plus tard, juste avant le coup d'envoi.

Dans la salle de maquillage, Maxime Renn s'abandonnait à la main experte d'une jeune fille plutôt mignonne. Il ne pipait mot, tiraillé entre une foule de sentiments antagonistes: il avait appris par la presse que Jérémy Farrar était hors d'état de nuire. Hélas! son homme de main ne l'avait pas recontacté pour lui confirmer l'information. Était-il mort? Entre les mains de la police? Mystère...

Le rapport entre ce petit voyou et lui n'était évidemment pas aisé à définir. Au besoin, Renn arroserait quelques inspecteurs pour que l'enquête s'enlise. Ne pas savoir ce qu'il était advenu de la cassette l'irritait davantage. Au dernier moment, il avait failli suivre le conseil de cette avocate prétentieuse et renoncer au débat. Hélas, malgré ses nombreuses tentatives, il n'était pas parvenu à la joindre de toute la journée.

À mesure que l'heure fatidique approchait, Renn sentait enfler la pression.

Cette intrigue recelait trop d'inconnues, le danger pouvait surgir de n'importe où. Sans parler de Dharma, en liberté dans la campagne. Lui non plus n'avait pas été repéré. À supposer qu'il ait gardé un minimum de lucidité, il avait probablement quitté le pays, ce qui était incertain. Chercher à épouser la pensée d'un dément tenait de la gageure.

Se calmer... Retrouver tout son sang-froid, sa lucidité. Plus tard, il s'occuperait de Dharma. Maintenant, il avait besoin de répit. De concentration et de calme. Trois atouts qu'il devait réunir dans son jeu avant de descendre dans l'arène.

❈ ❈ ❈

Dans la chambre, le silence.

Allongé sur le lit, Jérémy ne bronchait pas. Ses yeux clos, sa bouche entrouverte soulignaient son inconscience. Il ne dormait pas. Il était ailleurs. Dans un profond coma.

Les deux médecins qui l'avaient accueilli en catastrophe l'avaient isolé dans cette pièce, à l'écart du bloc principal du bâtiment. Atterrés, ils avaient analysé les radiographies de leur étrange patient. Ni l'un ni l'autre n'était novice. Pourtant, ils n'avaient jamais rien vu de pareil. L'anatomie de cet homme n'était pas... comment dire... normale. Oui, normale.

Sur le cliché, on distinguait le cœur, les poumons, le foie, l'estomac, les intestins, les veines. Là-dessus venait se greffer un réseau complexe de «fils» reliés à une espèce de plaque située entre le pubis et le nombril. Les câbles couraient partout dans le corps, avec un regroupement spectaculaire à la base du cerveau.

D'un commun accord, les deux spécialistes avaient décidé de ne rien divulguer tant qu'ils n'auraient pas compris de quoi il retournait. Le blessé était un être humain, ils n'en doutaient pas. Un homme en pleine mutation.

Obligés d'intervenir rapidement pour sauver le blessé, ils l'avaient donc opéré. Deux heures plus tard, satisfaits, ils sortaient de la salle d'opération. Avec peine, ils avaient réussi à extraire les trois balles qu'on avait tirées à bout portant dans son dos. Par un incroyable concours de circonstances, aucune n'avait trop endommagé d'organes vitaux.

Profitant de l'anesthésie, les médecins avaient étudié de plus près un de ces fils étranges qui les intriguaient tant. Plus fin qu'un vaisseau sanguin, il semblait constitué d'une matière composite, mi-synthétique, mi-organique. Bizarre, bizarre et déroutant. À son réveil, ce Farrar devrait s'expliquer.

À quelques pas de la chambre, dans le couloir sombre à peine éclairé par quelques veilleuses verdâtres, une voix forte et grave battit le rappel.

– Hé les gars! Ça va commencer!

– J'arrive Marc. Encore deux patients à soigner et je vous rejoins. Les infos sont terminées?

– Presque. On n'a eu droit qu'à un petit coup d'œil sur le plateau.

– Renn est venu?

– Ben oui! évidemment...

– Y a pas à dire! Ce type a des tripes.

– Et il va tous les bouffer. C'est pas un petit charlatan de journaliste qui va l'arrêter.

– Ha! Ça, c'est sûr!

Le jeune docteur donna une bonne tape sur la cuisse de son patient qui lui lança un regard chargé de reproches et d'incompréhension.

– Il va tous les bouffer, conclut-il sur un éclat de rire tonitruant.

❖ ❖ ❖

Samuel Dharma vérifia une dernière fois l'installation de fortune qu'il avait conçue durant la matinée. Il tremblait d'excitation. Enfin, le couperet allait tomber.

Sur une tablette, face à lui, l'ordinateur, allumé, prêt à diffuser la séquence vidéo, attendait fiévreusement le moment d'entrer en scène.

Quelques heures plus tôt, Dharma n'était qu'une épave oubliée. Depuis qu'il avait remis la main sur la machine, tout avait changé. Et dire qu'il pensait pouvoir se débrouiller sans elle... Quel présomptueux! Pour préserver son équilibre, il avait besoin du contact de ce puissant stimulant. C'était indéniable.

Une observation le troublait néanmoins: les réflexes de la machine semblaient émoussés. Dharma en éprouva une légère contrariété. Une autre question l'angoissait: que s'était-il passé en son absence?

Son insatiable curiosité avait été en partie étanchée par son expérience de la veille. En partie, seulement.

Dès qu'il avait réussi à pénétrer dans les bâtiments de Canal 13, à brancher l'ordinateur, Dharma n'avait pu résister à la tentation de se laisser dériver. D'abord, la morsure des aiguilles irrita sa peau. Une fois le contact établi, la douleur s'estompa au profit d'une communion de plus en plus passionnée. La machine lui parla de Jérémy et Dharma goûta à des sensations inédites que le réalisateur lui avait transmises.

Le P.C. avait beaucoup évolué, ce qui ne le surprit guère. Un nouvel environnement, un nouvel opérateur, une nouvelle mission devaient l'avoir transformé. Restaient quelques zones d'ombre qui l'agaçaient, des questions en suspens, des silences coupables. Secrets d'alcôve. Points de suspension.

Petit à petit, Dharma se laissa transporter dans une délicieuse somnolence, entrecoupée de rares instants de conscience. Il s'attendait à une violente jouissance; il eut droit à une lente et longue plongée vers des espaces étoilés, des paysages effervescents qu'il redécouvrait avec frénésie.

Quand Samuel Dharma revint à lui, quelques heures avaient passé et il se sentait ragaillardi. D'attaque.

Avec des gestes précis, il avait démonté une boîte de dérivation d'où descendait à présent un gros câble gris, branché à l'arrière de l'unité centrale.

Juste au-dessus de sa tanière, la régie finale grouillait

de techniciens crispés. Personne, heureusement, n'avait eu la stupide idée de descendre au sous-sol vérifier l'état de l'installation. Dharma avait donc pris son temps pour brancher la machine sur le circuit informatique de la station. L'idée était simple: à l'heure H, il court-circuiterait le signal vidéo et lancerait sa bombe sur les ondes. Les techniciens, stupéfaits, n'auraient pas le temps de réagir. Avant qu'ils aient réalisé ce qui se passait, tout serait fini. Alors, Dharma rendrait l'antenne à la régie et profiterait de la confusion générale pour s'éclipser.

❋ ❋ ❋

La confrontation télévisée débuta mollement. Les adversaires s'épiaient, sur leur garde. Au menu de l'entrée en matière, un flot de lieux communs; rien de transcendant. Que de navrantes banalités.

Au risque de s'égarer dans une série de considérations trop générales, Nourricier laissait aux participants le temps de trouver leurs marques. Sur l'écran, les reportages alternaient avec des interventions dénuées de passion et d'intensité. Dans leur fauteuil, les spectateurs réprimaient poliment quelques bâillements d'ennui.

Il fallut attendre 21 h, pour noter enfin une poussée d'adrénaline. Pour la première fois, un des débatteurs, agacé, fit allusion à «l'affaire».

Silencieux, Wang scrutait les réactions de Renn. Anxieux depuis les premiers échanges, l'invité vedette avait profité du ronron ambiant pour retrouver une contenance. Dès la première escarmouche, le masque se fendilla. Peu sûr de lui, Renn haranguait l'auditoire alors qu'il aurait dû se contenter d'exposer son point de vue avec calme et détermination. Un coup d'œil à gauche, un autre à droite. Regards fuyants et mots brutaux, monsieur jouait les vierges effarouchées. Un registre qui lui convenait peu. L'engrenage paraissait enclenché, l'escalade inévitable. Malgré ces remous, Wang restait inquiet. Il n'avait pu contacter Ishido de toute la journée. La ligne téléphonique de Farrar sonnait dans le vide. Hélène Ducruet, qui devait le tenir au courant de l'évolution de la situation, était tout aussi inaccessible. À son bureau, un répondeur automatique priait les correspondants de laisser un message. On les recontacterait dès que possible.

Il ne restait qu'à espérer que Farrar et Ishido avaient mené à bien leur mission. Espérer et patienter.

❊ ❊ ❊

Quelque chose clochait! La séquence se trouvait sur le disque dur, prête à être diffusée, mais l'ordinateur, têtu, refusait de tenir compte de la connexion avec le réseau externe. Une demi-heure plus tôt, tout se présentait bien et, soudain, lors d'un ultime test, Dharma s'était trouvé confronté à ce message imparable: «Pas de périphérique trouvé sur le connecteur LPT1.»

Tout en suivant d'un œil attentif le débat qui s'animait enfin sur l'écran de contrôle, l'opérateur relança la machine. Quelques gouttes de sueur perlaient sur son front. Qu'il faisait chaud dans ce trou à rats! Il lança le programme, chercha la commande de diffusion dans le menu, cliqua sur la ligne ad hoc et, de nouveau: «Pas de périphérique trouvé sur le connecteur LPT1.»

Saleté de machine mal embouchée! Si près du but! Tant d'efforts pour rien!

Si l'émission continuait à ce rythme, Dharma disposait d'une heure environ. C'était beaucoup et peu à la fois. Un seul fil détaché, invisible au regard profane, et l'opération était par terre.

«Impossible de trouver le fichier de communication. Mémoire insuffisante.»

Ah! bravo! Encore une nouveauté!

«Mauvais interpréteur de commande.»

L'escalade infernale. Le P.C. perdait les pédales!

Dharma tapota sur le clavier. Ses doigts fébriles avaient du mal à trouver les touches.

– Réveille-toi, fichue machine! C'est pas le moment de déconner.

Inexorablement, chaque opération était plus lente que la précédente: le processeur connaissait de réels problèmes.

Dharma posa la main sur l'unité centrale. Elle surchauffait. Un affreux rictus se peignit sur son visage cadavérique. Il lui était de plus en plus difficile de demeurer concentré. Depuis son réveil, il avait travaillé dans un état de conscience exacerbée. À présent, la fatigue le traquait. Des lueurs scintillaient devant ses yeux, ses doigts picotaient. Un éclat de rire. Il se mordit la lèvre.

Tenir bon! Il fallait tenir bon!

Fermant les yeux, il recula d'un pas. Tendit les mains vers la machine. Serra les dents. Concentration maximale. C'était maintenant ou jamais. Tout ou rien. Une extraordinaire énergie tourbillonnait dans son cerveau. La rage d'en finir et... Des images qu'il n'identifiait pas se formaient dans sa tête: des plans complexes, des circuits imprimés auxquels il était normalement incapable de comprendre quoi que ce soit.

Oui! Voilà! Tout était clair. En quelques secondes, Dharma localisa la panne; à l'intérieur même du processeur. Impossible à réparer. Effondré, il se laissa glisser le long du mur, prit sa tête entre ses mains et se mit à gémir. C'était si bête...

✳ ✳ ✳

Dans la chambre silencieuse, quelque chose remua. La forme, sur le lit, paraissait agitée de convulsions saccadées. Pour la première fois depuis qu'il avait été amené là, Jérémy bougeait. Un éclair traversa sa conscience éteinte. Il se figea, les yeux grand ouverts. Incapable de réfléchir, de comprendre. Obsédé par une seule certitude: il devait intervenir. Les données se bousculaient dans son cerveau, sa mission était claire. Jérémy ne chercha pas à raisonner. En était incapable.

Il savait qu'un homme providentiel tentait de le suppléer. Un homme et l'ordinateur. À bout de course, harassé par une succession d'opérations contraignantes, le P.C. flirtait avec le point de rupture. Jérémy haïssait cette machine. Pour tout ce qu'elle lui avait fait. Pour tout ce qu'elle lui avait pris. Mais il devait collaborer.

Le message était clair, ne nécessitait aucun commentaire, aucune explication. Jérémy ne rêvait pas, ne délirait pas. Il savait. Point à la ligne. Clairement, il comprenait aussi ce qu'on attendait de lui.

Prudemment, il fit glisser un de ses pieds hors du lit, chercha un appui sur le sol en ballatum, s'assit au bord du matelas. D'horribles lames aiguisées lui cisaillaient le dos, entaillaient sa chair. À mesure que sa peau s'étirait, des sutures craquaient.

La souffrance irradia ses membres. Jérémy ne s'inquiéta pas de son origine, ne chercha pas non plus à l'ignorer.

Il tenta de se lever. Un lien le retenait. Étonné, Jérémy considéra l'aiguille plantée dans le creux de son bras, reliée à une poche de liquide clair. D'un geste absent, il l'arracha.

De toute évidence, il se trouvait dans un hôpital. Sans aucune idée de ce qui avait pu l'amener là. Un accident? Aucune importance!

Une image. Un plan.

Plus loin, dans le couloir, se trouvait une salle de recherches où ronronnaient deux ou trois ordinateurs, reliés par modem à des réseaux internationaux. C'est là qu'il devait se rendre. La troisième pièce sur la gauche.

Encore une fois, il ne s'interrogea pas sur la provenance de l'information. Objectivement, il était impossible qu'il connaisse la disposition des différentes pièces de la clinique. Et pourtant...

Il fit un pas vers la porte. Un coup de tonnerre retentit dans sa tête et il perdit l'équilibre. À quatre pattes, il ferma les yeux, chercha à dompter sa respiration capricieuse. Serra les dents.

Il rampa dans la chambre sombre, dans le couloir désert. Pas de malade, pas d'infirmier ni de veilleur de nuit. Au loin, l'écho d'une télévision, des voix confuses.

À bout de souffle, Jérémy avisa la plaque «Zone interdite à toutes personnes étrangères au service» sur la porte blanche, poussa sur le battant. Impossible de l'ouvrir. Il n'y avait pas de serrure, juste un clavier numérique sur le chambranle. Seuls quelques privilégiés avaient le droit de pénétrer dans cet antre de la science.

Maladroit, Jérémy s'appuya sur le mur, ahana, s'étira et se redressa. Des millions de flèches acérées se plantaient dans la chair. En temps normal, il aurait sombré. Tout le monde aurait cédé. Jérémy tint bon. L'esprit avait pris le pas sur la matière: son corps n'était qu'un instrument. Ou un obstacle. Seul son cerveau le guidait.

Son cerveau?

Jérémy avait conscience de faire partie d'un organisme plus complexe. Un réseau d'intelligences enchevêtrées, articulées selon une logique indistincte dans un seul et unique but. Il n'était qu'un des composants. Un composant déterminant. Sans lui, point de salut.

Il posa la main sur le clavier numérique, se laissa envahir par le ronron monotone du système. Les sens aux aguets, il tenta une combinaison aléatoire de cinq chiffres. Clic. Le verrou électronique venait de s'ouvrir.

Dans la pièce plongée dans l'obscurité, Jérémy localisa les machines sur lesquelles il opérerait. Harassé, il se laissa tomber sur un siège, appuya sur les interrupteurs et, dans un état de demi-conscience, entre lucidité et incompréhension, se laissa guider à l'intérieur d'un réseau de communication. Une seule destination l'intéressait. Il la dénicha sans difficulté. Dans quelques secondes, la puissance décuplée des processeurs jumelés anéantirait Renn.

※ ※ ※

Stupéfait, Dharma releva la tête. Il ne se trompait pas: l'appareil grésillait, l'écran s'animait, la machine revenait à elle. Surexcité, il se redressa pour tapoter sur le clavier. Cette fois, le programme démarra. Dharma chargea la cassette vidéo, appuya sur la touche «Enter».

Renn traversait une pièce, une valise à la main... Parfait! Il ne restait plus qu'à envoyer l'image sur le câble.

De retour sur le répertoire de contrôle, l'opérateur chargea les programmes de transmission. La machine hésita, puis un éclair illumina l'écran noir. Un message sinistre s'afficha: «Communication impossible.»

Ainsi, sa première impression s'avérait exacte. Au moins un des câbles était abîmé. Le dénicher prendrait du temps. Trop de temps. La partie était perdue.

Sauf si...

※ ※ ※

Avec un art consommé du suspense, Robert Nourricier ménageait ses effets. Lorsqu'il estima que les débatteurs étaient échauffés, il se décida à abattre son premier atout. Dans un silence de mort, Denis Glorieux pénétra sur le plateau. Nourricier, tout sourire, se tourna vers la caméra. Gros plan sur le journaliste.

– Il faut souligner que c'est la première apparition de

Denis Glorieux dans les médias depuis la fin de sa mise en examen. S'il a accepté de venir aujourd'hui sur notre plateau, malgré l'avis défavorable de son avocate, c'est pour avoir enfin l'occasion de rencontrer Monsieur Maxime Renn, avec lequel il n'a pas été publiquement confronté depuis le début de cette affaire. Monsieur Glorieux, merci de votre confiance...

Renn blêmit. N'y tenant plus, il se redressa pour invectiver Nourricier.

— Je vois que je suis tombé dans une souricière. Les spectateurs apprécieront ce petit tour de passe-passe qui n'était évidemment pas prévu au programme. D'ailleurs, vous n'avez pas le droit...

Agacé, le rédacteur en chef se tourna vers lui.

— Je vous comprends, monsieur Renn. Mais vous savez combien il est difficile de parler de ce cas de corruption présumée sans entendre monsieur Glorieux qui est au cœur de cette enquête.

L'homme d'affaires crispa les mains sur l'accoudoir de son siège. Il devait se contenir à tout prix, retrouver cette sérénité dont il n'aurait jamais dû se départir.

— Ce monsieur est impliqué, je vous l'accorde. Ce n'est pas mon cas. Je n'ai rien à voir dans ce cirque et je ne tiens pas à discuter avec un menteur.

— Non, naturellement, enchaîna calmement Glorieux. Vous n'avez rien de commun avec moi. N'empêche! Quand vous êtes venu pour me remettre l'argent, ma présence ne vous insupportait pas.

L'apostrophe du sportif exaspéra Renn. Le président du BTC avait de plus en plus de mal à contenir le flux de rage qui s'immisçait en lui. Il luttait pourtant. Tentait de sourire pour simuler cette attitude désinvolte qui seyait à l'innocent qu'il voulait incarner. Feignant d'ignorer la teneur de l'attaque, il se tourna vers le procureur.

— Je suis étonné, Maître Richard, que vous laissiez

ainsi les médias mener l'enquête à votre place. C'est le genre de rencontre qui, je crois, ne devrait pas sortir de votre cabinet.

Submergé par la colère et la surprise, l'avocat ne savait plus sur quel pied danser.

– Écoutez, je...

– Ne confondons pas tout, intervint Nourricier. Il ne s'agit pas d'empiéter sur le territoire de la justice, seulement de comparer les points de vue. Il n'entre pas dans nos intentions de tirer des conclusions. Tout au plus, voudrions-nous aider nos téléspectateurs à comprendre les données d'un problème qui reste assez flou.

Nerveux, Glorieux se trémoussait. Il détestait se trouver sur un plateau de télévision. Savoir ses moindres réactions épiées le contrariait, car il masquait mal ses sensations. Plus que tout, l'inquiétude le tenaillait: son avocate avait disparu, ce Farrar ne donnait plus signe de vie. En se renseignant à droite et à gauche avant l'émission, il avait cru comprendre qu'il lui était arrivé un... accident. Encore? Personne ne paraissait disposé à en révéler davantage sur le sujet. Les seules certitudes avaient de quoi le stresser: son allié ne réalisait pas l'émission et le jeune type qui le remplaçait n'était pas dans la combine. Le joli plan venait de s'écrouler et, pris au piège, le basketteur se retrouvait seul face à l'ogre Renn, champion de l'intoxication médiatique. Sur son terrain de prédilection, il n'avait aucune chance. Pas d'autre choix, non plus, que de s'y présenter. Une défection aurait été interprétée comme une fuite. Et il n'avait aucune raison de s'esquiver. Non, aucune.

Nourricier jeta un coup d'œil oblique à son invité-surprise qui, du coup, se redressa. À force de rêvasser, Glorieux comprit qu'il allait perdre le fil de l'émission. Espérant qu'il n'avait rien manqué de primordial, il se força à écouter le journaliste qui annonçait déjà la fin du premier tour de table.

— ... allons maintenant nous éclipser pour faire place à la publicité, après quoi nous discuterons avec Denis Glorieux qui nous donnera sa version de l'affaire. Une version qu'il a toujours défendue bec et ongles. À tout de suite...

❖ ❖ ❖

— Allons bon! Dès que ça commence à devenir intéressant, on nous envoie les publicités.

— Il faut bien gagner sa vie, père.

Wang sourit à sa fille qu'il pensait assoupie.

— Ainsi, tu regardais l'émission.

— Je te sens si nerveux. Tu as peur que Farrar n'ait pas terminé son travail?

— Le problème est de savoir s'il aura l'occasion de le diffuser. Ignorer où il se trouve m'inquiète beaucoup.

— C'est Ishido qui te tracasse...

— Aussi, oui. Je n'aime pas rester sans nouvelles.

— Pas de nouvelles, bonnes nouvelles, père.

— Espérons que l'adage est encore d'actualité.

— Je sens qu'il va se passer quelque chose, fit gaiement Kimmy. Il y a de bonnes vibrations dans l'air.

— Ainsi, ma fille aurait des dons divinatoires. Je l'ignorais...

— Ne me raille pas. Ce ne sont pas des dons, juste... une impression. Comme si quelqu'un me soufflait dans le creux de l'oreille de ne pas me tracasser.

— Quelqu'un?

— Ou quelque chose...

❖ ❖ ❖

La pause publicitaire tomba comme un sursis pour Dharma qui tentait l'ultime opération de sauvetage qu'il pouvait imaginer. Elle comportait des risques, mais il n'avait plus d'alternative.

Son cerveau fonctionnait à toute allure. Ce n'était pas un hasard si une partie de ses ennuis s'étaient mystérieusement réglés. Non! Quelqu'un, quelque part, était venu à son secours pour renforcer le potentiel de la machine. Farrar? C'était dingue!

Qui d'autre?

Restait à corriger le problème de transmission. La machine avait besoin d'un relais amplificateur. Or Dharma n'en avait pas sous la main.

En grimaçant, il piqua la dernière aiguille à la base de son cou, à proximité des vertèbres cervicales. Un élancement traversa son organisme fatigué.

La séquence était prête à être lancée. Il suffisait de confirmer le message. Une simple pression sur la touche «enter». Dharma pourrait l'exercer avec le pied. Il grimpa alors sur la table, de manière à pouvoir atteindre la boîte de dérivation. Il fit sauter le cache, dénuda la prise sur laquelle il comptait se brancher et attendit.

À présent, c'était quitte ou double. Dharma n'avait pas droit à la moindre répétition. Ni à l'erreur. Il jugerait sur le vif si sa démarche était fondée. Rien ne l'indiquait, sinon un étouffant pressentiment. À ce stade, il ne pouvait plus s'embarrasser de scepticisme. Agir! C'était la seule option envisageable. Et tant pis si son corps ne résistait pas à ce défi insensé. Devait-il s'inquiéter? Il était persuadé du contraire. La machine lui soufflait qu'il avait changé, tellement changé. Il était temps d'expérimenter ses nouvelles facultés.

Un indicatif résonna: la fin des messages publicitaires.

❊ ❊ ❊

Jérémy gémissait. Le visage crispé, il attendait, couché derrière le banc informatique, que la douleur s'atténue. Avec une lame rouillée, il avait réalisé une incision, juste sous le nombril, à l'endroit où il avait repéré cette plaque bizarre. Le système flanchait et si elle ne bénéficiait pas à l'heure H de toute l'énergie voulue, la vidéo aurait l'apparence d'un mauvais montage saccadé. Même au péril de sa vie, il fallait qu'il intervienne. Payer de sa personne était la seule solution.

❊ ❊ ❊

La mine grave, Nourricier réapparut. Pendant l'interruption, l'ambiance s'était dégradée sur le plateau. Renn furieux l'avait pris à partie; le procureur Richard avait reproché à Glorieux une intervention que la justice désapprouvait.

À la régie, l'ambiance était à peine moins tendue. Le jeune Navez craignait qu'une bêtise entache son travail.

— OK, Patrick, tu prépares la cassette sur Glorieux dans le magnétoscope.

— La cassette, la cassette... On a volé ma cassette!

Stupéfait, le réalisateur se retourna.

— Heu! c'est dans *L'Avare* de Molière. Je plaisantais, avoua le technicien surpris par l'agressivité de la réaction.

— Crétin!

Le technicien haussa les épaules.

— Désolé...

La nervosité du réalisateur venait encore de monter d'un cran. Il sélectionna un gros plan de Nourricier. Profita d'un temps mort pour donner de nouveaux conseils.

— Pietro, fais attention, pour le son. Juste après le plateau, on passe sur le magnéto 1.

— Sans problème!

Pour accroître la tension, Nourricier avait décidé de présenter le portrait de Glorieux avant d'entendre sa version des faits. Après avoir situé le contexte général, il lança le sujet.

– C'est parti, Patrick. Magnéto 1. Top!

Sur l'écran, une salle de basket-ball. Soudain, le noir. Une pièce délabrée et Maxime Renn qui apparaît sur l'image, un attaché-case à la main. Sans se presser, il marche vers un homme dissimulé dans la pénombre: Glorieux. L'image, trop sombre, n'est pas d'une exceptionnelle qualité, mais son contenu est perturbant, inattendu.

Le silence de la scène en renforce la tension.

Hystérique, Navez jeta à Patrick un regard désespéré.

– Qu'est ce que c'est que ce bordel? Qu'est-ce que tu as fait?

– J'en sais rien, c'est pas ma cassette. J'ai visionné la séquence tout à l'heure. Ça n'avait rien à voir. Je te le jure!

– Je repasse en studio. Caméra 1. Attention!

Navez pianota sur son clavier. Rien ne changea.

– Ça ne fonctionne pas. Je n'ai plus le contrôle de la diffusion. Merde...

Un nouveau déclic sur l'écran. L'image s'évanouit. Maladroitement, une caméra balaya le plateau mis sens dessus dessous. Le son revint. Debout devant son siège, Renn criait à l'imposture. Ce type qu'on voyait sur la cassette vidéo, ce n'était pas lui. Ça ne pouvait pas être lui! Qui avait fabriqué ce document truqué?

Nourricier, qui n'y comprenait rien, tâchait d'obtenir le calme et quelques informations complémentaires.

Rouge de colère, le procureur Richard exigeait qu'on lui remette «im-mé-dia-te-ment» la cassette.

Debout au milieu des fauteuils, Renn pointait un doigt menaçant sur Nourricier en l'accablant d'injures. «Il le traînerait devant les tribunaux. Le promettait devant tous les téléspectateurs réunis pour cette mascarade». Bousculant les techniciens, ses deux gardes du corps firent irruption sur le plateau. L'un d'eux souffla quelques mots à l'oreille de son patron.

Depuis la régie, le réalisateur, au bord de la crise de nerfs, tentait de rendre compte du désordre qui agitait le studio. Il hurla à un cameraman de filmer en gros plan la sortie de Renn. Déjà, les trois hommes quittaient le plateau dans un brouhaha d'insultes et de défis.

❀ ❀ ❀

Dharma s'effondra sur le sol. La douleur était si forte que le plaisir d'avoir réussi sa mission ne s'était pas encore frayé un chemin jusqu'à son cerveau. Plié en deux, il grimaça, vomit une bile jaunâtre sur la chape de béton, tâcha de se relever en s'appuyant contre le mur râpeux, bascula en avant. Une mélodie emplit sa tête, entêtante:

«Une souris verte
Qui courait dans l'herbe
Je la tire par la queue...»

Une autre voix, plus loin... dans sa tête... partout dans la pièce... joyeuse.

«Heureux de vous retrouver parmi nous. De retour chez les vôtres».

À quatre pattes sur le sol, Samuel Dharma sentit monter en lui un irrépressible fou rire.

❀ ❀ ❀

Une expression de béate satisfaction se peignit sur les traits de Jérémy. À mesure qu'il refaisait surface, il mesurait l'impact de son geste. Tout s'était-il passé comme prévu? Il en était certain. Les éclats de voix qui lui parvenaient du couloir étaient éloquents. Pendant une fraction de seconde jubilatoire, il goûta cette joie ultime. Arracha le câble qui s'enfouissait sous sa peau.

Un coup de tonnerre foudroya son cerveau et il sombra de nouveau dans un coma profond.

Épilogue

Consterné, l'infirmier avait reconduit Farrar dans sa chambre. Le médecin appelé d'urgence au chevet du malade n'y comprenait rien. Personne ici n'avait jamais vu un comateux faire ce que ce type avait réussi: se lever, s'introduire dans la zone interdite (comment?) pour, enfin, s'y mutiler (pourquoi?).

Comparé aux relevés précédents, son état paraissait stationnaire. Pas de trace de nervosité, pas le moindre signe de conscience.

Décidément, cet homme était un cas à part. Pourrait-on jamais percer son secret?

❊ ❊ ❊

Des pas dans l'escalier réveillèrent Dharma. Une clef dans la serrure, une main sur la clenche. Engourdi, il tenta de se redresser. Quelle heure pouvait-il être?

Une raie de lumière, un cri d'étonnement.

– Bon sang, j'en étais sûr. C'est d'ici qu'on a piraté le système.

Dharma regarda stupidement le jeune homme qui venait d'entrer. Le regard du réalisateur allait du type affalé sur le sol à la boîte de commutation éventrée, des câbles éparpillés dans la pièce à l'ordinateur qui semblait le narguer de son éclatante blancheur.

La fureur et la surprise, un peu de frayeur sans doute, se mêlaient dans sa voix.

– Qui êtes-vous? Comment êtes-vous entré ici?

Pas de réponse.

Yves Navez traversa la pièce et voulut empoigner Dharma par l'épaule. Sa main se crispa, sa bouche se figea, son corps se tendit. Agité de soubresauts hystériques, il ne put reculer; ses yeux se révulsèrent. Il tomba à la renverse.

Une odeur de cendres flottait dans l'air. Dharma, stupéfait, considéra le cadavre.

— C'est moi qui ai fait ça? Ben ça, alors! C'est insensé!

Il tourna autour, reniflant comme un petit chien.

— Pas mal. Ouais, super! Me voilà transformé en générateur. Monsieur cent mille volts... Yeah!

Sans en avoir la certitude, Dharma conçut une explication qui, sur le coup, lui parut satisfaisante: l'électricité avait dû s'accumuler pendant le transfert de l'image, quand il avait servi de relais improvisé entre la machine et le circuit vidéo. En le touchant, cet importun avait été foudroyé.

De toute évidence, le choc l'avait ragaillardi. Soudain, Dharma se sentait vif et pétillant.

Dans un coin de la pièce, il avisa une armoire, l'ouvrit et y plaça l'ordinateur.

— T'en fais pas, bébé. Dès que possible, je reviens te chercher. Promis!

Sourire en coin, la tête pleine de mélodies futiles, Samuel Dharma sortit de la pièce. En fredonnant «I'm a poor lonesome cow-boy», il s'éloigna dans la nuit.

❉ ❉ ❉

Kim replia le journal et lança à son père un sourire radieux.

— Et voilà, commenta Wang. Tout est fini...

La jeune fille paraissait soulagée, physiquement très abattue, mais moralement libérée; heureuse.

— «Mandat d'arrêt contre Maxime Renn après la diffusion sur Canal 13 d'un document accablant». C'est en première page avec une belle photo.

Un silence. Wang pensait à cet autre article, un simple encadré, qui évoquait l'hospitalisation de Farrar la veille du débat.

– Tu crois que c'est Dharma qui a récupéré Ishido? Qui a aidé à la diffusion de ces images?

Wang contempla sa fille et se frotta distraitement le menton.

– Au fond, c'est un bon petit soldat, finit-il par dire. Tous les enfants d'Ishido sont des hommes de confiance.

Le vieil homme se leva et regarda par la fenêtre. Une bouffée de tristesse traversa la pièce:

– Et je les ai sacrifiés... À présent, je ne sais plus si j'ai bien fait d'aller aussi loin, si toute cette entreprise n'était pas vaine et vaniteuse.

Il se retourna et posa la main sur la joue lisse et glacée de sa fille.

– C'est étrange... Je te regarde et je vois tes deux visages: l'image extérieure que tu montres à tous et ton corps qui souffre et que je ne parviens plus à soulager. Je peux corriger tes circuits, décupler ton énergie. Mais que faire contre la douleur?

– Tu as vaincu la mort, père. C'est plus qu'un homme peut espérer. Tu es un génie à qui je dois tout.

Il posa la main sur son épaule et sourit.

– Tu es gentille. Si gentille. Mais je ne peux m'empêcher de penser que j'ai peut-être été trop loin...

Tendu, Wang fixait le rond de buée qui se formait sur le carreau, devant sa bouche. Depuis trop longtemps, il s'était laissé guider par ses sentiments. Intuitivement, il avait appliqué des théories informatiques à des problèmes qui, de prime abord, n'étaient pas de son ressort.

Mais, il n'était pas dupe: la fille qui lui parlait aujourd'hui n'était plus qu'une ingénieuse combinaison de fils, de puces et d'impulsions électroniques, gérée par un microprocesseur étonnant. Elle n'était plus que le reflet virtuel de cette Kimmy qu'il avait vue grandir, s'épanouir et... agoniser.

Oh! ça n'avait été qu'un entrefilet dans les journaux: «Une jeune asiatique de vingt-cinq ans entre la vie et la mort». L'enquête officielle n'avait jamais découvert – voulu découvrir – qu'elle avait été étranglée et abandonnée pour morte par le sbire d'un homme qui n'avait vu en elle qu'un simple dérivatif sexuel, un objet vite consommé et jeté aux oubliettes. Un acte somme toute banal, très anodin, dans la vie trépidante de Maxime Renn.

Fou de douleur, Wang avait volé le corps à la morgue et sauvé ce qui pouvait encore l'être. D'un point de vue scientifique, sa réussite avait été étonnante. Hélas! jour après jour, le mirage se dissipait. Aujourd'hui, la souffrance de sa fille lui faisait honte.

– Ne regrette rien, père. Tu es seulement en avance sur ton temps...

Ainsi, elle avait suivi le cheminement de sa pensée muette.

Oui, peut-être... D'autres, à sa place, avec ses connaissances, auraient agi de la même façon. Il n'était pas le plus mauvais. Wang était d'ailleurs conscient qu'appliquées à mauvais escient, ses recherches pouvaient se révéler catastrophiques. Question de limites. De décence. N'avait-il pas lui-même abusé de son pouvoir? Quoi qu'il en soit, le succès était indiscutable.

Avec l'aide d'Ishido, ce superordinateur évolutif, le talent de Farrar et la main du destin – Dharma que tout le monde pensait mort – Wang avait fait tomber le masque cynique de son ennemi juré.

Bien sûr, Maxime Renn, grand manitou d'une société à la dérive, n'était pas tout à fait mort. Après l'émission, il avait disparu. La police le recherchait. Évidemment, plus personne aujourd'hui ne doutait de sa culpabilité. Mais demain? Tout changeait si vite...

Depuis le matin, toutes les chaînes de télévision du pays diffusaient les images que Canal 13 se targuait d'avoir réalisées à l'insu de Renn, sur l'invitation de Glorieux, au moment de la transaction. Superbe volte-face! Brillant opportunisme!

La chaîne devrait s'expliquer sur la dissimulation d'une preuve qui aurait pu rapidement clore l'enquête. Et après... Ses avocats trouveraient la faille dans le système. L'explosion de l'audimat justifiait le mensonge.

Mensonge! Encore un! Et combien de morts?

Wang le saurait-il un jour avec certitude? Était-il responsable de chaque cadavre?

La machine n'avait fait qu'exacerber les comportements...

Dans le cas de Dharma, sans doute. Dès le départ, le vieil homme avait pressenti, chez le bras droit de Renn, une instabilité intrigante. Il avait hésité à le lancer dans la bataille, à lui confier Ishido. Et puis il avait compris que l'amitié qui liait Dharma à son patron, sur le point de vaciller, lui offrait une opportunité unique de s'infiltrer jusqu'à sa cible.

Ce qui était arrivé à Farrar et qui transparaissait à peine dans les journaux était plus inquiétant: trois ou quatre personnes avaient péri. Ishido était-il responsable de cette hécatombe? Avec l'intelligence, l'homme risquait-il d'inoculer à la machine la haine et la violence?

À présent que sa croisade s'achevait, Lao Wang se sentait vide et vieux. D'autres questions le harcelaient: serait-il à nouveau capable de s'accommoder d'une vie paisible? Pourrait-il tout simplement continuer sa route, à présent que sa vengeance était assouvie?

Il haussa les épaules. Seul le temps lui donnerait les réponses...